中国软科学研究丛书

丛书主编：张来武

"十一五"国家重点图书出版规划项目

国家软科学研究计划资助出版项目

国有森林资源产权制度变迁与改革研究

王兆君 刘文燕 著

科学出版社

北京

内 容 简 介

本书运用制度变迁理论、产权理论和经济学理论，在对我国国有森林资源产权制度改革动因进行经济学分析的基础上，对我国国有森林资源产权制度变迁的路径和机制进行了系统研究。针对我国国有森林资源产权制度缺失问题和制度改革的内在要求，构建了一个新型的国有森林资源产权制度模式，建立了一个与该制度模式相配套的国有森林资源物权制度体系和产权交易市场制度体系，为我国国有森林资源产权制度改革提供理论指导和决策借鉴。

本书适合经济学相关专业的高校师生和科研工作者使用，也可供政府相关部门工作人员参阅。

图书在版编目(CIP)数据

国有森林资源产权制度变迁与改革研究/王兆君，刘文燕著．—北京：科学出版社，2011

（中国软科学研究丛书）

ISBN 978-7-03-030671-5

Ⅰ．①国…　Ⅱ．①王…②刘…　Ⅲ．①森林资源－国有产权制度－研究－中国　Ⅳ．①F326.2

中国版本图书馆 CIP 数据核字（2011）第 053149 号

丛书策划：林　鹏　胡升华　侯俊琳

责任编辑：侯俊琳　陈　超　杨婵娟　孙　青/责任校对：张凤琴

责任印制：赵德静/封面设计：黄华斌

编辑部电话：010-64035853

E-mail：houjunlin@mail.sciencep.com

科学出版社 出版

北京东黄城根北街16号

邮政编码：100717

http://www.sciencep.com

中国科学院印刷厂 印刷

科学出版社发行　各地新华书店经销

*

2011年5月第　一　版　开本：B5（720×1000）

2011年5月第一次印刷　印张：13 1/4

印数：1—2000　字数：267 000

定价：45.00 元

（如有印装质量问题，我社负责调换）

“中国软科学研究丛书”编委会

主　编　张来武

副主编　李朝晨　王　元　胥和平　林　鹏

委　员　（按姓氏笔画排列）

于景元　马俊如　王玉民　王奋宇

孔德涌　刘琦岩　孙玉明　杨起全

金吾伦　赵志耘

编辑工作组组长　刘琦岩

副组长　王奋宇　胡升华

成　员　王晓松　李　津　侯俊琳　常玉峰

总 序 PREFACE

软科学是综合运用现代各学科理论、方法，研究政治、经济、科技及社会发展中的各种复杂问题，为决策科学化、民主化服务的科学。软科学研究是以实现决策科学化和管理现代化为宗旨，以推动经济、科技、社会的持续协调发展为目标，针对决策和管理实践中提出的复杂性、系统性课题，综合运用自然科学、社会科学和工程技术的多门类多学科知识，运用定性和定量相结合的系统分析和论证手段，进行的一种跨学科、多层次的科研活动。

1986 年 7 月，全国软科学研究工作座谈会首次在北京召开，开启了我国软科学勃兴的动力阀门。从此，中国软科学积极参与到改革开放和现代化建设的大潮之中。为加强对软科学研究的指导，国家于 1988 年和 1994 年分别成立国家软科学指导委员会和中国软科学研究会。随后，国家软科学研究计划正式启动，对软科学事业的稳定发展发挥了重要的作用。

20 多年来，我国软科学事业发展紧紧围绕重大决策问题，开展了多学科、多领域、多层次的研究工作，取得了一大批优秀成果。京九铁路、三峡工程、南水北调、青藏铁路乃至国家中长期科学和技术发展规划战略研究，软科学都功不可没。从总体上看，我国软科学研究已经进入各级政府的决策中，成为决策和政策制定的重要依据，发挥了战略性、前瞻性的作用，为解决经济社会发展的重大决策问题作出了重要贡献，为科学把握宏观形势、明确发展战略方向发挥了重要作用。

20 多年来，我国软科学事业凝聚优秀人才，形成了一支具有一定实力、知识结构较为合理、学科体系比较完整的优秀研究队伍。据不完全统计，目前我国已有软科学研究机构2000 多家，研究人员近4 万人，每年开展软科学研究项目 1 万多项。

为了进一步发挥国家软科学研究计划在我国软科学事业发展中的导向作用，促进软科学研究成果的推广应用，科学技术部决定从2007 年起，在国家软科学研究计划框架下启动软科学优秀研究成果出版资助工作，形成“中国软科学研究丛书”。

“中国软科学研究丛书”因其良好的学术价值和社会价值，已被列入国家新闻出版总署“‘十一五’国家重点图书出版规划项目”。我希望并相信，丛书出版对于软科学研究优秀成果的推广应用将起到很大的推动作用，对于提升软科学研究的社会影响力、促进软科学事业的蓬勃发展意义重大。

科技部副部长

张来武

2008 年 12 月

前言 FOREWORD

森林是陆地生态系统的主体，是人类繁衍的摇篮，具有重要的生态价值、经济价值和社会价值。森林不仅源源不断地为人类提供木材产品和林副产品，而且在维持全球生态平衡、调节气候、保持水土、减少洪涝灾害等方面发挥着不可替代的作用。森林如同阳光、水、空气一样，成为人类繁衍、进化、生存、发展进程中不可或缺的生命绿洲。20世纪80年代以后，保护森林成为国际社会高度关注的一个问题。1985年联合国粮食及农业组织制定了“热带林行动计划”。1992年联合国环境与发展大会通过了“关于森林的原则声明”。保护森林，实现森林的可持续发展，已经成为全人类共同关注的重大课题。

我国共有森林面积1.75亿hm^2，森林覆盖率18.21%，森林蓄积量124.56亿m^3。国有森林在森林资源中占据主导地位。国有森林面积占全国森林面积的42.16%，国有森林的蓄积量约占全国森林蓄积量的69.56%。实现国有森林资源的可持续发展，对于国家的生态建设、经济发展和社会进步具有重大意义。

然而，目前的严峻现实是，由于长期过量采伐，森林蓄积量急剧减少，可采成熟林、过熟林林木资源近于枯竭，生态环境严重恶化，林区经济日益困难，可持续发展能力大幅度下降。尽管近些年来通过实施天然林保护工程，森林资源和生态环境得到一定程度的恢复，林业和林区的经济结构得到了初步调整，但国有林区经济发展还没有摆脱目前的困境。

我国国有林区是一个极为复杂的巨大系统，它是一个独立的社会，具有一般社区的特征，同时又有一般林区所特有的内容，其存在、运行和发展主要围绕着森林资源的培育、利用与开发进行（王海等，2004）。森工企业是新中国成立以来，我国管理大面积森林资源的一种制度形式，国有林区就在企业与社会的交融中发展变化。1978年改革开放以来，我国国有林区经历了“让权放利”、“利改税”、“承包经营责任制”、“产权清晰、权责明确、政企分开、科学管理的现代企业制度的建立”等一系列的改革。这些改革使国有林区的管理制度，向适应市场经济发展的需要迈进了一步，但并没有完全解决国有林区制度安排中深层次的问题。林区资源管理体制不顺，国有森林资源权力、责任、利益不明晰，林业企业政企不分等问题长期困扰着国有林区的发展，致使企业冗员过多、债务沉重、企业负担难以剥离、林区人民群众生活水平难以提高、林业企业危困加剧、资源保护与利用的矛盾突出等。因此，“寻找使市场得以表达生态学真理的途径”（莱斯特·R. 布朗，2003），形成符合纳什均衡的生态建设的激励机制和破坏资源、破坏生态的制约机制，建立能够协调个人理性和集体理性，使林业的外部性内部化，建立能够自我实施、自我履行的制度结构，使区域经济能够在协调、有序、理性的轨迹上健康发展，是当前国有林区发展最为迫切的问题。

经济学家诺斯（1994）曾经指出，制度框架是经济取得相对成功的关键，土地、劳动和资本这些要素，有了适宜的制度才得以发挥其功能，因此，制度是至关重要的（戴维·菲尼，1996）。而产权制度创新可塑造出新的激励或动力机制，激发行为人参与交易活动、进行技术创新，推动经济增长（杨瑞龙，1995）。当预期收益超过预期成本时，就可能发生制度变迁（North and Davis，1970）。改革开放后我国的农地制度变迁已经产生了积极的影响，极大地推动了农村经济的发展，农民收入增加，农业生产力提高。林毅夫（1992a）的研究表明，从生产队体制向家庭联产承包责任制的转变，是1978～1984年农业产出增长的主要源泉，而樊胜根（1998）测算出，制度变化对生产率和生产增长的影响远大于技术变化的影响。

因此，为了使国有林区走出困境，只能从体制上寻找突破口，走作为国有林区主要资源的森林资源产权改革之路。

首先，进行产权改革是优化森林资源配置的重要手段。威廉姆森（2008）认为：“人在追求自身利益时会采取非常微妙和隐藏的手段，会要弄狡黠的伎俩。”机会主义倾向的存在，要求设定各种制度来约束人的行为，从而约束人的机会主义倾向。产权制度是经济制度中最核心的制度，产权是影响资源配置的重要内生变量，有效的产权安排能使人们在进行经济活动或交易时，形成稳定的预期，从而规范人们的经济行为，降低交易成本，减少交易摩擦，实现资源的合理配置和有效利用。其次，进行产权改革是调动经营主体积极性的前提条件。经营主体在森林经营中居于主导地位，经营者是否有从事森林经营的积极性是影响森林可持续经营的重要因素。而产权是保障经营主体在从事森林经营中积极性、主动性的前提条件。再次，进行产权改革是明确产权关系的关键。产权关系实质上是一种利益关系。在物质利益的驱动下，产权的所有者必然尽其所能发挥产权的作用，在实现产权主体物质利益的同时避免了资源的浪费。

产权关系也是一种责任关系。可以说一旦界定了产权，有了产权的法律保护，就可以有效地防止外界的侵害，从而能够保证资源利用的可持续性。产权关系还是一种流转关系。森林资源的有效流转可以提高森林资源的利用率，优化森林资源的配置，提高林业生产力。最后，进行产权改革是摆脱林业“两危”的最佳突破口。只有进行产权改革，才能达到“山定主、树定根、人定心”的效果，才能调动起林区职工保护和经营森林资源的积极性和创造性，才能建立起相应的社会保障制度，理顺各种社会关系，实现林区社会的和谐发展。

目前，国内外学者对林业产权的研究已经做了一些有益的尝试。总的来说，西方产权理论对森林资源的国有化和集中控制持怀疑和批评态度。全球的公共森林保护主体正发生着转变，一些小组织的作用正日益受到重视，而且公共森林正逐渐转向由社区进行管理，对森林资源的传统保护方式也正在被各国重新考虑，各国都在改革自己的林业制度。美国森林趋势政策和市场分析部主任安迪·怀特（安迪·怀特等，2007）认为，政府应该鼓励社区居民参与森林保护，应尽量保护民众参与森林管理的积极性。各国的管理经验都比较明确地表明，产权明晰是发挥经营主体经营林业积极性的基本前提，而只有切实保障林业生产要素的合理、规范流转，才能真正盘活森林资源资产，切实解决林业生产经营周期长与经营主体所追求的经济循环周期短的矛盾，实现由森林资源资产经营向资本经营转化，为社会资本注入林业建设创造条件（缪光平和高岚，2005）。多数研究者认为，作为国家代理机构的政府部门并不受利润最大化激励机制驱动，计划并不根据收益状况来制定，因而不会追求从资源中创造最大价值，往往忽略资源发展的投资机会；大量的森林资源国有化常常超出政府实施有效管理的能力，导致资源配置效率低下。在国内，长期以来国有林区林权改革属于改革的禁区，学者在这方面的研究较少，研究更多地集中在林业集体所有制和股份合作制领域。在涉及产权问题的相关研究中，部分国内学者明确指出，中国的林业产权制度改革自始至终未能解决林业经营主体的产权残缺问题。一方面，在国有林区，林地及森林资源的剩余控制权与剩余索取权发生分离，形成了产权残缺，同时经营主体的剩余控制权也是残缺的；另一方面，在集体林区，经营主体虽然在承包期内拥有林地及森林资源的剩余控制权和剩余索取权，但真正拥有剩余索取权的是集体组织，乡镇政府及村级组织在需要的时候随时有可能收回林地经营权。这些做法造成经营主体剩余索取权的不稳定或残缺（许兆君，2008）。

本书运用制度变迁理论、产权理论和经济学理论，在对我国国有森林资源产权制度改革动因进行经济学分析的基础上，对我国国有森林资源产权制度变迁的路径和机制进行系统研究，并针对我国国有森林资源产权制度缺失问题和制度改革的内在要求，研究如何构建一个新型的国有森林资源产权制度模式，并建立一个与该制度模式相配套的国有森林资源物权制度体系和产权交易市场制度体系，为我国国有森林资源产权制度改革提供理论指导和决策借鉴。本书主要内容概括如下。

(1) 运用经济学的理论，对国有森林资源的稀缺性、公共产品属性、准自由进入性、产权的可分性、外部性等进行了深入系统的分析，结合国有森林资源产权制度改革的实际，对国有森林资源产权制度改革的动因进行了经济学诠释。

(2) 通过对国有森林资源产权制度变迁的梳理，分析了制度变迁的特点，并通过制度变迁理论模型揭示了国有森林资源产权制度改革的基础和条件。

(3) 对国有森林资源产权制度缺失进行了实证研究，分析了国有森林资源产权权属不清，产权模式创新不足，国家所有权体制滞后，市场运作机制缺失，相关政策、法律、法规不协调等产权制度缺失问题，为国有森林资源产权制度改革提供了实证支持。

(4) 按林业分类经营的理论，提出了商品林和公益林的国有森林资源产权制度模式，为国有森林资源产权制度改革提供了多元选择方案。

(5) 在对国有森林资源物权现状和问题分析的基础上，对国有森林资源的所有权、用益物权及担保物权进行了法理分析，并按照《中华人民共和国物权法》的要求，构建了国有森林资源物权体系，为国有森林资源产权制度的改革提供了物权保障。

(6) 通过对森林资源产权市场交易制度、市场化的森林资源资产评估制度和产权交易市场的监督管理制度的研究，构建了国有森林资源产权交易的市场制度体系。

(7) 为保证国有森林资源产权改革的顺利进行，从政府管理和服务职能定位、法律和法规的完善、社会服务体系建立、投融资渠道扩大和森林保险制度体系建立等方面提出了国有森林资源产权制度改革的配套保障措施。

(8) 对伊春国有森林资源产权改革进行了案例分析，对其改革取得的成果、存在的主要问题及对策进行了深入的研究，为国有森林资源产权制度改革提供理论与实践的借鉴。

本书除了凝聚作者的劳动之外，还得到了国家林业局、黑龙江省森林工业总局等单位和个人的支持与帮助，也得到了国家软科学出版基金的支持与资助，青岛科技大学经济与管理学院也予以部分出版经费的支持。同时，写作的过程中还参考了许多学者的相关研究成果，在此一并表示诚挚的谢意！最后，还要感谢科学出版社人文分社的编辑们在本书出版过程中给予的真心帮助。

国有森林资源产权改革是一个困扰林业经济理论界、实业界和政府有关部门的世界性难题，本书仅仅是一个尝试性的粗浅探索，还有许多不全面和不完善的地方，如国有森林资源产权改革还涉及森林资源管理体制、国家有关扶持政策及不同区域条件改革的差异性等，这些尚待深入研究。

作　者

2011年1月

目 录 CONTENTS

第一章 产权制度理论与森林资源产权制度研究

国有森林资源产权制度改革研究是建立在现行多种有效理论基础之上的思考和探索，必须遵循理论研究的基本规律，即在科学理论指导下结合实际进行合理的发展。在国内，森林资源产权与产权改革的理论研究是近几年才出现的，但关于一般产权的理论研究和实践发展的文献已有很多。在国外，涉及产权、物权、制度变迁和公共产品等方面的文献非常多。因此，梳理产权及其制度变迁理论，可以从宏观上认识国有森林资源产权制度及其发展的本质；借鉴西方经济学家的产权、物权、制度变迁和公共产品等理论，可以更好把握国有森林资源产权改革的逻辑；研究国内学术界对森林资源产权改革及其制度创新的诸多见解，可以从微观上探求解决我国国有森林资源产权改革的路径。

第一节 制度变迁及制度变迁理论

制度变迁理论的分析框架：通过考察制度演变的历史，寻找影响制度变迁的主要因素，分析制度变迁的成本与效益，正确选择制度变迁的路径，为产权制度改革提供最佳制度选择。

一 制度变迁的含义和分类

所谓制度是指一系列被制定出来的规则、守法程序和行为的道德伦理规范，它旨在约束追求主体福利或效用最大化利益的个人行为。制度是社会博弈的规则，是人所创造的用以限制人们相互交往的行为的框架。诺斯（1994）认为，制度是社会演化的选择，是各种关系的纽带和各种社会规则的集合。制度作为一种集合概念，其总和可称为制度体系或制度结构。制度是人类设计的构造经济、政治和社会相互作用的众多约束，功能在于建立秩序，减少交易中的不确定性，降低交易成本。

制度变迁则是制度的替代、转换和交易过程，是由效益更高的新制度替代效益低的旧制度的过程。制度变迁的成因在于作为自然本性之一的不确定性。制度变迁的主体包括个人、利益集团和国家（政府），在推动制度变迁的过程中追求效用最大化。制度变迁的成本-收益之比是决定制度变迁是否发生、成败的关键。只有预期收益大于预期成本，行为主体才会推动直至最终实现制度变迁，这是制度变迁的原则。不论制度是人为设计还是自发演进的，都有一个制度从均衡到不均衡的打破过程，再回到均衡，这样往复循环，但不是简单的循环，这种制度循环可以称为制度变迁过程（束克东，2006）。

制度变迁按推行和实施变迁的主体和方式的不同，可以分为诱致性变迁和强制性变迁两种类型。

（一）诱致性变迁

所谓诱致性变迁是指现行制度安排的变更或替代，或者是指新制度安排的创造，它由个人或一群人，在响应获利机会时自发倡导、组织和实行。主体以市民为主，且以自发性为基本特征。诱致性制度变迁必须由某种在原有制度安排或结构下无法得到的获利机会引起，它是否发生，主要取决于个别创新者的预期收益和预期成本的比较。

诱致性变迁的特点有五个。一是盈利性。只有当制度变迁的预期收益大于预期成本时，有关个体或群体才会推进制度变迁。二是自发性。它是有关个体或群体对获利机会的自发性反应。三是渐进性。这种变迁是一种自下而上，从局部到整体的过程。同时，制度的替代、转换、扩散要经过许多复杂的环节，是一种缓慢的过程。四是外部性。当一个制度安排被创造出来，其他个人或群体可以模仿这种创新，从而只享受创新的收益，而不承担创新的成本。五是“搭便车”。制度安排是作为一种公共物品而产生的，一旦制度安排被建立或创新，每一个受该制度安排约束的人，不管是否承担了创新成本，都能得到同样的服务（何国平，2005）。

诱致性变迁产生的原因主要有以下两个。一个是从总体上说，当在现有的制度结构下，由外部性、规模经济、风险和交易费用所引起的收入的潜在增加不能内在化，新制度的创新可能允许获取这些增加的潜在收入时，制度变迁就会发生。换句话说，这种制度变迁之所以发生，其根源在于它使诱使其发生变迁者能得到新的收入流，利益的增加促使对该制度变迁需求日益强烈，并最终实现变迁目标。另一个是具体地讲，产生诱致性变迁必须要出现制度不均衡，制度不均衡是诱致性变迁的原因。林毅夫（1992a）对制度不均衡产生的原因进行了研究，他认为，从某个均衡点开始，有四种原因能够引起制度的不均衡。一是制度选择集合改变。正如与其他经济接触能够增大适用性技术选择集合一样，与其他经济接触能够扩大制度选择集合。二是技术改变。马克思认为，社会制度结构基本上以技术为条件，技术除了在社会制度结构方面起决定性作用外，它还能改变特定制度安排，使之不再起作用，这可以从生产和交易的作用来分析。三是制度服务需要的改变。要素和产品相对价格的长期变动，是历史上多次产权变迁的主要原因之一。某种要素相对价格的上升，会使这种要素的所有者比其他要素的所有者获得相对更多的利益。某种产品价格的上升，也会导致用来生产这种产品的要素的独占性使用更具吸引力。四是其他制度安排的实施是彼此依存的（黄莹和张世钧，2003）。正是由于上述原因，才会产生诱致性变迁。

（二）强制性变迁

所谓强制性变迁是由政府命令和法律引入、实施而引起的现行制度的变更或替代。主体是国家，且以强制性为基本特征。

强制性变迁的特点主要有以下几个。一是政府主导性。这种变迁是通过政府命令和法律引入来实现的，是以国家为主体，按照一定方式改变已经不适应新的制度环境要求的原有制度安排，政府是制度变迁的主导因素。提供制度也是国家的一项基本职能，制度是一种公共物品，国家凭借其规模经济和成本优势就能以比较低的成本提供一些依靠诱致性无法实现的制度变迁。二是目的多元性。强制性变迁在政府预期收益大于制度变迁的成本时就会发生。有时政府不是为了经济利益，可能为了政府稳定、个人权威也会有非优化的制度安排发生，有时政府由于意识形态、集团利益冲突、社会科学知识的局限等也会提供无效的制度安排。三是供给功利性。强制性变迁代表着统治者的利益和意识，容易出现制度供给不足或过剩。强制性变迁的出现本来是为了弥补制度供给的不足，但由于强制性变迁的主体是国家，而国家又是一定阶级和利益集团的代表。因此强制性变迁的方向、形式、进程及战略安排都代表政府的利益，符合政府的意识，而不是全体公民的意志。当全体公民急需一项有利于他们的制度变迁时，由于自身力量的弱小，则希望政府进行强制性变迁，以满足他们的需要。实践表明，如果这项强制性制度变迁对政府（国家的代理机构）无利或是损害其利益，政府可能不但不会实施制度变迁，还会阻挠制度变迁。相反，如果对政府有利，政府则会实施强制性制度变迁。鉴于上述两种情况都客观存在，由政府推行的强制性制度变迁就容易出现制度供给不足，或者制度供给过剩。四是预期效用局限性。就实质而言，制度变迁可以被理解为一种更有效益的制度生产过程，同样要遵守经济基本原理——只有在制度变迁的预期收益高于预期成本时，制度变迁才发生。强制性变迁之所以发生，是因为政府代表的阶级和利益集团认为这种变迁的预期收入高于其变迁的预期成本。但是，能够实际计算的只有经济上的成本、收益，因此如果政府仅仅根据经济上是否有利来实施强制性变迁，可能在实施的过程和效果上会完全偏离初期制度变迁的设想，因为在制度变迁问题上，政府的预期效用比个人预期效用要复杂得多。竞争性组织的预期效用只涉及经济因素，而政府的预期效用涉及政府管理的方方面面（如统治者个人偏好因素、政治因素、社会福利因素等）。如果只重视经济上的成本收益，而忽视其他成本收益，结果就会造成对社会其他方面的负面影响，使这种制度变迁得不偿失。五是强制性。强制性变迁是以政府独有的强制力为后盾的，虽然可以降低组织成本和实施成本，但是它建立在强制一部分人服从的基础上，违背了经济效益的基础——一致同意原则。某一制度尽管在强制力的保护下运行，但由于它没有尊重其他人的利益，没有得到大多数人的认可，就容易招来人们的抵制和反抗（梁木生等，2005）。这时，很难说这一制度是有效率的。而当强制性制度并不强制时，不认可制度的人就会借机修正，通过种种修正措施使其更有利于自己利益的最大化。

强制性变迁的时机选择有四个阶段的内容。一是预期制度基本建立。强制性制度安排主要有两种方式：第一种是适应需求诱导性制度的要求，对已经摸清了发展方向的制度进行主要安排；第二种是超前进行制度安排，没有需求诱导性制度的经验积累。不管采用哪一种方式，其目的只有一个，就是为经济快速发展提供一个良好的制度环境。只要预期制度基本建立，就应该适时转换制度变迁方式，由市场微观主体进行需求诱导性制度探索和印证。二是市场微观主体已经初步认可并基本接受新制度。强制性制度变迁能否成功，关键在于市场经济主体的认可和接受的程度。一般而言，接受和认可新制度需要一定的时间，在这段时间内，必须保持强制性制度变迁的势头，不能因微观主体不理解或者反对就立即更改。一旦市场经济主体初步认可并接受新制度，就必须及时把强制性制度变迁方式向需求诱导性方式转变，政府从改革的主体位置上退下来，让位于市场经济主体，由市场来适应新制度，检验新制度，并进行新制度的诱导性探索，为下一轮强制性制度安排积累经验，寻找创新方向。三是新制度进一步完善的障碍已经基本清除。强制性制度变迁一般是对制度结构中的核心制度进行主动的超前安排，即存量革命。核心制度的创新为该系列的制度安排提供了发展方向。这就为新制度的进一步配套和完善，扫清了制度上的障碍。四是制度供给的边际效率稳步递增。强制性变迁需要转换变迁方式的一个重要标志是，经过一段时间的制度更替震荡，制度供给的边际效率开始递增。这种情况表明安排的新制度已经开始发挥作用。如果强制性制度变迁完成了阶段性的历史任务后，仍不及时转换变迁方式，就可能导致制度的效率无法充分发挥。主要表现为新制度的成效无法得到检验，强制性制度安排的无效性和“搭便车”便会产生，新制度无法进行自我完善，制度跌入供给陷阱（邓大才，2004）。如果在预期制度安排妥当后，政府仍然依靠强制手段来推动，一方面，各种利益集团会利用国家的强制性手段来进行制度寻租，使新供给的制度偏离预期制度的框架，从而使增量制度的边际效率和整个制度结构效率不提高，甚至下降。另一方面，由于制度出台前，政府没有对微观主体进行足够时间的内生需求诱导，在制度出台后如果继续用强制性手段来推动，微观主体就会抵制新制度，从而抑制新制度的增量效率的提高而跌入制度供给陷阱。

二 我国制度变迁的理论综述

（一）制度变迁二元并存论

林毅夫和沈高明（1990）用“需求-供给”这一经典理论构架把制度变迁方式划分为诱致性变迁与强制性变迁两种。这里需要指出的是，这种假说不仅仅是针对中国制度变迁而言的。林毅夫认为，在技术条件给定的前提下，交易费用是社会竞争性制度安排选择的核心，用最少费用提供定量服务的制度安排将是理想的制度安排。从某种现行制度安排转变到另一种不同制度安排的过程，是一种费用昂贵的过程。除非转变到新制度安排的个人净收益超过制度变迁的费用，否则就不会发生自发的诱致性制度变迁。由于靠自发的诱致性制度变迁存在着较高昂的交易费用，且存在着“搭便车”问题，所以提供新制度安排的供给大大少于最佳供给，因此，就需要政府采取行动来弥补制度供给不足，从而产生强制性制度变迁。诱致性制度变迁必须由某种在原有制度安排下无法得到的获利机会所引起。只要预期收益高过费用，政府就愿意进行强制性制度变迁，但由于多种因素的影响，如意识形态刚性、集团利益冲突及社会科学知识的局限性等，政府又不一定能够建立起最有效的制度安排。因此，两种制度变迁方式应并存互补。

（二）制度变迁三阶段论

这种假说以杨瑞龙（1998）为代表，他把具有独立利益目标与拥有资源配置权的地方政府引入制度经济学的分析框架，提出了“中间扩散型制度变迁方式”的理论假说，并作出了以下推断：一个中央集权型计划经济的国家有可能成功地向市场经济体制渐进过渡的现实路径是，由改革之初的供给主导型制度变迁方式逐步向中间扩散型制度变迁方式转变，并随着排他性产权的逐步确立，最终过渡到需求诱致性制度变迁方式，从而完成向市场经济体制的过渡。在特定的路径依赖下，我国在改革之初选择的是供给主导型制度变迁方式。若要以这种制度变迁方式完成向市场经济的过渡，必将遇到一个难以解开的“诺思悖论”，即权利中心在组织和实施制度创新时不仅具有通过降低交易费用实现社会总产出最大化的动机，而且总是力图获取最大化的垄断租金。这样，在最大化统治者及其集团垄断租金的所有权结构与降低交易费用、促进经济增长的有效率体制之间，就存在着持久的冲突，从而当权利中心面临竞争约束和交易费用约束时，会容忍低效率产权结构的长期存在。“诺思悖论”在供给主导型制度变迁方式中表现为制度变迁方式与制度选择目标之间的冲突。在权力中心主导制度变迁的条件下和自下而上的制度变迁过程中都将难以解开“诺思悖论”。据此，杨瑞龙提出了“中间扩散型”制度变迁理论。他认为，随着放权让利改革战略和“分灶吃饭”财政体制的实施，拥有较大资源配置权的地方政府成为同时追求经济利益最大化的政治组织。地方政府经济实力的提高所引起的谈判力量的变化导致了重建新的政治、经济合约的努力。当利益独立化的地方政府成为沟通权力中心的制度供给意愿与微观主体的制度创新需求的中介环节时，就有可能突破权力中心设置的制度创新进入壁垒，从而使权力中心的垄断租金最大化与保护有效率的产权结构之间达成一致，化解“诺思悖论”。地方政府介入的这种中间扩散型制度变迁方式在界定和保护产权时更偏重于效率，并通过效率获取垄断租金。

（三）制度变迁主体角色转换说

这种假说以黄少安（1999）为代表。他认为制度的设定和变迁不可能发生在单一主体的社会里，社会中不同利益主体都会参与制度变迁，只是他们对制度变迁的支持程度不同而已。黄少安从家庭联产承包制、乡镇企业的发展及国有企业制度创新等实际经验出发，提出了“制度变迁主体角色转换假说”。他认为中央政府、地方政府以及民众各种主体在制度变迁中也会发生角色的互换，而且角色转换是可逆的。

（四）制度变迁多元并存，渐进转换说

这种假说以金祥荣（2000）为代表，他以“温州模式”及浙江改革经验为案例提出了“多种制度变迁方式并存和渐进转换假说”。他把制度变迁方式划分为供给主导型、准需求诱致型和需求诱致型三种，并主张就全国来说，应走供给主导型、准需求诱致型和需求诱致型等多种制度变迁方式并存和渐进转换的改革道路。在标准的市场经济条件下，需求诱致型制度创新的解放思想的摩擦成本等于零，而他把解放思想的摩擦成本大于零的需求诱致型制度创新称为准需求诱致型制度变迁方式。同时他认为在摩擦成本（政治成本）中区分解放思想的摩擦成本与由于直接的利益冲突引起的摩擦成本是十分重要的。他认为，多种制度变迁方式并存和渐进转换，尤其是从强制性的制度变迁方向向准需求诱致型制度方式的转换，或在一些体制外领域，直接推行准需求诱致型的制度变迁方式，更好地考虑了改革的激进程度与摩擦成本之间的关系，并使改革没有脱离渐进式改革的路径。另外，由供给主导型的制度变迁方式到准需求和需求诱致型制度变迁方式的转换，因为前者与后者相比，有时会出现较为严重的“改革泡沫”。所以，适时实现制度变迁方式的转换，能使低效率产权结构的存在所谓“诺思悖论”尽快消除或降到最小范围内（田峥峥和李辉，2006）。

第二节 产权与现代产权理论

产权理论的分析框架是，通过研究产权问题，明确产权是经济增长的内生变量，只有科学地界定产权的内容、范围和初始分配权，才能真正明晰产权；只有了解产权模式，才能实现产权模式创新。

产权理论是美国新制度经济学派创立的，1991年诺贝尔经济学奖得主罗纳德·哈里·科斯于1937年发表的《企业的性质》、1960年发表的《社会成本问题》等论文被公认为西方产权理论的开山之作。其后，科斯的追随者们也都从不同的侧面对产权理论的完善和发展作出了巨大的贡献。

一 产权的概念与功能

（一）产权的含义

产权是一组权利，是对某种经济物品的多种用途进行选择的权力；产权是人们在资源稀缺性条件下使用资源的规则；产权是人们之间一组被相互认可的行为性关系；产权反映了产权主体对客体的权利，包括财产的所有权、占有权、使用权、支配权和收益权等。产权既是一种权利，又是一种自由。权利意味着产权主体有保护自己的利益且免受他人强加成本的制度保护；自由意味着产权主体可以按照自己的喜好支配属于自己的财产。

（二）产权的功能

产权能为人们提供竞争与合作的框架，充当各种物质生产要素组合的黏合剂和各种经济组织的依托；为经济当事人提供特定的经济激励和约束，使之通过权利配置实现资源配置并分配收益；有助于形成稳定的经济预期，节约各种经济运行成本，减少不确定因素。具体地说，产权具有下列功能。

（1）产权具有界定、规范、激励和交易功能。第一，产权界定了财产界限和财产归属。产权主体对财产客体的自主权和营运中的合法行动自由，保证了产权主体营运的物质条件和利益要求。第二，产权规范了主体间的权利义务关系。产权以法权形式明确了产权主体内部及产权主体之间的权力、利益和责任，一方面，规定了财产营运及产权交易的基本行为准则和义务，使财产营运规范化、有序化、法制化；另一方面，由于责任、权力和利益的有机统一，内生出基于自身利益要求的财产营运约束机制，强制财产营运符合产权规则和产权主体根本利益的要求。第三，产权能够确立有效的激励机制。产权以法权的形式保障了财产主体合法权益的不可侵犯，规定了财产收益获取的合法途径只能是降低交易的社会成本和优化资源的配置。这些对财产主体的经济行为产生了强有力的激励机制，促使人们为了自身利益的最大化去有效地营运财产，同时产权的持久性还决定了利益激励的长远性，避免了短期行为。第四，产权能够保障财产的安全转移。它强化了财产主体之间经济联系的市场性、交叉性和渗透性，拓展了财产营运的空间范围、时间序列和组织形式。

（2）产权具有引导人们实现将外部性较大地内在化的功能。与社会相互依赖性相联系的每一成本和收益就是一种潜在的外部性，使成本和收益外部化的一个必要条件是，双方进行权利交易（内在化）的成本必须超过内在化的所得。一般地，由于交易中的“自然”困难，交易的成本要相对大于所得，或由于法律的原因，它们也可能较大。在法制社会，对自愿谈判的禁止会使得交易的成本无穷大。当外部性存在时，资源的使用者对有些成本和收益没有加以考虑，但允许交易中内在化的程度增加。外部性主要包括外部成本、外部收益，以及现金和非现金的外部性。将一种受益效应或受损效应转化成一种外部性，是指这一效应对相互作用的人们的一个或多个决策的影响所带来的成本太高以至于不值得。将这些效应“内在化”是指一个过程，它常常要发生产权的变迁，从而使得这些效应（在更大程度上）对所有的相互作用的人产生影响。

（3）产权具有社会工具功能。产权是一种社会工具，其重要性就在于事实上它能帮助一个人形成他与其他人进行交易时的合理预期。这些预期通过社会的法律、习俗和道德得到表达。产权的所有者拥有它的同时拥有他以特定的方式行事的权利。一个所有者期望共同体能阻止其他人对其行动的干扰，假定在他的权利界定中这些行动是不受禁止的。财产的界定为选择和构建最有效的财产使用的社会方式提供了现实可能性。财产利益的激励和财产营运的规范、约束，使财产营运自动地导向市场价格最高，因而也是资源配置最有效的方向。财产的交易为财产的自由流动和交易合约形式的自主确立创造了必要条件。

二 产权的权能

马克思所谓的产权的权能是指完整产权所包括的各种具体的权项及其功能，马克思的完整产权的权能包括所有权、占有权、使用权、支配权、经营权、继承权等一系列权利。

一是所有权：它是所有者把所有物归属于自己并且排斥他人的产权权项。所有权不仅意味着财产主体对财产客体的拥有，而且要通过所有权使财产在运行中为主体带来收益。否则，所有权就没有实现。因此，所有权同收益权和剩余索取权是联系在一起的，如土地所有权和地租，借贷资本所有权和利息。所有权的排他性还表明不能有两个以上独立的主体同时对同一产权拥有所有权，所有权的唯一性为所有者自由行使各项权能提供了前提。所有权是其他各项权能形成的基础，它在各项权能中具有决定作用。

二是占有权：它是主体对财产的实际占有、控制和支配，并通过占有、控制和支配来体现占有者的意志和获得经济利益。在现实经济生活中，所有人和占有人既可以是同一主体，也可以是不同主体。前者是指所有人自己直接控制和支配自己的财产，直接行使占有权能；后者是指非所有人直接控制和支配属于他人的财产，这种占有又可分为合法占有和非法占有。

三是使用权：它是使用者按照物的性能用途（并不损毁其物或变更其性质）而对物加以利用的权利。通过对物的使用给使用者带来实际经济利益。使用权和所有权既可以统一于同一主体，也可以分属不同主体。前者是指财产的所有者使用属于自己的财产；后者是指财产的使用者使用属于他人的财产。使用和占有是有密切联系的，占有权决定使用权，没有占有，使用也就无从谈起。

四是支配权：它是指以实际运营财产、资本或一定量价值而进行生产和市场交易活动的产权的权项。通过对物的支配权而为支配者带来实际经济利益，在资本主义经济条件下，表现为生产利润或剩余价值。所有权和支配权既可以统一，也可以分离。在前一场合，所有者支配属于自己的财产；在后一场合，财产的支配者支配属于他人的财产，但获得财产支配的主体不拥有所有权，而且对所有权主体承担财产责任；同时还必须满足所有权主体的收益要求，保证其剩余索取权的实现。

五是经营权：它是指财产经营主体对所经营的财产的占有、使用、处分和一定范围内收益的分配权。经营权是所有者拥有的一种权利，它既可以与所有权一道统一归属所有者，也可以同所有权相分离。随着商品经济的不断发展，所有权同经营权往往是分离的，这有利于强化财产的经营效果，使所有者和经营者的责任、权力和利益得到最佳组合。经营权要受所有权制约，并不得侵犯所有者利益，同时也必须满足所有权主体的收益要求，保证其剩余索取权的实现。

六是索取权：它是要求获得财产在运营中所带来的剩余或收益的一定份额的产权权项。收益权可以来自于所有权，但并非只限于所有权，也可以来自占有权、使用权、支配权和经营权。马克思在分析资本主义经济时认为，借贷资本家和土地所有者的剩余索取权以所有权为基础，利息是资本所有权借以实现的经济形式，地租则是土地所有权借以实现的形式。但职能资本家的剩余索取权不是直接以所有权为基础，而是来自其对借入资本的支配权。虽然产权权项除所有权以外，其他权项也可以获得一定份额的剩余索取权，但剩余索取权是所有权的最基本实现形式。

七是继承权：它是指所有人死亡后，其遗留下来的个人合法财产，或依其遗嘱指定，将其遗产赠给继承人以外的受遗赠人，法定继承人或受遗赠人依法取得遗产所有权的权项。马克思对有关继承权的研究包括以下内容：①资本主义国家法律关于继承权的规定，实质上是通过法律保证私有财产的世代连续性，从而保证以私有制为基础的生产关系得以维持和继承；②马克思揭示了所有制和继承法的因果关系，认为继承法是从现存的社会经济组织中得出的法律结论，是一种结果，而原因在于所有制，因为现存的社会经济组织是以所有制为基础的；③资产阶级所有权通过继承法可以长期存在下去，而不受资本家个人生命的影响，这样，资产阶级所有权的长期持续存在就采取了法权形式；④马克思反对把继承权作为社会改造起点的错误主张，认为继承权的消亡是对生产资料私有制进行社会改造的自然结果，而不是它的起点。只要做到把生产资料从私有财产转变为公有财产，生产资料的继承权就会自行消亡（邱虹，2006）。

三 产权规则

产权规则可以被描述为“绝对允许的规则”，即未经权利持有人的同意并支付一定的费用，任何人不得使用这些权利。一旦赋予了某人特定的权利，那么国家就不再干涉权利转让的价格，而是让权利持有人来决定权利的价格（当然权利是否能够实现转让还取决于受让方是否接受这个价格）。产权规则下国家的干预是最少的，国家并不去规定转让的价格，而只需决定谁是权利的初始拥有者即可。产权规则包括产权界定规则、产权权益及其补偿规则和产权交易规则。

（1）产权界定规则。产权界定规则是指确认财产界定和财产归属关系的原则和有关的方法、程序等法律规定。有三条原则：第一，产权界定必须体现一定所有制形式的性质和要求；第二，产权界定必须以一定的国家政治和法律制度为依据；第三，产权界定必须体现所有权排他性的要求，不得在产权界定时侵犯所有者合法的财产和财产收益。产权界定有极其重要的作用，一方面，它是产权行使和发挥作用的前提和基本条件。通过产权界定确立产权主体，保证其自主经营、自负盈亏，实现财产权利的排他性和财产收益的最大化。另一方面，它是实现资源配置的必要条件。通过产权界定，明确市场主体和主体内部各要素间的经济关系，为市场机制发挥作用创造了条件，有利于资源的有效配置。

（2）产权权益及其补偿规则。产权权益及其补偿规则是依法对产权体系中各项权益予以明确划分，调整财产的所有者、经营者、使用者之间利益关系的原则和规定。

它包括三个方面。其一，财产所有与财产权益相统一原则，在法律确认和规定的范围内，坚持谁投资、谁所有、谁受益、谁负责的原则。其二，产权权能相分离原则。除财产所有权不可分割外，其他权利在不违背所有者意志和利益条件下，可形成独立的权利并可分割重组。其三，财产收益相兼顾原则。在产权权能相分离后，财产营运利益应依法由财产所有者、经营者、使用者共享，但财产所有者应拥有基本的剩余索取权和享有主要的财产收益。

（3）产权交易规则。产权交易规则是保障产权作为商品自由、公正地转让的原则和法律规定，必须遵守合法、自愿、等价原则。

四 现代产权理论与产权改革的思路

现代产权理论是自20世纪30年代以来，以科斯为代表的西方经济学者在对系统微观经济学和标准福利经济学的根本缺陷进行思考和批判中形成的。其研究表明：同一种财产制度下产权主体已趋于多元化，各产权主体将分别成为产权利益结构中的不同受益者。无论是所有权还是使用权，只要拥有这种产权的时间足够长，就会激励人们去捍卫自己的利益。因此，产权界定的实质是财产权利的配置，不同的产权安排意味着财产权利在不同主体之间的分配，不同的产权界定方式不仅影响经济活动的效率，而且影响财产分配的公平。

（一）交易费用理论

交易费用是西方产权理论的基础性概念。产权理论认为，市场交换的实质不是物品和服务的交换，而是一组权利的交换，所交易的物品的价值，也就取决于交易中所转手的产权多寡或产权的强度，市场交换是实现稀缺资源优化配置的最有效手段，但是，要使市场机制运转起来，交易者必须首先对所要交换的物品有明确的、专一的和可以自由转让的所有权。否则，为交易进行谈判的费用将非常高。

科斯在20世纪30年代就以交易费用为工具，对企业的性质和规模做了深刻的说明。他认为，利用价格机制组织生产必然会招致交易费用，因为交易各方要搞清楚与其有关的价格，就要进行谈判和签约。1960年，他又通过发现交易对象，告诉对方交易费用不为零的现实世界，说明了产权安排的经济意义。

达尔曼认为，交易双方欲达成协议，必须相互了解，将可能提供的交易机会告诉对方，这种信息的获得和传递是要耗费时间和资源的；如果交易的一方有多个经济代理人，在决定交易条件时，还会产生某些做决策的成本；相互同意的条件确定后，还有执行所订契约条款履行其责任的成本。故从契约的过程来看，交易费用包括了解信息成本、讨价还价和决策成本，以及执行和控制成本。

威廉姆森强调隐契约的重要性，将交易费用分成事前与事后两部分。交易费用的事前部分包括协议的起草、谈判和维护等费用。其中的“维护费用”尤为复杂，它与一般所有权、可信承诺与诚实、契约争端的法律裁决有关。

威廉姆森认识到交易具有三个基本维度，即交易发生的频率、交易的不确定性程度与种类以及资产专用性条件，并从这三个基本维度与后机会主义行为、规制结构选择和成本补偿的关系出发，间接地考察了交易维度与交易费用的数量关系。在他看来：①资产专用性的存在，使得事后机会主义行为具有潜在可能性，资产专用性程度越高，事后被“要挟”的可能性就越大，通过市场完成交易所耗费的资源，较在一体化内部完成同样交易所耗费的资源要多；②在不确定环境下，决策必须是可变的、过程性的，交易各方通常以灵活机动的“关系性契约”形式代替死板僵硬的“古典契约”形式，达到节约交易费用的目的；③规制结构的确立和运行都是有成本的，这种成本的补偿取决于交易发生的频率，经常发生的交易较一次性发生的交易更容易补偿这种成本。威廉姆森的分析框架有两个特点。首先，在选择交易的规制结构时，交易费用虽然是必须加以考虑的（通常是主要因素），但并不是唯一要考虑的因素。规制结构的选择还要考虑生产费用。其次，生产费用与交易维度特别是资产专用性程度并非没有关系。这些特点在其著名的启发性模型中表现得最为明显。一般来说，随着资产专用性程度的提高，若采取市场规制结构，内部规制的行政费用会越来越低。企业自己生产某一物品的（生产）成本与从市场购买这种物品的（生产）成本之差，是随着资产专用性程度的提高而下降的。综合考虑这两个方面的影响可发现存在一个临界的资产专用性程度，低于这个程度，宜于由市场来组织生产；高于这个程度，宜于由企业来组织生产。

（二）效率分析理论

有效的经济组织是经济增长的关键，而要保持经济组织的效率，需要在制度上确立和明晰产权，以便形成激励，将个人的经济努力变成私人收益率接近社会收益率的活动。在有效的产权制度下，价格是资源配置的信号，它反映了资源的稀缺程度，资源的利用和使用资源的决策主要是通过价格信号做出的。效率的实质就是在一定的约束条件下实现经济主体偏好的最大化，这实际上就意味着经济主体必须是行为理性的主体，它必须追求利益的最大化和成本的最小化。产权制度的成本是由特定产权制度下各种不同主体承担的，单个或私人主体并不意味着这个主体就是单个的人或私有主体，而是指在特定产权制度下，以独立产权主体身份或其他经济活动主体身份参加经济活动的主体。

效率的基本含义是成本与收益的比较。产权收益包括正收益的增加和负收益（损失）的减少。所谓提高产权制度的效率，就是尽量以较小的制度成本获取较大的社会产值，或避免较大的社会资源的浪费。在收益目标既定的前提下，尽可能降低制度的成本；在制定成本既定的前提下，则尽可能增加收益。如果从制度成本的角度研究制度成本与效率的关系，降低产权制度成本包括以下两个方面：①降低特定产权制度下经济活动主体的交易成本，即尽可能提供更方便和更有利于优化资源配置，减少资源浪费的产权制度；②降低制定、监督执行或变革特定产权制度自身的成本。降低产权制度成本或避免成本不合理上升的第一个基本要求是对产权边界有明确的划分，使产权的限度有明确的界定。如果产权边界不明晰，产权没有限度，产权纠纷就会大量增加，甚至产权的权能无法有效行使，利益无法实现，各产权主体为交易活动而支付的成本也非常大，而且这种耗费将极少有收益。第二个基本要求是在产权边界明晰的前提下，把产权划归最有利于降低成本和提高社会产值的主体。尽管一个社会的产权制度的基础，即生产资料所有制，对于具体的产权划分来说不具有可选择性，但是在这个前提下，具体产权的划分规则，包括法律规则，是可以选择的。把产权划归给谁，就有一个优化选择的问题。从资源使用效率看，生产要素的产权特别是经营权一般应掌握在善于经营的人手里。在生产要素有多种用途的情况下，生产要素产权一般要用于最高效益的经营，从而使这类经营者有产权。第三个基本要求是防止内在成本外在化和尽量使外在成本内在化。任何一个产权主体或其他经济活动主体，参与各种交易活动，都是力求达到自己的目的——获取不同形态和意义上的收益。

科斯从三个角度分析了产权制度的成本与效益的关系。科斯第一定理即为斯蒂格勒（1992）的表述：如果市场交易成本为零，不管权利初始安排如何，市场机制都会自动使资源配置达到帕雷托最优。如果市场交易成本为零的假设成立，产权制度的任何安排和选择都不会影响资源的最优配置，即产权制度的安排和变动对资源配置效率没有意义。这是因为产权制度的效率是成本与收益的比较，而产权制度的成本为零，当然无论什么样的产权制度，无论怎样变动，都不会影响效率。这实际上否定了人们能动选择和建立产权制度的必要性。科斯是交易成本的发现者，当然不会接受交易成本为零的假设。他研究的是现实的交易成本大于零的范围。科斯第二定理（有人称之为科斯第一定理的反定理）：在交易成本大于零的范围里，不同的权利界定会有不同的资源配置效率。这里强调的是：交易是有成本的，不同产权制度下交易成本的大小有差异，从而对资源配置效率产生不同影响，所以产权制度的选择是有必要的。科斯第二定理：制度本身的设计、制定、实施与变革等也是有成本的。对不同的制度，一种制度的不同设计，要不要建立相应的制度，要不要变革制度，怎样变革制度等，同样存在着选择的必要。科斯第三定理是站在产权制度制定、监督实施、改革者的角度对产权制度自身成本的考察，既包括他自己为此耗费的成本（即内在成本）或私人成本，也包括这些制度的实施给社会带来的成本，即给这些制度的遵循者所增加的成本或带来的“麻烦”，后者称为制度本身的外在成本或社会成本。

新制度经济学关于产权制度的成本——效率分析，在方法论上的制度创新主要表现在：第一，它开创了制度成本定量分析方法。虽然科斯的“交易成本范畴”还有难以计量的局限，但却给人们提供了一种思考问题的方向和一个可供完善的对象。这与以前关于制度合理与否的哲学、社会学、心理学等分析方法相比，无疑是一个进步。第二，它将制度分析方法与正统微观经济学方法结合了起来。

（三）产权改革的思路

第一，产权是影响经济发展的重要因素，完善社会主义市场经济体制必须把完善产权制度放在重要位置；第二，产权的核心是各个经济主体之间的利益关系问题，国有企业产权改革中必须高度重视国有资产出资者、经营者、劳动者之间的利益关系，特别是产权变动所引起的不同阶层之间利益的调整，要防止利益过分向有产者倾斜而使收入差距进一步扩大，以维护劳动阶层的利益；第三，一个社会可以有多种产权，要探索社会主义市场经济条件下各种产权的实现形式、特征、相互关系，特别是居主体地位的公有产权的实现形式；第四，产权是财产关系的法律形式，每种产权都可以分解，产权的明晰、界定、执行和交易都要有法律依据和保证，要制定和完善有关界定和保护产权的法律法规（张丰兰，2004）。

第三节　物权及物权与产权关系理论

物权理论的分析框架是，通过明确物权的概念及内容，充分认识物权在明晰产权中的特殊地位和功能，为国有森林资源产权理论的重构提供强有力的法律制度支撑。

一 物权的概念和特征

（一）物权的含义

物权是指某人对其物享有的支配权，此种权利无须义务人实施一定行为便可以实现。近现代各国关于物权的概念，一般没有定义性规定。因此在物权法的发展过程中，关于物权概念产生了各种各样的学说。大体可以将其归纳为四种。

第一种，侧重于对物的直接支配性权利。梅仲协认为（《民法要义》第369页）：物权者，支配物之权利；日本学者浅井清信认为：物权，乃对一定的物直接支配的权利（梁慧星，1998）。

第二种，侧重于直接支配与享受利益权利。梁慧星认为：所谓物权，是指法律将特定之物归属于特定权利主体的法律地位。

第三种，侧重于直接支配与排他性权利。孙宪忠（2003）认为：所谓物权，即权利人直接支配物并排除他人干涉的权利。王利明认为：物权是指公民、法人依法享有的直接支配特定物并对第三人的财产权利。

第四种，侧重于直接支配、享受利益与排他性权利。例如，郑玉波著《民法物权》：物权，乃直接支配其标的物，而享受其利益的具有排他性的权利；史尚宽著《物权法论》：物权者，直接支配一定的物，而享受利益的排他性权利。

我们认为：物权是直接支配特定物，享有该特定物的收益并排除他人干涉的权利。某特定物既已归属于特定的权利主体，则该权利主体对该特定物，在法律上自有一定的支配领域。在此支配领域内，该权利主体可以直接支配该特定物，自由地使用、收益、处分，且任何人非经权利主体的同意，均不得侵入或干涉。强调对物享有一定的利益，是符合市场经济要求的。在市场经济条件下，人们围绕物的各种价值属性产生一定的行为，其目的就是为了获得一定的利益，因此，明确物权的利益性，就能够通过物权法来保障一系列有关物权的交易行为，维护交易安全，保障物权所有者的合法权益。

（二）物权的本质

关于物权的本质，学界甚有争论。我们认为其本质有两个：一为对物的直接支配，并享受其利益；二为排他的保护绝对性。此二者系来自物的归属，即法律将特定物归属于某权利主体，由其直接支配，享受其利益，并排除他人对此支配领域的侵害或干预。具体分析如下。

首先，物权为直接支配物的权利。物权以直接支配标的物为其内容。物权人对于标的物的支配，无须他人意思或行为的介入，即可获得实现。物的所有权人可以径行使用、收益、处分其物，故属于直接支配。抵押权人于债权已届清偿期而未受清偿时，无须抵押人的介入，可申请法院拍卖抵押物，实现抵押权，也属于直接支配。支配则是指依权利人的意思，对标的物加以管领处分，包括法律行为和事实上的任何行为。

其次，物权为支配特定物的权利。物权是直接支配物的权利，其权利客体亦即物权的标的物必须为“物”。此所谓“物”，是指有体物，包括动产和不动产。各国物权法也有以权利为物权的客体，如我国担保法所规定的权利质权。

但这不是本来意义上的物权，因担保物权的特性，重在交换价值的支配，以权利设定担保，成为与物权类似的权利，理论上称为“准物权”。

再次，物权为享受物的利益的权利。法律将某物归属于某人支配，在于使其享受该物的利益，物的利益可分为使用价值与交换价值。在所有权所享受的利益，为物的全部利益，包括使用价值和交换价值；在用益物权所享受的利益，为物的使用价值，即对物为占有、使用、收益；在担保物权所享受的利益，为物的交换价值，即债务人届期不清偿债务时，担保物权人可以依法变卖标的物，就其价金满足债权。

最后，物权为直接支配特定物而享受其利益的绝对性权利。物权作为一种物的归属的权利，具有绝对性，对任何人均有其效力。任何人非经物权人同意不得侵害，如受他人侵害时，物权人可以主张物上请求权，排除他人侵害，以回复物权应有的圆满状态。故物权又称为绝对权或对世权。

（三）物权的特征

第一，物权的直接支配性和绝对性。所谓物权的直接支配性，是指物权人可依自己的意思，无须他人意思或行为的介入，对标的物即得管领处分，实现其权利内容的特性。因此，物权是对物直接支配的权利，他人负有不得侵害物权人权利的义务。物权具有排他的效力，同一标的物上不能同时存在两个或两个以上内容相同的物权。物权内容的实现也不需物权设定人的介入。所谓物权的绝对权，并不是指物权权利的内容是绝对不受限制的，而是指物权的权利主体是特定的，其他任何人都负有不得非法干涉和侵害权利人所享有的物权的义务。这就是说，一切不特定的人都是义务主体。正是因为物权属于对世权，所以物权的设立、移转必须要公示，从而使第三人知道，所以任何物权都是一种公开性的权利。

第二，物权的支配性和保护的绝对性。正是因为物权是支配权，因此决定了物权具有独占性和排他性。物权人在其标的物的支配领域内，非经其同意，任何人均不得侵入或干涉，否则即构成违法，这就是物权保护的绝对性。因此，物权属于可以要求世间一切人对其标的物的支配状态予以尊重的权利，一切人均负有不得侵害该直接支配状态的义务。任何人侵害物权时，不论其主观上有无过错，物权人都可以对之行使物上请求权或主张追及的效力，以回复物权应有的圆满状态。如果行为人构成侵权行为，物权人可以请求其负损害赔偿责任。

第三，物权的目的性与手段性。在以债权为中介以取得物权的关系中，物权具有目的性特征，债权具有手段性特征。但是，由于社会经济生活的复杂变化，物权的手段性特征也在许多领域有所体现，如为了获得租金而将不动产贷与他人的场合，可以看到物权的手段性和债权的目的性特征。

第四，物权的优先性和追及性。物权的优先性，首先表现在当物权与债权并存时，物权优先于债权。具体来说，物权优先效力主要表现在如下四个方面。

其一，在同一标的物之上同时存在物权和债权时，物权优先，这是对物权的对外优先效力的表述。物权的对外效力具体包括：①所有权的优先性。此种情况常发生在一物数卖的情况中，如在不动产交易中，出卖人将一物数卖，不动产已实际交付给先买受人，但未登记，而后买受人已办理登记过户手续，则后买受人享有的所有权可优先于先买受人享有的债权。②用益物权的优先性。当用益物权与债权并存时，用益物权应优先于债权。③担保物权的优先性。当担保物权与债权并存时，担保物权具有优先于债权的效力。

其二，同一物上多项其他物权并存时，应当根据物权设立的时间先后确立优先的效力。这是对物权的对内效力的表述。所谓物权的对内效力，是指物权相互之间的效力。根据大陆法系的民法理论，一物之上不得设立两个或两个以上的所有权，这是所有权排他性原则适用的结果，然而在某些情况下，当事人可以在同一物上设立性质并不矛盾的多个物权。在多个物权并存的情况下，从原则上说，先设定的物权应当优先于后设定的物权。物权对内效力扩大适用后，又产生了另一项规则，即后成立的物权不得妨碍先成立的物权，先物权的实现可导致后物权的消灭或自然排除后物权的效果。应当指出的是，当某物的所有权与其他合法的物权并存时，若该物由第三人侵夺或由不法占有人占有，所有权人和他物权人均请求第三人返还该物时，所有权人不得主张所有权具有优先于他物权的效力，这一现象在民法上又称为“定限物权优先于所有权”的规则。

其三，法律、法规规定了物权相互间效力顺序的，应当遵守法律、法规的规定。在某些情况下，法律基于社会公共利益等因素的考虑，可以规定某些发生在后的物权有优先于发生在先的某些物权的效力。

其四，同一物之上既存在着某种物权，也存在着某种兼具物权性质和债权性质的权利时，前一种物权应当具有优先于后一种权利的效力。例如，租赁权人所享有的优先购买权与共有人享有的优先购买权发生冲突时，共有人所享有的优先购买权应当优先。因为共有人所享有的优先购买权是基于所有权而产生的，而租赁权人所享有的优先购买权是基于主要作为一种债权的租赁权而产生的。所以，按照物权应当优先于债权的规则，前一种优先购买权应当优先于后一种优先购买权。

物权的追及性是指物权的标的物不管辗转流通到什么人手中，所有人可以依法向物的占有人索取，请求其返还该物，任何人都负有不得妨碍权利人行使权利的义务，无论何人非法取得所有人的财产，都有义务返还，否则便侵犯了权利人的权利。应当指出的是，物权的追及效力并不是绝对的，因为在法律上确立善意取得制度之后，物权应当受到善意取得制度的限制。也就是说，如果标的物由占有人非法转让给第三人，而第三人取得该标的物时符合善意取得的构成要件，则所有人不得请求第三人返还原物，只能请求不法转让人赔偿损失。

二 物权法的价值

所谓物权法的价值，也就是物权法的规范功能，它是指物权法所应当具有的作用和应当达到的目标。毫无疑问，物权法和其他法律一样应当体现法律的秩序、自由、正义和效益等价值目标。但是作为一种专门用于解决因自然资源的有限性与人类需求的无限性之间的矛盾，而引发的人与人之间紧张关系的法律制度，物权法应具有其更独特的价值（梁慧星和陈华彬，1997）。对物权法独有价值的探讨不仅能够使人们更深刻地认识制定物权法的必要性与迫切性，而且能够使物权法的制定及将来的适用不至于偏离物权制度系统固有的目标。传统大陆法系的物权法，其核心价值主要体现在确定物的静态归属，从而达到定分止争、界定产权的作用。随着市场经济的发展，物权法的价值也发生了相应的转化，从传统的注重对静态财产的保护而转向对动态交易安全的维护。物权法中的善意取得、公示公信原则等内容的确立，都体现了其价值的嬗变。物权法主要具有以下几个方面的重要价值。

首先，确认和保护物权——定分止争。物权法首要的功能在于确定财产的归属，从而平息冲突与纷争，而物权法的这一功能是通过确认物权类型并对其加以保护来实现的。因为物权的本质就在于将特定物归属于某权利主体，由其直接支配，享受其利益，并排除他人对此支配领域之侵害或干预。由于资源具有稀缺性，而人类的欲望是无穷的，若不能划定个人控制财产的界限，则人类对财产的争夺不会休止，社会生活亦不能维持，于是就有将一定的财产归属于特定主体，使该主体能对归属于他的财产进行排他性支配的必要，物权制度遂应运而生。财产权的确立，可以停止人们掠夺性的经营消费活动，并减少财产权的纠纷，从而有助于人们安定地从事生产活动，增加社会的总生产量。在我国社会主义市场经济条件下，物权法的这一功能表现在以下几点：一是确认和保护多种所有制经济，充分发挥公有制的优越性；二是确认国家、集体及个人所有权，对各类财产权实行平等保护；三是通过对物权的确认和保护，鼓励、刺激人们努力创造财富，从而促进社会财富的增长。

其次，支持、保障与促进交易的顺利进行。物权法不仅是确认和保护所有制关系的法律，而且是规范市场经济的基本法律规则。物权法的制定是我国市场经济得以发展、繁荣的不可或缺的要素，也是建立我国社会主义市场经济秩序的迫切需要。物权法对我国市场经济的重要作用通过其所具有的支持、保障与促进交易顺利进行的功能来实现的，这主要表现在以下几个方面：一是确认物权形态，为交易的进行提供前提；二是确立物权变动的规则，规范交易主体如何取得物权、实现其交易目的；三是确立公示公信原则、善意取得制度，保护交易安全。

再次，增进财产的利用效益。现代物权法以效益作为其重要的目标。根据经济分析法学派的观点，所有的法律规范、法律制度和法律活动归根结底都是以有效地利用资源、最大限度地增加社会财富为目的，也就是通过法律手段促进资源的最佳配置，实现帕雷托最优。尽管将效益的目标扩张及对于所有的法律部门的观点，其合理性值得商榷，但其作为物权法立法中应确立的基本价值却依然是十分必要的。作为一种解决因资源的有限性与需求的无限性而引发的紧张关系的法律手段，物权法的功能不仅仅在于界定财产归属、明晰产权从而达到定分止争、实现社会秩序的效果，更在于使有限的自然资源的效益得到充分发挥，从而更好地满足人类的需求。无论是从物权法自身的演变还是从制度构造来看，物权法都以充分发挥资源的经济社会效益作为其追求的目标。主要表现在以下几个方面：一是物权法从“归属到利用”或“从所有到利用”的历史演变过程体现了物尽其用的基本价值；二是现代物权法在体现效益价值方面所展现的若干新趋势，即所有权权能分离更加复杂、不动产之上物权的类型增多和对物的利用更有效率、强化用益物权的功能以充分保证对物的利用和尽可能提高物的使用效率。

最后，现代各国物权法已经逐渐地放弃了传统的注重对物的实体支配、注重财产的归属转而注重对物的多样态利用、注重财产的价值形态，对物的有效利用已经成为物权法的一项基本原则，这些规则也是人类生活经验的总结，应当为我国物权法所借鉴。在我国物权立法中确立效益原则应注意如下问题。

第一，清晰界定产权，鼓励当事人设立越来越多但互不矛盾的物权形态。市场经济是通过资源的优化配置而实现效益目标的，资源应当如何优化配置，不仅取决于资源的占有量，更重要的是要有一套资源配置规则，这种规则主要是通过确定财产的所有权归属，明确财产所有权的主体，从而为资源的交易提供法律前提。只有清晰地界定产权才能为有效率地利用财产创造前提、奠定基础（林刚，1994）。同时，物权法还可以通过他物权的规则确定资源在交易中的流转，从而有助于实现资源的优化配置，这就要允许当事人设立越来越多的互不矛盾的物权，从而促进财产的动态利用（吕来明，1991）。

第二，完善相邻关系制度，有效地协调权利人之间对不动产的利用关系，减少权利行使中的冲突成本。由于土地绵延无垠的存在，从而土地所有人因土地相互毗邻而发生联系非常常见，本来各相邻不动产所有人基于所有权对其不动产可自由使用、收益，但个人如仅注重自己的权利而不顾他人的权利，必将导致利益冲突，不仅不能使不动产物尽其用，且有害于社会利益。因此，法律就相邻不动产所有权的行使作一定程度的干预，要求不动产所有人应为相邻不动产所有人行使权利提供必要的便利，容忍来自邻人的轻微损害。从相邻不动产所有人的角度来看，其在行使对不动产的权利时可要求不动产所有人提供便利，从而能够对其不动产进行充分的利用，使其经济社会效益得到最大限度的发挥。在相邻关系制度中，最能体现物权法追求效益目标的是越界相邻关系。土地所有人建筑房屋时逾越疆界的，其行为构成侵权行为，侵犯了邻地所有人的物权。但是，大多数国家的物权法此时并未允许邻地所有人行使物权请求权，据以请求拆除越界的房屋并交还占有的土地。从这些国家的规定来看，大体上是赋予被越界的土地所有人请求赔偿的权利而未规定其可以请求变更或移去房屋的权利，也就是说，被越界的土地所有人有容忍邻地所有人使用其土地的义务。

第三，允许、鼓励多重抵押，最充分地利用物的交换价值。法律允许甚至鼓励抵押人将其抵押物设立多重抵押权，由于抵押权本质上是一种价值权，即以抵押物的价值优先受偿的权利，而抵押物的价值又是可以分割的，因此抵押人完全可以将其抵押物的价值分开而设立多重抵押。多重抵押的存在不仅为融资开辟了更广阔的渠道，而且也使抵押物的价值得到充分的利用。与此相关的是，虽然土地与房屋在物理上是紧密相连的，构成一个不可分开的整体，但是两者在价值上是可以分开的，从而也表明抵押人可以将其土地使用权与房屋分开抵押，在实践中常常要求土地所有权与房屋所有权必须一并抵押，这实际上是对财产权人行使权利做出了过多的干预，不利于对物的充分、有效的利用。

第四，完善土地使用权制度，解决土地使用权与房屋所有权的冲突。如前所述，在我国，由于土地使用权是有期限的，而房屋所有权是无期限的，因此，在土地使用权年限届满时就会因国家收回土地使用权而发生土地使用权与房屋所有权的冲突。解决此冲突的一个比较妥当的办法就是在土地使用权年限即将届满时允许使用者申请延期，只有在土地使用者未申请延期或者申请延期但依法律规定未获批准时，土地使用权才由国家无偿收回。土地使用权人已经在土地上建造了建筑物和附着物，如果其愿意延长土地使用权的期限，则表明这些建筑物和附着物对其有继续利用的价值；如果不允许其延期而由他人取得土地使用权，则因这些建筑物和附随物对该他人并不一定具有继续利用的价值，这样就会造成财产的损失和浪费。因此，应当在土地使用权到期后允许使用权人将其使用权展期，如果使用权人不愿意展期则应当恢复原状。

三 物权的内容和种类

（一）物权的内容

物权人能够享有的权利，在法学上被称为物权的权能。物权的基本权能是对物的支配或者控制。这种支配按照我国学者的一般思考方式，具体有如下四项。

第一，占有，即物权人对物的实际控制。占有可以是物权人自己亲自的占有，即直接占有；也可以是物权人依据某种法律关系让别人为自己占有，即间接占有。总之，只要能够控制着物的，就可以成为占有。

第二，使用，即物权人直接利用物，获得物的实际利用的好处。

第三，收益，即取得物的出产物。

第四，处分，即将消费物消费掉，或者将物品出卖或者出租等。一般而言，处分是物权最基本的权能，或者说物权最重要的权能，因为它决定着物权的命运。一旦处分后，物权或者可能消灭，或者可能受到限制。

（二）物权的种类

本书所研究的物权种类主要有四种：第一，所有权，是指所有人依法对自己的财产享有占有、使用、收益和处分的权利；第二，用益物权，是指权利人对他人所有物享有的以使用收益为目的的物权；第三，担保物权，是指为确保债务的清偿而于债务人或者第三人的特定物或者权利上成立的一种限定物权；第四，准物权（quasi-property），是一组性质有别的权利的总称。

四 物权与产权的关系

有的学者认为，产权的“权”，是指“法律上的权利，即法律赋予特定主体为一定行为或不为一定行为的资格”（谢次昌和王修径，1994）。其内容应和民法中的物权相吻合，即指我国《民法通则》中所规定的“财产的所有权以及与所有权有关的其他权利”。但是，法学上讲的产权，主要强调的是所有权，它着重对客体从归属的角度来做出判断；至于由所有权引出的占有、支配、使用、收益、处置等权利则可以理解为以法治原则的“推定权利”。因此，现代产权理论的一个重要贡献就是区分了产权与财产权的不同含义。科斯指出“人们通常认为，商人得到和使用的是实物（1 亩[①]土地或 1t 化肥），而不是行使一定（实在）行为的权利。我们会说某人拥有土地，并把它当作生产要素，但土地所有者实际上所拥有的是实施一定行为的权利。”（科斯等，2004）

循着科斯的理论逻辑分析物权，我们发现：首先，物权仅仅是指法律赋予某人拥有某物的排他性权利，它可以是纯粹法律赋予某物的归属标志，而产权则是物进入实际经济活动后所引发的人与人之间相互的利益关系的权利界定，这一界定可以是明确制定（如法律规定的权利），也可以是隐含的（通过道德、

---

① 1 亩≈667m^2。

习俗等加以承诺或默认）；其次，物权侧重于对所有者拥有物的状态描述，亦就是对行为权的结果的描述；而产权则注重经济活动中人的行为。可见，产权的本质也应该是规定人们相互行为关系的一种规则，它是与物权有关的一组行为性权利，因此，这种行为权同样也为产权内涵的本质特征。

通过对产权与物权关系的上述分析，我们能够概括出物权与产权的以下相同之处。

首先，从权利的属性看，物权与产权同为财产权利，同为对财产的支配权；其次，从权利的客体看，物权与产权的客体都是一定的财产；再次，从权利的范围看，完备的产权与不完备的产权的范围大致相类于物权中的对应概念；最后，行为权应该是经济学上产权概念强调的重点，这是与法学上物权概念的本质区别所在。

西方产权经济学理论正是立足于英国、美国、法国的产权概念，其诸多理论与观点对物权同具说服力。但是产权毕竟不能等同于物权。两者的差异有，其一，相对于传统物权概念的确定，产权的概念一直较为模糊，难以明确准确的外延；其二，相对于物权的体系化，产权则较为散乱，更贴近现实关系，而缺少逻辑现象；其三，物权的范畴较产权为小，如“污染权”作为产权，却不属于物权范畴。

对物权与产权进行上述比较之后，我们能够得出这样的结论：物权在保持其确定性、体系化的同时，也应吸收产权观念的以下一些特性，以完善和丰富物权的权利内容。一是现实性，即注重对现实财产关系的实际调整，而不是一味的学理演绎与抽象。例如，产权不仅是所有权，更是行为权；人们关注产权，讨论产权，更重要的是关注产权的行为权。一般来说，产权的分解或分裂主要是体现在行为权的分解或分裂上，这与社会分工的趋势是一致的。二是灵活性，不固守既有理论和概念，而能不断适应社会发展需要。三是开放性，能够不断接纳新的权力客体、权利形态（周林彬，2002）。

第四节　森林资源产权理论

一 森林资源及其功能

森林资源是林地及其所生长的森林有机体的总称。这里以林木资源为主，还包括林中和林下植物、野生动物、土壤微生物以及其他自然环境因子等资源。林地包括乔木林地、疏林地、灌木林地、林中空地、采伐迹地、火烧迹地、苗圃地和国家规划宜林地。森林可以更新，属于再生的自然资源，也是一种无形的环境资源和潜在的“绿色能源”。

森林资源是地球上最重要的资源之一，是生物多样化的基础，森林具有多重功能，它不仅能够为生产和生活提供多种宝贵的木材和原材料，哺育着各种飞禽走兽，能够为人类经济生活提供多种食品，更重要的是森林能够调节气候、保持水土、防止和减轻旱涝、风沙、冰雹等自然灾害，还有净化空气、消除噪声等功能。

二 森林资源产权的特征

（一）森林资源产权的一般特征

森林资源产权通常被称为林权，也被称为山林权属，是林地、林木的合法所守者拥有在法律规定范围内独占性地支配林地和林木的财产权利结构。在所有权基础上，森林资源所有人可以依法对其所有的林地、林木行使占有、使用、收益和处分的权利。林权反映的林业所有制关系，是社会生产关系的重要组成部分（孔凡斌，2008）。

在我国，林地和林木的权属性质是有区别的。就所有制结构而言，林地所有制只有国有和集体所有两种公有形式，法律不承认林地的私人所有权。林地所有权是严格的自物权，具有强烈的排他性和专有性，且有不可让渡性。集体林地产权具有土地财产权的一般特性，也有其不同的特征。就一般特征来看，林地产权具有不动产性质、供给具有稀缺性、可以重复使用的特性，以及永久收益性等土地资源的一般特点（张春霞和蔡剑辉，1996）。林地产权的特殊性是相对于耕地而言的，林地资源的稀缺性相对弱些；同时林地由于是同长周期的林木相联系，由于林业生产过程是社会生产过程和自然生产过程的统一，所以林地产权在具有永久收益性上又有不同的内容和特点。

中国现代林权在承认林地所有权的公有单一形式的同时，并不否认和排斥林地所有权之上的用益权的流动性和出让性等制度安排。国家和集体的林地所有权中的占有、使用和收益的权利通常是可以有偿转让的，即通常所说的所有权和经营使用权的分离。林地经营权是一种限制物权，是林地经营权获得者在他人的林地上设置的权利，实际上也是根据林地所有权人的意志设定的林地所有权上的负担，起着限制所有权的作用，因此林地所有人在自己的林地上设定了地上权，那么就只有林地使用权人使用林地，所获得的收益也由林地经营者享有，林地所有权人无权干预和处分。林地经营使用权属转让的方式通常有承包、租赁、合作、合股、拍卖等。林地经营权、林木的所有权包括占有、使用、收益及处分权都可以有偿转让。林木所有者可以通过买卖、抵押等物权流转方式实现林木财产权。可见，在保证林地所有权结构不变的基础上，林地使用权、经营权、收益权乃至经营权利的处分权利依法均可以按照效率原则在不同主体之间流动，从而拓宽了林地所有权利益的实现方式，为林地资源市场化和资源的有效配置创造了制度条件。

林木所有权则有国有、集体和私有三种基本类型，也可以概括为公有和非公有两种形式，林权权属设置相对灵活，权利主体呈现多元化，既可以是自然人所有，也可以是非国有、非集体成分的公司和企业法人所有，而且林木权利在不同主体之间可以依法转让。

相对于林木的公有权而言，私有林权通常是依据承包经营合同和法律直接规定而获得。私有林权是他物权，是林木所有者经营他人所有的林地而享有的权利，是林地的地上权。我国森林资源从所有制结构上看主要分为三个部分。一是国有林，即国有国营的林业，主要分布在东北三省、内蒙古以及西南的四川、云南、西藏等省（自治区）；二是集体林，即集体所有制林业，主要分布在南方十省（自治区）；三是非公有制林业，即个体私营林业，散落分布在广大山区、农区以及城郊。

我国国有森林在森林资源中占据主导地位。国有森林的林地面积占全国森林面积的 42.16%，国有森林资源的蓄积量约占全国森林蓄积量的 69.56%。国有森林资源产权的基本特点是：林地所有权归国家所有，经营权在企业、集体和农户等多种主体手中，其中以企业为主。

（二）森林资源产权特殊性

1. 森林资源的公共性

森林生态资源产权的非排他性和非竞争性，决定了森林资源作为公共物品的特性。森林资源作为公共物品的非排他性，是指“它一旦被生产出来，生产者就无法决定谁来得到它”。或者说，森林资源作为公共物品一旦被生产出来，生产者就无法排斥那些不为此物品付费的人，或者排他的成本太高以致排他成为不可能的事情。森林资源资产的非竞争是指森林资源作为公共物品消费的非竞争性，即对森林生态资源“每个人对该产品的消费不会造成其他人消费的减少（黎常，2002）。”共同而又互不排斥地使用森林资源这种公共物品有时是可能的，但由于“先下手为强”式的使用而不考虑选择的公正性和整个社会的意愿，一些森林生态资源，如清洁空气、悦人的景观正在变得日益稀缺。结局可能是所有的人无节制地争夺有限的森林生态资源。英国学者哈丁在 1968 年指出了这种争夺的最终结果：如果一个牧民在他的畜群中增加一头牲畜，在公地上放牧，那么他所得到的全部直接利益实际上应该减去由于公地必须负担多一吃口所造成整个放牧质量的损失。但是这个牧民没有承担这种损失，因为这一项负担被使用公地的每一个牧民分担了。由此他受到极大的鼓励一再增加牲畜，公地上的其他牧民也这样做。这样，公地就由于过度放牧、缺乏保护和水土流失被毁坏掉。毫无疑问，在这件事情上，每个牧民只是考虑自己的最大利益，而他们的整体作用却使全体牧民破了产。每个人追求个人利益最大化的最终结果是不可避免地导致所有人的毁灭——这种合成谬误被哈丁称之为“公地悲剧”。(沈满洪，2001)

2. 森林资源的外部性

所谓外部性是指某些经济活动能影响他人的福利，而这种影响不能通过市场来买卖。外部性可以分为外部经济（或正外部性）和外部不经济（或称负外部性）。外部经济就是一些人的生产或消费使另一些人受益而又无法向后者收费的现象；外部不经济就是一些人的生产或消费使另一些人受损而前者没有补偿后者的现象。庇古认为正外部性就是边际社会收益大于边际私人收益，经典的例子是养殖蜜蜂不但使养殖者得到养蜂收益，而且还可以使邻近的果园由于蜜蜂授粉而增产，在这一例子中私人收益是养蜂收益，社会收益由养蜂收益和果园增产收益两部分组成。负外部性就是边际社会成本大于边际私人成本，经典的例子是钢厂排放污染物对渔场的影响，私人成本是生产钢的成本，而社会成本则由生产钢的成本和钢厂排放污染物引起渔场的损失两部分组成。为了消除因外部性存在使社会成本与私人成本、社会收益与私人收益不一致的现象，庇古提出了外部性内部化的设想，其中在他的《福利经济学》（庇古，2006）一书中指出，应当根据污染所造成损失对排污者课以赋税，以促使其减少生产，消除边际社会成本与边际私人成本的差距，使两者相等，这种税赋就是“庇古税”(Pigouian tax)，应用“庇古税”实现了负外部性内部化。如果是正外部性，则由政府给正效益提供者（如养蜂者）以补贴，以鼓励其发展，实现边际社会收益与边际私人收益相等，即实现了帕雷托最优状态。自1960年美国经济学家科斯（Coase）发表了《社会成本问题》后，庇古的观点受到了很大的冲击。科斯提出了与传统不同的观点，认为只要市场交易费用为零，无论产权如何分配或安排，通过协商交易途径的市场机制总可以得到最有效率的结果。以钢厂与渔场的情形为例，如果把排污权给予钢厂，即钢厂有权排放污染物，那么渔场就会以低于鱼损失的费用购买钢厂的排污权而使钢厂产量降下来；如果把不受污染的产权给予渔场，那么钢厂就会补偿因其生产给渔场所造成的损失。根据科斯定理，在没有交易费用条件下，国家解决污染问题的方法便是只需将产权明晰化，而无需用税收和补贴办法。

公共物品的外部性同样适用于森林资源。森林资源被无节制地砍伐，导致环境恶化是负外部效应行为。它表现为私人成本与社会成本、私人收益与社会收益的不一致。所谓私人成本就是生产或消费单位森林资源，生产者或消费者自己所必须承担的费用。在没有外部效应时，私人成本就是生产或消费单位森林资源所引起的全部成本。当存在负外部效应时，由于某一厂商的森林砍伐造成的环境恶化，导致另一厂商为了维持原有产量，必须增加一定的成本支出（如防止水土流失、涵养水源等），这就是外部成本。私人边际成本与外部边际成本之和就是社会边际成本。

假如代表性厂商的私人边际收益为 *PMR*，它等于社会边际收益 *SMR*，私人边际成本为 *PMC*，社会边际成本为 *SMC*，由于厂商砍伐引起的外部边际成本为 *XC*，那么

$$SMC=PMC+XC$$

这种私人成本与社会成本的偏离可以用图 1-1 来表示（沈满洪，2001）。

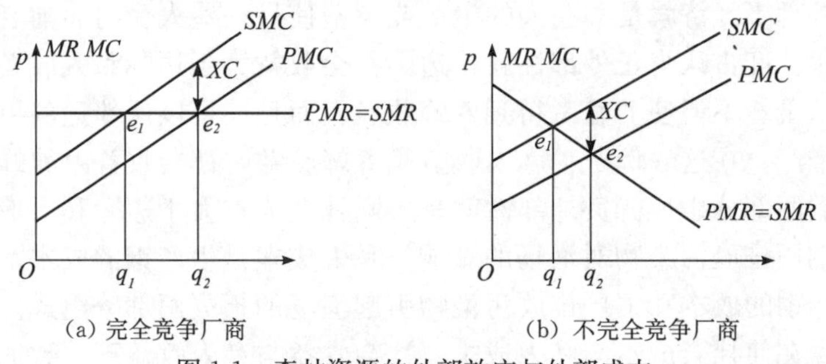

(a) 完全竞争厂商　　(b) 不完全竞争厂商

图 1-1　森林资源的外部效应与外部成本

图 1-1（a）和图 1-1（b）的区别在于：在完全竞争条件下，*PMR* 曲线与需求曲线是重合的，并且是水平的；在不完全竞争条件下，*PMR* 曲线处在需求曲线之下，并且是向右下方倾斜的。在没有环境恶化时，追求利润最大化的厂商的产量决策按照$PMC=PMR$ 的原则确定，得到的产量即 e_1 点所决定的产量 q_1。存在环境恶化时，如果由于环境恶化导致的外部成本 *XC* 不是由其个人来承担，则代表性厂商仍会把产量确定在 q_1 水平下。由于厂商的砍伐行为导致了 *XC* 的外部成本，边际成本曲线由 *PMC* 移向 *SMC*。这时，从社会的角度看，社会福利最大化的产量决定应按照 $SMC=SMR$（等于 *PMR*）的原则来确定，即由 e_2 点所决定的产量 q_2。可见，由于负外部效应的存在，代表性厂商按利润最大化原则确定的产量 q_1 与按社会福利最大化原则确定的产量 q_2 严重偏离。q_1-q_2 的产量就是森林资源过度利用的低效率产出。即使是完全竞争厂商也不例外。因此，当存在负外部效应时，厂商的利润最大化行为并不能自动导致森林资源配置的帕雷托最佳状态。森林资源的外部性理论解释了引起市场非对称性与市场失灵所导致的环境问题及其通过征税、补贴与明晰产权等消除外部性的对策。国有森林资源资产作为公共物品的特性明显强于非国有森林资源资产，因此，森林资源的外部性理论对国有森林资源产权改革研究具有重要的指导作用。

在任何社会经济系统下，森林资源产权的外部性都表现得尤其明显，包括森林资源的经济效益、社会效益和生态效益的外部性。通常情况下，森林资源产权主体的消费性活动导致森林资源面积减少和质量的降低，系统的稳定性和生态功能降低，产生负外部性，森林资源产权主体的生产性活动促进森林资源的总量增加和质量的提高，其保持水土、涵养水源、防风固沙、调节气候、净化空气、美化环境等生态功能增强，产生大量的正外部效用。在现有的社会经济系统条件下，森林资源产权主体的消费活动的负外部性受到政府和社会的高度关注，并通过森林消耗控制法令、征收森林资源费用，以及违法责任追究等措施予以纠正，通过这些措施，将森林资源消费性活动的外部成本内在化。当前，最为突出的问题是森林资源产权主体的生产性活动产生的大量正外部性效益中的相当一部分无法实现“内在化”，以及“正外部性内在化失效”所引起的上述“负外部性”管制的效率递减。目前的实际情况是，无论是“庇古解决”方式还是“科斯解决”方式，在森林资源建设和保护中都没有得到全面实施，林业正外部性效益得不到全面补偿，其原因是复杂的。众所周知，一项制度的创新或变迁，取决于制度变迁的成本和效益的衡量结果，以及制度创新的获利机会，但有的时候，制度的变迁不完全取决于制度变迁的成本和收益，而在于制度变迁主体的选择取向，即决策者的意识形态和政治理性。在现代中国，制度变迁的推动和选择者主要是执政党及其领导下的各级政府。因此，要想在中国有效解决林业产权正外部效益的经济补偿问题，首要的因素是决策者的决心和远见（孔凡斌，2008）。除此之外，森林资源产权的外部效益内化还存在一些短时间难以逾越的困难。例如，“内在化”的效益边界和数量的测量技术限制、界定成本过高及特定阶段政府财政补偿能力难以弥补外部性费用，致使森林资源外部性效益价值无法得到有效内在化。外部性的存在会扭曲产权的激励机制，从而影响资源配置的效率。

3. 森林资源职能的社会性与产权权能实现的有限性

排他性是产权最重要的特征，即产权主体对于他所拥有的财产具有自主的使用权、自由的转让权和独享的收益权，是对其他人有使用和收益这一财产的否定权利，排他性是产权内稳性的要求，也是产权边界有效性的体现。森林资源消费性活动具有显著的负外部性效益，林权主体采伐自有森林资源获取经济收益的时候，其经济活动对生态环境的不利影响也同时发生，当出现大规模的森林资源采伐时，森林生态系统的整体生态防护功能将显著降低，进而威胁公共生态安全。这个时候，政府作为公共利益的维护者，就有必要干预私人产权行为，限制私人森林采伐行为，对私人产权权能施加限制，在此条件下，林业产权主体的排他性能力将被抑制，森林资源产权主体不被允许完全按照市场规律及自己的经营目标自主决策、自由地进入或退出市场，他们对林地用途的选择受到种种限制，何时采伐、采伐多少受到限额采伐指标的限制。

4. 森林资源的自然地理属性和产权界定、保护的困难性

我国是多山的国家，人口多，农业土地面积相对有限，林业发展空间相对有限，始终坚持“不与农业争地”的方针。森林资源多分布在高山、峡谷、丘陵边缘等难以为农业所利用的土地资源上，相对海拔高而且地形复杂，相对于农地而言，森林资源自然地理条件差，植被覆盖程度高，通视性差，边界划分和确认技术难度高，且因地形崎岖复杂，人的可到达难度大，到达平均成本高。由此决定林业产权的初始界定、转让确权和对非法侵权行为打击等行为的综合成本极高，致使森林资源生产活动和维权活动很难开展，即使开展了，其成本远高于收益，最终得不偿失。例如，林业产权客体中的林地产权虽具有可辨认和可分割的自然特性，但林地资产的流动性产权界定和保护的成本比农地要高很多，而且政府部门发生在监督执行森林资源财产政策法律的成本，以及森林产权的变更及调解山林纠纷等所需支付的交易费用数量也相当惊人。

5. 森林资源产权交易的复杂性

森林资源产权包括林木和林地的所有权、经营权、承包权、处置权及收益权等，森林资源产权交易异常复杂：一是规范流转的法律制度滞后，交易过程中没有可操作性的统一规范，交易的公信力不够；二是产权交易客体多样，不仅有所有权的交易，还有经营权、承包权甚至采伐权的交易，交易起点众多，交易行为复杂；三是交易形式多样，各种社会主体都可以通过承包、租赁、转让、拍卖、协商、划拨等形式参与产权交易，增加了交易规范的难度；四是交易技术平台不够，中介服务机构社会化程度不高，产权交易信息不够畅通，产权价值评估体系不健全，制约着产权交易市场效率，产权交易行为难以准确、及时地反映市场供求。此外，除了终极性所有权的交易以外，其他的中介性产权交易还存在是否要受到所有权主体制约的问题，这些都增强了林业交易的复杂性。

6. 森林资源产权收益预期的不确定性与持续经营困境

产权的一项重要功能是能够形成产权所有者与其他人进行交易的合理预期，明确的产权归属是产权收益预期的必要条件，而不是充分条件。就森林资源而言，在保证产权权能的完整排他性之后，产权主体获得了基本的财产安全保护和经济收益权利，这是森林资源保护和发展的基础条件，但是对于产权主体而言，获得产权并不代表他一定就有好的收益。如果产权主体获得的是中林、幼林，他要取得高额的产权收益，就需要选择实现产权利益的方法，一种方法是尽快将自己的森林资源以最好的价格转让以获取套现资金，即通过“分配性努力”实现产权收益；另一种方法是自己投资或投劳经营现有林分，通过劳动性

和经营性努力提高产权收益的预期。但是，森林资源的形成依赖自然投入和人工投入，且在很多情况下，自然因素对森林资源的成长和安全发挥着至关重要的作用。众所周知，森林资源形成周期长，资金占有相对大，需要长期的投入，森林资源安全受自然灾害的威胁而非常地不稳定，森林资源预期价值还要受到远期市场供求关系的影响，不确定性因素多，综合风险大，森林资源经营收益预期的能力弱，这在很大程度上影响产权主体“劳动性努力”的付出意愿和程度，他将因此不愿意投资或投劳于森林经营，更愿意选择出让现有的森林产权套取近利。如果假设信息获取成本为零，同时假设防范风险的成本极高，众多社会主体都可以免费获得森林经营风险的信息，那么森林产权主体出让人将很难利益最大化地将自己的森林资源转让出去，最终林权转让因经营风险而告结束，其最终结果是产权主体只得自我经营，但是考虑到经营风险，他也可能将放弃投入而让森林资源处于自生自灭状态，森林经营将处于停滞，产权收益将严重地被削弱。此外，国家长期以来对林区经济剩余的剥夺及处理林业产权问题的随意性和掠夺性也在很大程度上造成林业产权收益预期的不确定性。

第二章 国有森林资源产权制度改革的经济学诠释

国有森林资源产权制度改革是我国经济领域的重要举措，具有举足轻重的作用和广泛的社会影响，如何从经济学原理的角度分析现有产权制度的缺陷，论证产权制度改革的理论动因，进而明确改革的理论支撑和坚定改革的信心是进行国有森林资源产权制度改革的必备条件。本章通过对国有森林资源产权制度改革的经济学诠释，分析了国有森林资源的稀缺性特征、公共产品属性、外部性影响、准自由进入状态、产权的不可分性弊端、“囚徒困境”及政府规制与政府失灵问题。系统阐释了只有通过产权改革才能成为解决上述问题的最优解。

第一节 国有森林资源稀缺性

资源稀缺性是指一定范围内现有资源相对于人们对资源的总需求呈现供不应求的现象。从理论上讲，资源的稀缺性有两种表现形式：一种是物质性稀缺，即资源在绝对数量上相对于需求的短缺，倾其所有而不能满足，这种稀缺又称为绝对稀缺；另一种是经济性稀缺，即资源在绝对数量上可以满足人类的总需求，但由于开发资源一定量的经济投入所得到的资源是有限的，因而不能满足人们对资源的需求，这种稀缺又称为相对稀缺。我国森林资源同样存在稀缺性问题。在农业时代以前，人口数量较少，森林资源对于人类而言是一种自由取用资源，人们可以任意利用森林资源，而感觉不到森林资源稀缺性的存在；随着人类社会的发展和对森林资源利用率的提高，森林资源的稀缺程度与日俱增。这种稀缺性更加重了人类对森林资源的依赖，也增加了森林资源的价值。森林资源越稀缺，其价值就越大，这是森林资源的供求关系所决定的客观趋势。在新中国成立之初，原始资本积累的压力异常突显，对森林资源的利用程度远远超过森林资源的自增长能力，导致国有森林资源日渐枯竭，国有森工企业日益危困，国有林区职工生活艰难，国有森林资源的稀缺性程度明显提高。我国森林资源总量不足，人均占有量相当匮乏，这种稀缺属物质性稀缺。林业“两危”，开发、利用和保护森林资源的能力不足，因而造成森林资源供不应求，不能满足人们对其日益增长的需要，这种稀缺属经济性稀缺。稀缺性特征要求对森林资源必须进行合理、有效、可持续地配置和利用。

事实上，也正是稀缺性的存在使人们能够运用经济学的方法来分析和研究森林资源的重新配置问题。只有通过重新界定产权主体、明确其产权范围，才能保护森林资源不受侵害，发挥森林资源内在的潜力，防止森林资源遭受破坏，提高森林资源的利用效率，使森林资源的稀缺程度逐渐缓解。同时在森林资源日益稀缺的情况下，如果不通过产权明晰使森林资源的利用实现排他性消费，就会导致森林资源的竞争性使用。在国有产权状态下，森林资源实际上是以零价格被消费使用，如果森林资源是充裕的，其相对价格本身处于零状态，此时，即使不对森林资源产权进行明晰，也不会导致森林资源的竞争性使用。但随着森林资源稀缺程度的提高，其相对价格提高，如果不通过明晰产权使人们利用森林资源必须付出与其相对价格对应的现实价格，就会导致私人成本与社会成本的差异，而且所有的国有森林资源使用者都无节制地使用有限的森林资源，就会导致“公地悲剧”的发生。另外，如果不通过明晰产权使森林资源的供给者，即森林资源的所有者、经营者或使用者，得到其应有的收益，其私人收益与社会收益的差异将导致森林资源供给不足，这将进入一个恶性循环状态(Dasgupta，2002)。

因此，当森林资源稀缺性发展到一定程度，建立排他性产权的收益就可能高于制度变迁的成本，产权明晰成为必然选择。

另外，作为国有森林资源产权制度本身也存在稀缺性问题，因为制度本身的生产也需要成本和费用。在解决资源稀缺性的同时，也要兼顾制度稀缺性的要求，通过改革模式的设计创造适合改革的多种制度选择。

第二节　国有森林资源利用的博弈分析

一　森林资源公共产品属性的“囚徒困境”

任何物品，如果一个集团中的任何个人可以消费它，它就不能排斥其他人对该物品的消费，则该物品就是公共物品。这说明公共物品具有非排他性。非排他性是指产品一旦被提供出来，就不可能排除任何人对它的不付代价的消费(最起码从合理成本的角度来看是如此的)。严格而言，这包含三层含义：①任何人都不可能不让别人消费它，即使有些人有心独占对它的消费，但或者在技术上是不可行的，或者在技术上可行但成本过高，因而是不值得的；②任何人自己都不得不消费它，即使有些人可能不情愿，但却无法对它加以拒绝；③任何人都可以恰好消费相同的数量。公共产品的非排他性与私人产品消费所具有的“排他性”正好相反。一件私人物品，如苹果，在被某人消费的同时就排除了其他人对它的消费，并且做到这一点很方便；而公共产品就不然，如国防，在被某人消费的同时并不排除其他人消费相同的数量，并且也无法或者无法低成本地排除不付费者的使用，所以，对于自利的个人而言，总存在着“免费搭乘”（free ride）的激励，从而进一步加强了公共产品市场提供的失误。同时，公共产品也是“每个人对这种物品的消费不会造成任何其他人对该物品消费的减少的物品”，这就是公共物品的非竞争性。一旦公共产品被提供，增加一个人的消费不会减少其他任何消费者的受益，也不会增加社会成本，其新增消费者使用该产品的边际成本为零。公共物品除了具有上述特征外，还具有自然垄断性；生产的不可分性，即它要么向集体内所有的人提供，要么不向任何人提供；其消费具有社会文化价值等属性。

森林资源具有典型的公共产品属性。森林生态系统提供的生态效益功能，不仅能够满足当代人生活质量提高的要求，而且能够惠及后代人的生存福利，具有非排他性特征。森林资源的生态效益一旦被提供，增加一个人的消费不会减少其他任何消费者的受益，也不会增加社会成本，新增消费者使用该产品的边际成本为零，具有典型的非竞争性。由森林资源的公共提供所决定，森林资源具有自然垄断性。由它要么向集体内所有的人提供，要么不向任何人提供的特点决定森林资源具有生产的不可分性。森林资源还具有初始投资特别大，而随后所需的经营资本额却较小、对消费者收费不易或者收费本身所需成本过高；其消费具有社会文化价值等属性。因此，森林资源是具有全球性特征的公共物品。

森林资源生态效益的公共产品属性决定了谁为森林资源付费必然陷入“囚徒的困境”，见表 2-1。

表 2-1　森林资源公共产品的“囚徒困境”

博弈的条件	乙贡献	乙欺骗
甲贡献	3，3	1，4
甲欺骗	4，1	2，2

表 2-1 描绘了假设两个人为森林资源公共产品价格付费的困难选择。困难在于是按照自己的真实收益为公共产品付费，还是隐瞒自己的真实收益而不付费。第一个数字表示甲的收益，第二个数字表示乙的收益。当别人为森林资源生态效益付费而自己不付费时，最佳个人收益为 4。两个人都为森林资源生态效益付费时，获得的个人次佳收益是 3。两个人都不为森林资源生态效益付费时，次差的个人收益是 2。当自己为森林资源生态效益付费而别人不付费时，最差的个人收益是 1，别人“搭便车”，免费享受森林资源的生态效益。两个人的最佳博弈策略都是不为森林资源生态效益付费。也就是说，不论另外一个人的决定如何，自己的最佳选择都应当是欺骗。

对于甲来说，如果乙为森林资源生态效益付费，甲的最佳选择是欺骗和搭乙支付的便车（4>3）。如果乙不为森林资源生态效益付费，甲的最佳策略仍然是不付费（2>1）。无论乙的决定是什么，甲的最佳反应都是不贡献。

反之，对于乙来说，也是这样。

甲乙二人有相同的最佳策略，当两个人同时做决定时，便会导致纳什均衡产出，两个人都不为森林资源生态效益付费，纳什均衡产出为（2，2），总产出为4。甲乙两个人都有同样的动机，当两个人同时决策时，纳什均衡的结果是两个人都不为公共产品作贡献。即使甲乙两个人不是同时决策而是相继决策，只要两个人都清楚对自己和对方的各种决策的最佳结果，其产出结果仍然是纳什均衡（2，2）。假设甲首先决策，甲知道如果他对公共产品的支出作贡献，第二个人将不会贡献，这种结果将是（1，4），甲获得1，乙获得4。如果甲首先决策，而且不作贡献，结果将是（2，2）。不论谁先决策，将都不对公共产品的支出作贡献。第二个决策者的最佳反应也是不作贡献。纳什均衡结果（2，2）是一种非效率的产出均衡，因为当两人都为公共产品付费时，其产出（3，3）可以让两人情况都变好。也就是说，结果（3，3）是一种帕雷托改进，因为在该处每个人都获得改善。但是有效率的结果（3，3）不是纳什均衡，因为在（3，3）处，假定别人贡献，每个人都可以不对公共产品贡献而获得改善。当每个人都以自利的方式行为，试图依赖别人对公共产品的支出时，结果（3，3）就会移向非效率的纳什均衡（2，2）。其中一个人可能希望按照真实的个人利益，诚实地为公共产品贡献，这样，诚实者就可能被其他的“搭便车”者所利用。如果甲诚实，结果将会是（1，4）。当两个人都采取欺骗行为时，从纳什均衡结果（2，2）开始，必须采取措施促使有效率的结果（3，3）出现。

国有森林资源产权制度改革就是要通过森林资源的产权明晰，改变森林资源的公共物品属性，从一定程度上实现森林资源的排他性和可转让性，使所有者必须按照自己的真实收益为公共物品付费，解决公共物品领域的“囚徒困境”问题。从而使森林资源通过市场机制达到优化配置成为可能。

二 森林资源市场模式的“囚徒困境”

国有森林资源包括稀缺性、外部性、公共产品属性、准自由进入状态、公共池塘资源属性、不可分性等经济学特征，解决这些问题的手段主要有两个，一个是政府管制模式，另一个是自由市场模式。政府管制模式有弊端已经被逐渐达成共识，解决问题的唯一选择就是市场模式，市场模式的基本方法是通过订立契约，明确各方主体的权利义务关系，禁止对森林资源乱砍滥伐，以保护所有人的长远利益。但是，如果协议各方不遵守协议是有利可图的，而排除不遵守协议的成本过高难以奏效时，就会陷入典型的“囚徒困境”现象。“囚徒困境”指的是非合作博弈的情况，即说明在信息不完全对称条件下抛弃通过合作实现个人最优目标的途径选择，见表 2-2。

表 2-2　森林资源市场模式的“囚徒困境”

博弈的条件	乙合作	乙不合作
甲合作	30，30	10，40
甲不合作	40，10	15，15

表 2-2 说明，在一个开放进入的林场中人们为什么会产生过量采伐的动力。假定林场中只有林农甲和林农乙以木材为生，而林场在一定时期内采伐量是有限的。他们面临着一个选择，要么进行合作，经谈判协商建立明晰的产权制度；要么不合作，各自随意进行采伐。在合作的条件下，每人每天伐木 30㎥，但如果甲不合作而乙合作，甲可伐木 40㎥，而乙仅 10㎥。反过来也是如此，如果双方都不遵守合约，就会导致森林资源的衰退，每人只能获得 15㎥。显然，社会的最优资源利用方式是进行合作，因为这使得总的采伐量达到 60㎥，高于其他所有选择。但从技术上讲，对每一方的优势策略都是不合作。于是表中的结果成为必然。这种双方都落入不合作的游戏被称之为“囚徒困境”。

因为每人都采取不合作策略，尽管某一时点上对自己有利，但最终将导致森林资源的衰退。解决这一问题的选择方案有两个，一个是各方达成有约束力的协议并得到执行，另一个是明晰产权使社会资源配置达到次优。前者由于排除成本过高而使协议难以执行。

所以，只有进行产权改革才能摆脱“囚徒困境”，有效配置森林资源，防止森林资源的进一步衰退。

第三节　国有森林资源的外部效益内部化

所谓外部性（externality），指的是一个经济单位的活动所产生的对其他经济单位的有利或有害的影响。

外部性最主要的特点是，它不仅存在于有关当事人决策的“外部”，而且也存在于市场定价制度之外。外部性所指的仅仅是那些无法通过市场交易为它付费的收益或无法通过市场交易获得补偿的损失。简而言之，外部性就是指个体生产或消费活动对其他个体或总体模式的间接影响所产生的生产或效用函数，它不是发送者的主观愿望，也不受价格体系的支配。市场机制无力对产生外部性的主体给予惩罚。外部性产生于决策范围之外且具有伴随性。外部性与受损（或收益）者之间具有某种关联性。外部性所产生的影响明确表示出来，但它必定要有某种福利意义。当受损者对外部性不是漠不关心时，它就是相关的，否则，就不是相关的。外部性可以是正的，也可以是负的。当外部性为正时，造成外部性一方的活动总是不能提供得足够多，称为外部经济；当外部性为负时，又总是出现过分提供，称为外部不经济。外部性具有某种强制性。在很多情况下，不管你是否同意，外部性加在承受者身上时具有某种强制性，这种强制性是不能由市场机制解决的，并且外部性不可能完全消除。公共产品可以被看作外部性的一种特例。特别是当一个人创造了一种有益于经济中每个人的正的外部性的时候，这种外部性就是纯公共产品。有时，公共产品和外部性的界限会显得有点模糊。虽然从学术的观点来看，正的外部性和公共产品颇为相似，但在实际应用中，把它们区分开来还是有用的。公共产品，如国防、灯塔等，它的特征之一是可以同时令不止一个人受益，即可以同时进入许多人的效用函数或许多厂商的生产函数。这与刚才讨论的外部性十分相似，所以在市场提供方面也会出现数量不足的问题。所不同的是，对于公共产品而言，市场提供的不充分尤其严重。这主要是因为，外部性不过是个人或厂商自利行为的副产品，有充分的激励促使个人或厂商出于私利而在最初提供其活动。而个人或厂商从公共产品中得到的利益相对于公共产品的提供成本而言，却往往小得足以产生反向的激励，使任何个人望而却步。

森林资源作为一种特殊的公共产品，具有很强的外部性，即它所产生的生态效益和社会效益的享用是不可分割、不可排他的，只要它存在，公众都可以进行平等的消费。但根据市场交易的原则和产权交易的惯例，这种无法补偿的外部效应的存在对于产权的实施主体是不公正的，也即某个林业企业的营造林活动为周围的居民提供了生态和环境方面的好处，但却没有得到相应的报酬，在有些情况下不免会削弱该企业的积极性（马爱国，2003）。

对于森林资源所有者或经营者而言，有如下几个方面反映其外部性特征。首先，不论森林资源的所有者或经营者是否愿意，只要他们进行造林或森林保护和管理活动，森林生态效益就会自动发生，而森林资源拥有者在没有政府干预和产权明晰界定的情况下，并不能因此获得任何报酬，其经济交易成本或效益并没有在价格中得以反映，并且，森林生态效益的受益群体具有一般性，这就是森林资源的正外部性。其次，不论社会大众是否愿意，森林资源被过分砍伐或破坏时，都会使人们的生活质量有所下降，并且无明确主体予以补偿，这种过分砍伐或破坏无法禁止、没有补偿又被过量提供，就是森林资源的外部不经济。再次，不论森林资源的所有者或经营者愿意或不愿意，森林资源的正外部性依然产生，森林资源的负外部性依然存在，这就是森林资源外部性的强制性。

可见，随着森林资源稀缺性程度的提高，森林资源的相对价格逐渐上升，从而导致国有森林资源使用者的私人成本与森林资源社会成本的差距，这种差距导致了外部性问题的产生，即国有森林资源的使用者并没有对其使用森林资源造成的社会损失付费，国有森林资源的培育者、管理者和保护者也没有从受益人那里获得补偿。这就导致了私人收益与社会收益的偏离。庇古认为，凡是出现外部性的领域，都需要政府的干预来解决，以纠正市场失灵。具体做法就是通过税收调整以弥补市场失灵。而产权理论则为市场代替政府提供了理论基础。科斯定理告诉我们，只要明确界定产权，并能加以有效的保护，在市场完善的情况下，外部性问题造成的效率损失可以由市场自身解决，即通过产权交易达到森林资源的重新配置，使私人投入的外部成本价格等于他给社会带来的边际成本，即达到社会范围的帕雷托最优。

科斯定理认为，资源配置的最优化与权利如何配置无关，但是权利的分配必须明确。根据科斯定理，我们可以设计一种制度，规定森林资源的所有者有不提供森林资源的权利，而且这种权利必须是明确的且可以有效行使，这样，经济利益就驱使森林资源的使用者与森林资源的所有者进行交易，从而以市场的方法克服外部性。

因此，对国有森林资源进行产权改革，就是要通过界定产权，将外部经济或不经济因素纳入产权主体的效用函数之中，使其从外部经济获得收益，从外部不经济受到损失，促成外部效益内部化，从而解决森林资源的外部性问题。

第四节　国有森林资源经营的准自由进入状态

国有森林资源产权是指国家掌握着对森林资源的控制权力。这种产权形式的优势在于能够解决公共物品及无价格产品的供应问题、规模控制问题及森林的保护问题。因为地方团体、企业或个人都不会在公共物品、规模控制和森林保护方面给予足够重视和投资。对国有森林资源的管理有两大类形式，一是由国家授予私人用益权；二是由国家通过代理机构直接管理森林。一般地说，分配用益权可以通过市场分配机制（如竞争投标）和管理分配（由政府免费或低价向使用者授权）实现。管理分配，由于这种授予机制没有竞争，森林资源的效益较低。但不论是国家授予私人用益权还是国家通过代理机构直接管理森林资源，产权界限和范围都应当是明晰的，应当存在着明确的产权主体、产权客体，以及主体、客体之间的权利义务关系。

我国国有森林资源虽然在理论上称为国有，事实上却长期处于准自由进入状态，表现为：产权主体缺位，产权客体不确定，产权内容不清晰，主体、客体间的权利义务关系不稳定，没有形成真正意义上的国有产权。对森林资源的开发和利用遵循的是国家先占、企业经营的原则，对资源本身的保护和恢复缺乏法定的责任和义务，这种开发和利用，从产权的角度分析属于准自由进入产权模式。

自由进入事实上是一种无产权状态，资源不属于任何人所有，或者说，任何人都是资源的所有者。自由进入使每个个体在自由进入的资源领域都追求个人利益最大化，结果只能使资源配置严重失调或短缺。自由进入只能存在于对资源无法进行管理、管理费用过大或资源非稀缺的领域。准自由进入虽然存在着法律上的资源所有者，但事实上所有者权利行使不到位，存在着权利真空状态。我国在法律领域宣称森林资源国家所有，但新中国成立初期国有森林资源被认为是非稀缺资源而过度开采，是一种典型的准自由进入状态；国有森林资源危机以后，由于无法进行管理和管理费用过大，国家仍然无力对森林资源进行有效管理，使国有森林资源事实上仍处于准自由进入状态。这种理论上的国家所有和事实上的准自由进入，使我国森林资源开发极度不合理，森林资源配置严重失调，造成了森林资源短缺的不利状态。

因此，只有重新明确产权内涵，加大管理成本的投入，建立有效的管理机制，国有森林资源才能从准自由进入状态转化为真正的国家产权状态。

第五节　国有森林资源的公共池塘资源性

虽然我国法律将国有森林资源定义为国家所有权或公共财产权，但事实上我国国有森林资源一直处于“公共池塘资源”状态。“公共池塘资源”与公共产权具有本质区别：“公共池塘资源”关注资源系统的物理本质而不是人类赋予它的社会机制，公共产权关注的是一群资源使用者分享资源权利和义务的产权安排。

“产权”这个词关注社会机制而不是资源任何内在的自然或物理本质。

对于森林资源，埃莉诺·奥斯特诺姆认为是一种“公共池塘资源”。而“公共池塘资源”指的是一个自然的或人造的资源系统，这个系统大得足以使排斥因使用资源而获取收益的潜在受益者的成本很高。对于“公共池塘资源”关键是要认识资源系统和由该系统产生的资源单位的流量之间所具有的相互依存又相互区别的关系。“一个资源系统可由多于一个的人或企业联合提供或生产。占用‘公共池塘资源’单位的实际过程可以由多个占用者同时进行或依次进行。然而，资源单位却不能共同使用。因此，资源单位不是共同使用的，但资源系统常常是共同使用的。”“公共池塘资源”的这种特性使得其既与公共物品相似又与私人物品相似，即在不可排他或排他成本高这一点上与公共物品相似，这使得在“公共池塘资源”的提供与使用中存在“搭便车”的诱惑。另外，在“公共池塘资源”系统中存在着的资源单位的可分性使得在“公共池塘资源”系统中长期存在着“拥挤效应”和“过度使用”问题，导致“公共池塘资源”单位的使用会引起边际成本的上升，在这一点上“公共池塘资源”单位的使用和占用与私人物品相似。森林资源所具有的“公共池塘资源”的特性使得森林资源的供给和保护中存在严重的搭便车倾向和资源过度使用的危险。

“公共池塘资源”具有两个明显的特征。一是它值得发展社会机制去排除那些作为公共物品或服务的潜在受益者，这刺激人们利用甚至过度利用公共池塘物品而不去投资保护和管理。二是资源单位被单个个人收获而不便利于其他人。而公共产权也应具有两个特征：一个是产权主体相对明确，另一个是主体分享权利和义务。我国国有森林资源从这种意义上讲更接近于“公共池塘资源”，或者说是权利和义务未被定义前的“公共池塘资源”状态，而非现代意义上的公共产权。众所周知，“公共池塘资源”状态导致无效益和资源枯竭。在公共产权安排下，一个特殊的个人群体分享资源权利。这样，有财产而不是无财产，有权利而不是权利缺失，共有不是对所有人而言，只是对特殊的利用群体。共有不是对所有人开放而是对拥有共有权利的有限的特殊利用群体开放。没有所有者的共有主体导致灾难，有资源所有者的共有主体可能防止资源的滥用。

国有森林资源从“公共池塘资源”状态向国有或共有状态的转变，使资源拥有自己的权利主体，权利主体在一定的范围内分享权利和义务，克服“公共池塘资源”过度被利用和过度利己的弊端，是国有森林资源产权改革的重要任务。

第六节　森林资源产权的可分性

人们通常所说的所有权（即产权）有狭义和广义之分。狭义的所有权是指财产的最终归属权；广义的所有权是指所有人依法对自己的财产享有占有、使用、收益、处分的权利。广义的所有权包括所有权人对所有权客体的支配、管理、实际使用、获取收益的排他性的独占权。所有者可以根据需要行使其中一项权利，也可以通过售卖、赠予或设定他物权而将所有权的部分权能转让给其他主体。因此，所有权的不可分性是指狭义所有权而非广义的所有权。

传统产权理论认为狭义的产权不具备任何可分性。商品的任意可分性的假定保证了在帕雷托效率条件未被满足时，有关生产者和消费者能够有效地进行微小的调整，而不可分性理论使得这种微调成为不可能，从而一般说来无法满足竞争市场有效性的要求。

我国国有森林资源产权长期以来被认为是一个集占有、使用、收益和处分为一体的权利整体，国家作为权利主体享有完整的产权，对产权权能的理解限制在不可分性的基础上，其中既包括产权主体的单一性，也包括产权客体的完整性。

杜克大学政治科学的 Margaret McKean 认为：许多在经济院系分析产权的

人对整体的产权束感兴趣。他们考虑所有的权利应形成一个产权束，这一产权束权利应归一个所有者。而 20 世纪外部性经验的事实告诉我们不能那样做，我们不得不重新打破产权束。我们需要一些智慧原则来指出如何打破这一产权束权利。这应当包括可分性，或者共有产品的可分性，或者共有权利的可分性。这个问题在两部分人之间产生了极大的分歧，一部分人认为公社拥有对资源系统的全部产权，包括出卖资源系统本身；另一部分人认为部分产权归公社，部分产权不能归公社。对此我们并没有做出选择。有很大的空间留给了我们，需要我们运用过去的经验去分析问题是什么，将来我们如何解决。

长期以来受我国国有森林资源产权的不可分性的影响，作为权利集合的产权无法实现其应有的基本权能，特别是使用权与收益权这两种对于市场交易具有重要意义的权能。一方面，国家作为国有森林资源产权主体长期对国有森林资源严格控制在计划经济体制的落后管理模式之下，在市场经济改革已经向纵深发展的背景下，国有森林资源这一市场经济的重要生产要素却被禁锢；另一方面，作为市场经济主体的企业和个人，受到市场竞争的强烈冲击，在集体林和非公有制林产权改革基本定型难以进入的情况下，渴望能够享有更充分的森林资源，这样国有森林资源就进入了企业和个人的视线，但是由于严格的政策和制度限制，特别是受到国有森林资源产权的不可分性的影响，企业和个人在市场规则内难以实现自身的需求，市场经济自发性和盲目性的弊端就凸显出来，个别企业和个人不择手段地分享国有森林资源的使用权和收益权，这种不择手段的后果就是由于缺乏法律的保障而进入了一种无序状态，最终造成国有森林资源产权的国家所有被架空，名为国家所有，实为企业、个人所有，严重阻碍了国有森林资源的可持续开发利用。同时根据我国现行的法律规定，国有森林资源林木的所有权可以为经营者所有，而林地的所有权只能为国家和集体所有，经营者只能享有林地的使用权。而且在国有森林资源管理上采用林地使用权证书与林木所有权证书分开管理，这样，一旦国有森林资源林地使用权发生变动，林木的所有权就难以得到有效的保障，经营者的实际权益必然受到侵害，严重挫伤林业职工的积极性。此外，经营者若要采伐属于自己所有的成熟林或为实现有效管理伐去已枯死的林木必须要有采伐许可证，否则属于非法采伐行为，必然受到国家法律的惩罚。这种在实践中国有森林资源产权管理违背所有权可分性原则的做法严重限制了经营者权利的正常实现，必然成为林业改革的一大障碍。

促成国有森林资源产权由不可分性向可分性的转变，将国有森林资源产权细化为多种权能，不同的权能由不同的主体享有，实现森林资源多种权能的充分开发和有效利用，避免不可分性造成的森林资源利用低效和产权主体名不副实的现状，是国有森林资源产权改革的当务之急。

第七节 国有森林资源管理中的政府规制与政府失灵

所谓政府规制（government regulation 或 regulatory constraint），是指在市场经济体制下，以矫正和改善市场机制内在的问题为目的，政府干预和干涉经济主体（特别是企业）活动的行为。也就是说，政府规划政策其实包容了市场经济条件下政府几乎所有的旨在克服广义市场失败现象的法律制度，以及基于法律基础的对微观经济活动进行某种干预、限制或约束的行为。政府规制的目的是为了维护正常的市场经济秩序，提高资源配置效率，增进社会福利水平。

按照政策目的和手段的不同，政府规制一般又可以分为直接规制（direct regulation）与间接规制（indirect regulation）两部分，以形成并维持市场竞争秩序的基础，即以有效地发挥市场机制职能而建立完善的制度为目的，不直接介入经济主体的决策而仅制约那些阻碍市场机制发挥职能的行为之政策，属于间接规制的范畴。间接规制由司法部门通过司法程序来实施，其法律基础通常包括反垄断法、商法和民法等。而直接规制则是以防止发生与自然垄断、信息不对称、外部不经济及非价值物品有关的、在社会经济中不期望出现的市场结果为目的，并且其具有依据政府认可和许可的法律手段直接介入经济主体决策的根本特点。直接规制由政府有关行政部门直接实施。按照主流经济规制理论的分类，直接规制又可分为经济性规制和社会性规制两部分。其中经济性规制“是在存在着垄断和信息偏在（不对称）问题的部门，以防止无效率的资源配置的发生和确保需要者的公平利用为主要目的，通过被认可和许可的各种手段，对企业的进入、退出、价格、服务的质量以及投资、财务、会计等方向的活动所进行的规制”（植草益，1992）。经济性规制主要针对自然垄断与信息不对称问题。而社会性规制处理的则主要是外部不经济、信息不对称和非价值物问题，“是以保障劳动者和消费者的安全、健康、卫生以及保护环境和防止灾害为目的，对物品和服务的质量以及伴随着提供它们而产生的各种活动制定一定标准，并禁止、限制特定行为的规制”（植草益，1992），具体包括安全性规制、健康规制和环境规制等。

我国森林资源产权的政府规制性体现在森林资源受政府政策和法律的影响及制约。与其他性质的国有资产相比，政府的作用表现得更为强烈。典型的例子，如政府为保持森林资源的稳定及发挥森林的生态、经济等效益，采取的限制采伐量和林地不能挪为他用的政策，使得森林的产权主体不能根据市场的需要自由地配置资源。在这里，政府行为对森林资源产权的交易起到了明显的约束作用。同时，政府规制还存在着明显的非效率行为，即政府失灵问题。政府失灵主要表现为以下几个方面。

第一，官僚机构的缺陷。官僚机构是一个有效率的组织，它提供的是不偏不倚的公共服务，而且与其他组织相比，官僚机构有章可循的等级分工制度也是非常完善的。但官僚机构是一种客观存在的形式，收入主要来源于税收的非盈利的公共部门官僚机构。官僚机构的效率难以测量。与市场中的经济主体不同，政府官僚机构的产出具有非市场性，即政府提供的某些产品难以用市场价格衡量。从目的来看，允许一个机构对特定服务的提供进行垄断，通常是为了避免浪费性的重复生产及社会需求短缺现象。但是，实际上远远没有达到如此目标。另外，从政府支出的资金来源看，其主要来源于税收，此外，也缺乏完善的监督渠道。正是由于政府活动产出的多样性和追求的社会效益性，用通常的方法难以衡量一项支出是否值得、是否具有效率，也造成了人们对公共部门的供给效率难以监督。

第二，官僚机构的双边垄断性。按照社会契约论的观点，政府和公民之间是一种委托代理关系。但实际上，政府与公民之间的契约是不对等的，因为契约一旦签订就具有法律约束的效力，而私人却没有退出和选择政府的自由。同时，与私人契约相比，政府作为一种暴力机器，它可以遵循契约，可以不遵循，甚至修改和违反契约。由此，也决定了政府机构具有双边垄断的性质：一方面，政府处于卖方垄断地位，即政府是提供公共产品的唯一单位，即使允许某些私人提供公共产品，但具体采购哪家单位及款项的支出等也都需要政府来定夺。另一方面，如果把代表全体投票人的国家或政府看成是一个独立的个体，而与具体组成和执行政府事务的各行政机关分别开来，政府又处于买方垄断的地位，也即政府与官僚机构之间的关系是供求关系，作为生产者的官僚机构，总是从政府那里获得预算拨款，他们之间的地位是一种雇佣与被雇佣的关系。

第三，激励机制的缺乏。缺乏激励机制也是官僚机构的弊端之一。其原因在于，一般行政机构中官员的劳动补偿与其劳动成果和效率联系不大，或者说联系不紧密。具体可从两个方面来分析：一个是政府官员的劳动成果和效率缺乏明确的衡量标准；另一个是政府给予官员的报酬也并非根据其工作绩效，更大程度上依据的是职位的高低和制度上的硬性规定，而且一旦作出规定往往很难改变。于是，在这两个方面的共同作用下，激励机制难以建立，官员只有争取职位和权力的动力而没有提高效率、改善工作质量的压力。公共机构只具有对效率微弱的内部压力，也造成了政府运作的效率低下。

第四，官僚的经济人特征。首先，追求预算最大化。尼斯坎南指出："可以进入官僚效用的因素函数中的几个因变量有如下几个：薪水、职务、津贴、公共声誉、权力、任免权、官僚的产出、易于更迭与易于管理的官僚机构。我坚决主张，除最后两个以外的所有这些变量，都是官僚在办公室任职间总预算的一个单调正相关函数。"可见，政府官员尽管缺乏金钱上的动力来追求高效率，但作为理性经济人，他们却拥有其他目标，其中追求预算最大化是主要目标。这是因为，预算最大化不仅可以提高他们物质上的报酬，更重要的是预算的扩大标志着这些官员有更大的行政权力和相应的所属机构规模的增大。所以，既然不能从追求效率中得到好处，就追求效率以外的因素。如果官员的这些倾向发展得过于严重，不仅会浪费纳税人的金钱，而且会导致政府机构的规模膨胀和臃肿。其次，逃避错误的短视倾向。在政治市场中，无论是选民、政治家还是利益集团，在处理公共产品上都有短视的倾向：首先是选民，他们在进行集体决策或选举哪个候选人时，往往考虑的是与自身至关密切的眼前的需要，所以在公共产品的提供为他们带来的利益难以估计，甚至微乎其微时，他们就缺乏为其所受的损失进行监督的激励；其次是政治家，他们也往往从自身利益出发，或者是被利益集团收买，对远期的于社会有利的东西兴趣不大，此外，当选的压力所造成的短浅和近视的眼光，也会使他们为了避免风险和错误而不考虑选民的利益。再次，对信息敏感度的缺乏。与市场经济中决策主体对供求信息的关注程度不同，在官僚机构中，由于公共产品的提供不是通过市场价格来表现的，决定了官僚往往缺乏对市场信息的敏感度。而在官僚个人影响力较大时，他个人的好恶会不同程度地影响公共产品的供给水平。现实生活中，某些公共产品的供给过多或供给短缺，无疑是两个方面相互作用的结果。

当前在国有森林资源的管理过程中，政府失灵的问题非常突出。国家森林资源行政管理机构与森林资源国有经营单位之间政企不分，经济利益高度关联，国家代理人很难对森林资源实施有效的监督和管理。国有林业经营单位缺乏来自所有权人的硬性约束，专注于本部门、本单位和本行业的经济利益，对所有人的利益关心不够，甚至常常作出损害所有人利益的行为。林业职工名为大山的主人，但是只有责任没有权利，只有义务没有利益。造林不负责任，护林积极性不高，工作应付了事，当一天和尚撞一天钟。国有林区长期处于工作要求与工作落实不一致，说的与做的不一致，账上数字与实地数据不一致的矛盾当中。“公地悲剧”一再上演，森林资源的超采、盗采、毁林现象屡禁不止。森林资源过度消耗的势头仍未得到根本遏制。森林资源的有效恢复任重道远。若想从根本上解决政府失灵问题，必须对国有森林资源产权制度进行改革，使政府提供的服务与主体要求相关，克服其双边垄断性，限制其经济人特征，建立起激励机制，避免其近视行为，提高产权改革与其自身的关联度，打造符合市场经济运行规律的新型政府组织。

可见，只有进行产权改革，才能促使政府职能的转变，使政府从规制约束森林资源产权主体的交易行为转化为为市场经济主体服务的行为。

第三章 国有森林资源产权制度变迁分析

随着中国向市场经济渐进步伐的加快，我国国有森林资源产权制度也发生了从计划经济向市场经济的制度变迁。然而，这种变迁却是极为缓慢的，以至于中国森林资源市场基本还处在计划经济时期，这已成为我国向市场经济渐进的死角。因此，通过对我国森林资源产权制度 50 年的历史变迁进行总结与评价，能够为新的国有森林资源产权制度供给提供借鉴。

国有森林资源产权的变革和创新也要遵循制度和制度变迁的基本规律。制度可以定义为社会中个人所遵循的行为规则。制度可以被设计成人类对付不确定性和增加个人效用的手段。从某种现行制度安排转变到另一种不同制度安排的过程，是一种费用昂贵的过程；除非转变到新制度安排的个人净收益超过制度变迁的费用，否则就不会发生自发的制度变迁。由于我国森林资源产权制度涉及的意识形态、传统习惯、政治倾向、经济发展、自然属性等多种特殊性，使当前的产权制度变迁异常复杂。从历史发展的角度看，我国国有森林资源产权也走过了强制性制度变迁和诱致性制度变迁两个鲜明的历史阶段，创造了预期的经济效益和社会效益，但是，也陷入了单一性制度变迁难以克服的障碍和必须承担的风险之中，无论哪一种变迁方式都要付出昂贵的成本，寻求一种成本相对较低、收益相对较大的制度变迁类型尤为必要。

第一节 国有森林资源产权制度变迁的路径及解析

一 国有森林资源产权制度变迁路径

（一）20 世纪 50～70 年代森林资源初始分配权的特点

国有森林资源产权的初始分配权是指在打破原有国有森林资源产权单一化国有结构的基础上，根据一定的原则，重新设定国有森林资源产权结构，创立一种主体多元、权利明确、分配合理、结构科学的新制度体系。

通过国有森林资源产权的重新界定，激活权利主体有效利用和保护森林资源的强烈意识，建立长效的激励约束机制，盘活国有森林资源资产，为确立规范的产权交易规则和实现产权交易目的创造前提条件。我国国有森林资源初始分配权源于新中国成立初期，新中国成立之初中央立法对国有森林资源的初始分配重在强制性变迁。这一历史时期可以划分为土地改革、合作化和人民公社三个阶段。

1. 土地改革时期（1950～1953年）的国有森林资源产权

《中华人民共和国土地改革法》实施后，全国的大森林、荒地、荒山均收归国有，国家在东北、西南、西北原始林建立了一批全民所有制大林场、森工企业，在中原和南方组建了一大批国营农场。有代表性的法律依据是1951年4月21日《政务院关于适当地处理林权明确管理保护责任的指示》。该指示规定："在现正进行土地改革的地区，应结合土地改革工作，将地主的森林和一般的大森林，按照土地改革法第十六、十八两条分别处理之。大森林的面积标准，由大行政区或省人民政府根据当地情况酌定之。在暂不进行土地改革的地区，一切较大的森林应提前收归国有，由专署以上政府设置林业专管机构，协同地方政府，实行管理保护。……在已经完成土地改革的地区，尚未明确划定林权的森林，其较大者应明令公布为国有财产，由当地人民政府和林业专管机关切实负责管理保护。"可见国家以法律的形式对国有森林资源进行了初始分配，并将森林资源大部分收为国有。

2. 合作化时期（1953～1956年）的国有森林资源产权

1953年开始，农村开始合作化运动，开展了山林入社工作，对农民个体所有的山权、林权进行改造。农民个人仅保自留山上的林木及房前屋后的零星树木的所有权，山权及成片林木所有权通过折股入社，转为合作社集体所有。

3. 人民公社时期（1957～1980年）的国有森林资源产权

从1957年开始，农村土地调整，从互助组发展到初级社又到高级社，通过贯彻《农村人民公社六十一条》，搞"一大二公"运动，迫使农民加入了人民公社，将原合作社的山林全部划归公社所有。"文化大革命"时，农村又开始并社并队，开展"割资本主义尾巴"运动，没收农民的自留山、自留地、自留树。至此，只有国家和集体拥有森林、林木和林地所有权。其中有代表性的法律依据有以下几个。

其一，1957年7月12日《中共中央批转林业部党组关于农林业生产合作社当前林业生产中几项具体政策问题的请示报告》，该报告进一步就林权清理问题特别指出："目前在林权方面存在的问题，大体分为四类：第一，大片森林尚未确定林权者；第二，土改中确定为村公有林，在合作化后尚未处理者；第三，国有林过分零星分散，经营管理不便者；第四，个别地区在土改时错将大片林木划给个人所有者。我们认为，今后从发展林业生产有利于护林和加强对林木的经营管理出发，凡尚未确定林权的成片林木，应将其面积较大或面积不大但与国有林或大片荒山相连，有发展前途的划为国有；面积较小的划归合作社所有，面积虽小在水土保持等方面起重要作用的亦可划归国有；……"

其二，1961年6月26日《中共中央关于确定林权保护山林和发展林业的若干政策规定》，对山林的所有权进行了再次确定。该规定的第一部分明确列出确定和保障山林的所有权，但此次的初始分配权有所变动，除强调划归国有外，还明确了其他所有方式。该规定的具体内容如下：一是该规定明确指出，“天然的森林资源，和在人民公社化以前已经划归国有的山林，仍然归国家所有。高级合作社时期，划归合作社、生产队集体所有的山林和社员个人所有的山林，应该仍然归生产大队、生产队集体所有和社员个人所有。除此之外，人民公社化以来和今后新造的各种林木，都必须坚持‘谁种谁有’的原则，国造国有，社造社有，队造队有，社员个人种植的零星树木，归社员个人所有。林木是多年生的作物，林木的收益是长期劳动成果的积累，所以，林木的所有权必须长期固定下来，划清山界，树立标记，不再变动。经济林从种植到老死，用材林从种植到成材、采伐，所有权都不再变动”。原来划归国有的山林当中，有些分散小片的，国家不便专设机构经营，归公社、生产大队、生产队经营，对山林的保护和发展有利的，可以划归附近的社、队所有，或者承包给他们经营。原来划归乡公有的山林，可以分给生产大队所有，可以归几个大队共有，也可以归公社所有。原来划归自然村所有的防洪林、防风林、风景林、柴草山等，可以根据历史习惯，仍然归村所有。原来归高级社所有的山林，一般应该归生产大队所有，小片的和零星的林木，也可以由大队分给生产队所有。如果在一个生产大队之内，各生产队原有林木的数量，彼此差别过大，高级合作化和公社化以来，归大队所有，归大队统一分配，造成生产队之间的平均主义，不利于林业生产的，应该在分配上照顾这种差别，也可以经过大队的社员代表大会或者社员大会讨论决定，把生产队原有林木的一部、大部或者全部重新划归原生产队所有。高级合作社时期，划归生产队所有的山林，仍然归生产队所有。由几个公社或者几个生产大队协作营造的林木，一般应该划给所在地的公社或者生产大队所有，由取得所有权的单位付给参加造林的其他单位一定数量的造林费用。如果多数单位不同意把所有权固定给某一个单位，也可以归各单位所共有，委托给所在地的生产大队或者生产队经营，并且议定负责经营的单位应得的报酬。高级社时期确定归社员个人所有的零星树木，社员在村前村后、屋前屋后、路旁水旁、自留地上和坟地上种植的树木，都归社员个人所有。二是该规定确立了山林的经营管理和收益分配原则和制度。该规定进一步明确：“对于国有的山林，应该建立国营林场，认真管理好，保护好。一方面，要恢复和严格执行山林管理制度，严禁乱砍滥伐；另一方面，又必须切实照顾附近群众生产和生活的实际需要，允许他们在严格遵守护林的有关规定的前提下，依靠他们，护林育林。”

其三，1963年5月20日国务院全体会议第131次会议通过的《森林保护条例》，该条例对森林管理问题进行了规定。该规定指出："保障国家、集体的森林和个人的林木所有权。森林和林木归谁所有，其产品和收入就归谁支配，任何单位和个人不得侵犯"。国有林由国营林场负责经营。但是，分散小片的森林，不便于建立国营林场经营的，可以由当地林业行政部门包给人民公社的生产队经营，或者包给人民公社、生产大队经营。人民公社和生产大队所有的森林，一般应当固定包给生产队经营；不适合生产队经营的，由人民公社或者生产大队组织专业队经营。生产队所有的森林，成片的应当由生产队统一经营；零星树木可以固定交给社员专责经营，并且订立收益分配的合同。国有森林，按照"国有林主伐试行规程"和有关规定采伐。集体所有的森林，应当根据森林资源情况和林木生长规律，确定每年采伐的数量、规格、时间和地点，经过批准后采伐。国家采伐集体所有的森林，应当按照国家木材生产计划，经过省、自治区林业行政部门逐级下达任务，并且征得森林所有者的同意，实行订约采伐。

其四，1967年9月23日中共中央、国务院、中央军委、中央文革小组关于加强山林保护管理、制止破坏山林、树木的通知，重申了国营和集体林权不容侵犯。该通知强调："国营和集体的林权，绝对不容侵犯，不准将国有山林划归集体；不准将集体山林划给个人（按人民公社六十条规定划给社员的自留山和自留树不在此列），已经这样做的，必须立即纠正。林权、林界未定者，或因而发生纠纷者，暂维持现状，不准砍伐破坏。县、社、队三级普遍建立和健全护林组织和护林制度。严禁乱砍滥伐，严禁放火烧山，严禁盗窃林木；不准毁林开荒，不准毁林搞副业……"

其五，1979年1月15日国务院关于保护森林制止乱砍滥伐的布告，强化了国家和集体的森林所有权。该布告指出："坚决维护国家和集体的森林所有权。国有林统一由国家林业单位经营，集体林由社队经营。不准将国有林划归集体或非林业单位，不准将集体林划归个人。任何其他机关、部队、厂矿、企业、农牧场、社队以及个人，都不得以任何借口侵占、砍伐国有林木。已经侵占的，必须限期退还。抢砍盗伐林木和抢劫木材的，要追回赃物，赔偿损失，情节严重的要依法惩处。对山林权属纠纷，各级革命委员会应组织政法、民政、林业等有关部门，调查研究，抓紧解决。在山林权属未定之前，任何一方不得乘机砍伐森林。对挑动山林纠纷的坏人，要严加惩处。"

由此可见，国家通过土地改革、合作化、人民公社及"文化大革命"等运动，强制性地将森林资源收归国有，不断地把林农手中的林地加以集中，完成了单一化所有制的任务。

同时，地方对国有森林资源的初始分配重在贯彻中央决定。

我国各级地方政府制定了大量的法律规范，积极配合中央政府将森林资源收归国有。这类法律法规较多，举其要者如下。

第一，1950 年 11 月江西省人民政府《关于土地改革法中所称一般荒山与森林的地权林权处理问题的指示》规定：一脉连贯之森林、荒山为国家所有；地主、祠堂、庙宇所有之荒山，均没收归国家所有；在土改前各地原集资经营之森林，仍由原经营人继续经营之，其他权归国有。同时，1950 年 12 月 2 日《西南区大森林收归国有实施办法》规定：凡合于下列情形之一的森林，一律收归国有：①非经人工抚育之天然林；②有关国防与国土保安性质之森林；③所有权不明之森林；④为战犯所有或侵占之森林；⑤依土地改革法第三条规定应征收之庙宇、教堂、祠堂等土地所附属之森林；⑥地主所有之森林，其面积在 500 亩以上者收归国有。其面积不满 500 亩者，暂归当地农协会代管，土改时照土地改革法办理；凡不宜耕种之私有荒山荒地，限期造林，逾期不造林者，收归国有经营森林。

第二，1951 年 12 月 8 日《西南区土地改革中山林处理办法》规定：大森林、大荒山和矿山，非人工植造的天然林，遵照土地改革法第十八条规定的原则，经省人民政府行署批准，得收归国有；凡所有权不明的山林应按其面积、规模大小，决定收归国有、公有，或分配给农民所有。没收和征收的山林，除按照本办法收归国有者外，如宜于分配后有利于保护、经营和发展的，均应加以分配。大森林、大荒山，长期植林、育林的各种山林（未分配给原经营农民所有者，及轮作后所造的山林）为适应国家建设的长远需要和贯彻保护林木的政策，依据土地改革法第十八条规定的原则，一律收归国有。由专业机构管理经营之。如未设有专业机构者，暂由县人民政府负责保护管理之。其原由私人投资经营者，仍由原经营者按照人民政府颁布之法令继续经营之。凡属于防风、防沙、防洪、护堤堰、护岸、护路、护村、军事、卫生、水源、示航等国防林、保安林及名胜、古迹和风景区的山林，应视其规模大小及性质收回国有或公有，由专业机构切实管理经营之。未设有专业机构者，由当地县人民政府负责保护管理之。非经特定林业专管机关之批准，不得砍伐。凡使用科学方法或其他进步设备以及带有技术性的大果园、大竹园，大茶山、大桐山、大桑田、大牧场，大苗圃，农林试验场等，遵照土地改革法第十九条规定的原则，经省以上人民政府批准，收归国有，由专业机构切实负责管理经营之。未设有专业机构者，由当地县人民政府保护管理之。如其原为私人投资经营者，仍由经营者依法继续经营，不得分散。在收归国有山林的面积中，夹有小块私有山林时，为便利管理与经营起见，在分配山林时得适当调换之。在分配山林中，对原来看山的林农，应与一般山区的农民同样分得一份山林与土地。其自愿专门经营山林者，则全部分给山林。如其原来所看管之山林收归国有时，则林业主管机关应优先录用其为护林人员，以利用国有山林的管理。

第三，1954 年《内蒙古自治区林权划分暂行条例》规定：森林有下列情形之一者为国有林：①凡面积较大或面积虽小林木较多适宜于国家经营之天然林；②经国家投资营造之人工林；③经旗、县、市以上人民政府依法没收之森林，其面积较大或面积虽小林木较多不利于分散经营者；④与国防、保安、名胜古迹、风景有关之森林，划归各级人民政府管理者。同时又规定：森林有下列情形之一者为公有林：①机关、学校、国营企业、人民团体营造、价购及经内蒙古自治区人民政府核准划归其经营之森林；②零星分散面积较小或面积较大但林木不多，不适于国家经营之森林，经旗、县、市人民提请盟、行政区人民政府批准划归嘎查（乡、行政村）或数嘎查（乡、行政政府）、爱里（自然村、屯）或数爱里（自然村、屯）群众集体经营者；③哎查（乡、行政村）、爱里封山抚育成林或依法承领荒山荒地营造之林木。

第四，1958 年《陕西省林权清理办法》规定：有关国防军事、名胜古迹、航行目标的森林，不论面积大小，一律划归国有。面积较大的森林或荒山，应一律划为国有。森林面积虽小，但与国有林或大片国有荒山相连接，并在水土保持方面起重要作用的，亦应划为国有。土改中划为国有的小块山林，国家经营不便时，可在自愿互利的原则下，和夹杂在大片国有林内的社有或私有林协商调换。凡有关国防军事、名胜古迹、航行目标的森林，不论面积大小，一律划归国有。凡在土改和查田定产中，未确定所有权的森林，应按以下原则处理。①面积较大的森林或荒山，应一律划为国有。面积大小，各县可根据当地群众一般占有林地情况、林木价值（经济林在内）、交通条件及划归哪方有利等自行确定。森林面积虽小，但与国有林或大片国有荒山相连接，并在水土保持方面起重要作用的，亦应划为国有。②国家经营不便及过于分散的小块森林、灌木林，应划为附近农业社所有。为了调整国有森林边界，便于经营管理，亦可用国有森林与社有或私有森林进行调换。③原为户族林、庙会林、教育林、救济林，没有继承人的绝户林，以及土改中因隐瞒未报或因遗漏而未没收的地主富农的森林，应根据面积大小，所在位置、经济效用等，分别按以上①、②款原则处理。④在土改前的山林典当中，因林主绝户，承典户把山林作为私有的应全部收回，分别划为国有或社有。对其中未满典当期限的山林典价，可根据承典户的林业收入与对山林的投资，并经过当地群众的民主评议后确定。一般收入多者可以不还，收入很少，不足典价，可从林木收益中，酌情分期归还一部分。

在土改及查田定产中，已经分配给群众的和已入社而问题不大的森林，一般应不再变动，以免牵动面过大。问题较多，群众有意见时，应本着各方兼顾，并有利于生产发展和团结的原则，根据土地证照和林木占有情况，参照当地历史习惯，以民主讨论、充分协商的方式，按以下情况分别处理。

（1）土地证上面积不实的，一般可依现有土地证上记载的面积、坐落、四至，重新查实更正，划清林界；查实后的面积大于土地证原记载面积并过于悬殊时，可将超过部分按第三条第1、第2款原则处理。

（2）土改中划为国有的小块山林，国家经营不便时，可在自愿互利的原则下，和夹杂在大片国有林内的社有或私有林协商调换。社有与社有、社有与私有之间的插花山林，亦可本着上述原则，协商调换，划清林界。

（3）凡林主迁居其他地方，经营管理不便的山林，应按第三条第1、第2款原则处理。

新中国成立后，公私合作、群众合作、机关团体营造的新林，应按以下原则处理。

（1）凡机关、团体、学校、城市居民集体义务营造的新林，应一律划为国有。

（2）公私合作或群众合作的新造幼林，一般可划为农业社所有。其中国家股份，无偿归社；属于社员私有部分，若股份差别较大，社员有意见时，可对超出部分付给一定的工本费或折成工分，在林木收益中分期付还，若不在同一社内时，社与社可互相换工，兑换林地解决。

在清理林权的同时，要加强对国有林的管理工作。对国家暂时不便经营管理的国有林，可以委托当地农业社管理，农业社可遵照《陕西省森林经营管理暂行办法》的规定，进行合理抚育采伐和林副业生产。所得收益归农业社所有。在农业社无林或少林的情况下，可适当的满足其自用木材的需要，但不得破坏林相。

由上述规定可以看出，新中国成立初期至20世纪70年代中后期的森林确权过程中，将大片森林和重要森林都划归国有，这是初始分配的原则和结果。

（二）20世纪80年代国有森林资源的确权规定

1. 中央层面的法律决策在放松限制、引导改革的前提下，注重于稳定山林权属，解决山林权属纠纷

1981年开始以“稳定山权和林权、划定自留山、确定林业生产承包责任制”为主要内容的林业“三定”改革，这是我国森林资源权属多元化的开端。1981年，中共中央、国务院颁布了《关于保护森林、发展林业若干问题的决定》（中发［1981］21号），广大农民分到了自留山，承包了责任山，出现了承包荒山造林的专业户、重点户。1985年，中共中央、国务院又颁发了《关于进一步活跃农村经济的十项政策》，在集体林区实行开放市场，分林到户的政策，使农民拥有较充分的林地经营权和林木所有权。同时，在国有林区实行以让利放权为主要特征的承包经营制，使部分国有林业企业的经营权转到了经营者的手上。但

是，由于配套政策没有跟上，加上经营者对改革政策缺乏信任，南方出现比较严重的乱砍滥伐现象。于是，1987 年中共中央、国务院发出了《关于加强南方集体林区森林资源管理，坚决制止乱砍滥伐的指示》（中发 [1987] 20 号），指出要执行年森林集伐限额制度，停止了分林到户工作。20 世纪 80 年代国家制定了一系列关于倡导改革，稳定山权、林权，制止和解决林权纠纷的法律法规，其中最具代表性的有以下几项。

第一，1980 年 3 月 5 日中共中央、国务院关于大力开展植树造林的指示。该指示规定："不论公社、大队、生产队所有的，还是社员个人的林木，都应明确林权，长期稳定不变。对于林权纠纷，各地党委和政府应组织专门力量，按照有利生产、有利团结的原则，及时抓紧解决。……社队附近的国有荒山荒地，国家近期无力造林的，可由社队造林，地权不变，林木归社队所有，但不准开荒种粮或改作他用，以避免水土流失，也可以实行国社合作造林，比例分成。"

第二，1981 年 3 月 8 日中共中央、国务院关于保护森林发展林业若干问题的决定。该决定指出："当前突出的问题是，森林破坏严重，砍的多，造的少，消耗过多，培育太少。这就使我国木材和林产品的供需矛盾更加尖锐，自然生态环境进一步恶化……"

采取的措施是稳定山权、林权，落实林业生产责任制。"国家所有、集体所有的山林树木，或个人所有的林木和使用的林地，以及其他部门、单位的林木，凡是权属清楚的，都应予以承认，由县或者县以上人民政府颁发林权证，保障所有权不变。各级党委和人民政府，必须尽快做出部署，组织力量在明春以前完成这项工作。凡林权有争议的，由有关政府，组织有关双方，协商解决。协商无效时，提请人民法院裁决。在纠纷解决之前，任何一方都不准砍伐有争议的林木，违者依法惩处。要根据群众的需要，划给社员自留山（或荒沙荒滩），由社员植树种草，长期使用。划自留山的面积和具体办法，由各省、自治区、直辖市规定。社员在房前屋后、自留山和生产队指定的其他地方种植的树木，永远归社员个人所有，允许继承。"

第三，1982 年 10 月 20 日中共中央、国务院关于制止乱砍滥伐森林的紧急指示，该指示明确指出："抓紧搞好稳定山权、林权，划定自留山，确定林业生产责任制工作。凡是没有搞完林业'三定'的地方，除国家计划规定的木材生产任务以外，其他采伐暂时一律冻结。'三定'结束的地方，必须切实加强林政管理，普遍制定乡规民约，严格执行木材采伐审批和运输管理制度，没有林业部门发给的证明，不得采伐、运输和销售木材。林区和毗邻地区的木材自由市场，必须坚决关闭。同时，要认真解决好山林纠纷。在山林纠纷解决之前，任何一方都不准先发放山林权证，不准砍伐有争议的林木，不准挑动、制造新的山林纠纷，违者要追究责任，严肃处理。集体所有林，要实行专业承包责任制，不允许按人平分。”1984年7月17日国务院批转林业部、民政部等部门《关于调处省际山林权纠纷问题的报告》。该报告指出：十一届三中全会以来，党中央、国务院对解决山林权属问题非常重视。1981年3月，中共中央、国务院发出了《关于保护森林发展林业若干问题的决定》，要求各地抓紧做好落实山林权和林业生产责任制工作，积极解决山林权属纠纷。1982年10月，中共中央、国务院在《关于制止乱砍滥伐森林的紧急指示》中，再次强调党中央和国务院的指示，在林业“三定”中狠抓了山林权纠纷的调处工作。据统计，全国140多万起纠纷已解决了128万多起。但是，省际山林权纠纷大都没有解决，至今全国还有1360多起，争执面积达140多万亩，纠纷较多的是南方各省（自治区）。

第四，1985年1月1日起施行的《中华人民共和国森林法》。该法规定：森林资源属于全民所有，由法律规定属于集体所有的除外。全民所有的和集体所有的森林、林木和林地，个人所有的林木和使用的林地，由县级以上地方人民政府登记造册，核发证书，确认所有权或者使用权。森林、林木、林地的所有者和使用者的合法权益，受法律保护，任何单位和个人不得侵犯。全民所有制单位之间、集体所有制单位之间以及全民所有制单位与集体所有制单位之间发生的林木、林地所有权和使用权争议，由县级以上人民政府处理。个人之间、个人与全民所有制单位或者集体所有制单位之间发生的林木、林地所有权和使用权争议，由当地县级或者乡级人民政府处理。当事人对人民政府的处理决定不服的，可以在接到通知之日起一个月内，向人民法院起诉。在林木、林地权属争议解决以前，任何一方不得砍伐有争议的林木。

第五，1987年，中共中央、国务院《关于加强南方集体林区森林资源管理坚决制止乱砍滥伐的指示》（即中发［1987］20号文件）。该指示强调指出，要“坚决依法保护国有山林权属不受侵犯。国有林场和自然保护区经营管理的山场、林木，任何单位和个人都不得以任何借口侵占、破坏”。

第六，1988年4月18日林业部关于加强国有林林地权属管理几个问题的通知。该通知指出：“加强国有林业局、国营林场（采育场、伐木场）、国营苗圃和自然保护区（系指森林和野生动物类型自然保护区，下同）所辖国有山林权属的管理，是各级林业主管部门的重要职责。”

2. 部分地方政府制定相应规定，明确山林权属，积极解决山林纠纷，协调各种产权矛盾

其中具有代表性的规定有以下几个。

第一，1981年6月福建省人民政府关于稳定山权林权若干具体政策的规定。该规定指出：国营林业单位经营区内，属于土改时未分配的天然林和荒山，归国有；国营林业单位在集体的荒山、迹地上造林更新、封山育林，或采取人工促进天然更新成长的林木，林权归国有。

第二，1981 年 7 月山西省《关于稳定山林树木权属、颁发林权证的办法》。该办法规定：天然更新的林木，有土地证的停耕地，应归集体所有。没有土地证的应归全民所有。国营林场建场时总体规划设计范围内的荒山、荒地（停耕地、轮荒地）所造的林，应归林场所有；1961 年按照中共中央《关于确定林权、保护山林和发展林业的若干政策规定（试行草案）》，将国有林划给集体，并颁发了林权证的，所有权不再变动。“文化大革命”期间又收归国有的，凭林权证退给社队。未发林权证的不再补划；国营林场和集体在同一宜林地所造的林，谁造活归谁所有；解放时已有的天然林，划给国营林场长期管理的，林权归国家所有；没有划给国营林场长期管理的，林权归集体所有。宜林荒山，谁造林归谁使用。属社、队的宜林荒山，在近期完不成造林任务的，在当地人民政府的主持下，可以划一部分给国营企业或附近其他社、队造林，收益归造林单位所有。也可以国社联合、跨社联合、几个队联合造林，收益比例分成，山权不变。国家、集体、个人之间插花的山林，本着管理方便的原则，由有关方面协商调整，签署协议书，并换发或颁发新证。

第三，1986 年《吉林省森林管理条例》。该条例规定：在全民所有的土地上，自然生长的和林业经营单位的林木，以及其他依照政府有关规定和依照法律由合同约定属于全民所有的林木，所有权属于国家。林地要确定所有权和使用权。林地的所有权分别属于国家和集体。

第四，1987 年《安徽省山林权纠纷调处办法》。该办法规定：以土地改革时期确定的权属为基础，以人民政府颁发的土地证或土改时的土地清册为主要依据。没有土地证或土地清册的，可参考土改时的其他权属证据。确定县内山林权属，以林业“三定”时人民政府核发的山林权所有证为基础；“三定”时未发证的，以 20 世纪 60 年代“四固定”时期确定的权属或经营范围为基础；“三定”和“四固定”时期都未确定权属的，可参照农业合作化或土改时的权属确定。山林权所有证记载的四至清楚的，以四至为准，四至不清楚的，以面积为准。

（三）20 世纪 90 年代以来国有森林资源产权的确定

我国 20 世纪 90 年代开展了林业股份合作制和荒山使用权拍卖试点工作。邓小平南巡讲话后，特别是 1993 年中共中央、国务院《关于建立社会主义市场经济若干问题的决定》发出后，为林权制度提供了政策依据。林业股份合作制是按“分股不分山、分利不分林”的原则，对责任山实行折股联营。这个制度在福建三明市、湖南怀化市及广东始兴县试点逐步推广。宜林荒山使用权的拍卖只在西南地区和吕梁地区的部分县市进行试点，没有在全国展开。

1. 国家继续加大力度积极解决山林权属纠纷，并在部分省区开展林权制度改革试点工作

创新了股份合作、折股联营等产权模式，为全国规模的产权改革积累经验。1996年10月14日《林木林地权属争议处理办法》，全面规定了林权纠纷的解决办法，即为了公正、及时地处理林木、林地权属争议，维护当事人的合法权益，保障社会安定团结，促进林业发展，根据《中华人民共和国森林法》和国家有关规定，制定本办法。本办法所称林木、林地权属争议，是指因森林、林木、林地所有权或者使用权的归属而产生的争议。处理森林、林木、林地的所有权或者使用权争议（以下简称林权争议），必须遵守本办法。处理林权争议，应当尊重历史和现实情况，遵循有利于安定团结，有利于保护、培育和合理利用森林资源，有利于群众的生产生活的原则。林权争议由各级人民政府依法作出处理决定。林业部、地方各级人民政府林业行政主管部门或者人民政府设立的林权争议处理机构（以下统称林权争议处理机构）按照管理权限分别负责办理林权争议处理的具体工作。林权争议发生后，当事人所在地林权争议处理机构应当及时向所在地人民政府报告，并采取有效措施防止事态扩大。在林权争议解决以前，任何单位和个人不得采伐有争议的林木，不得在有争议的林地上从事基本建设或者其他生产活动。县级以上人民政府或者国务院授权林业部依法颁发的森林、林木、林地的所有权或者使用权证书（以下简称林权证），是处理林权争议的依据。尚未取得林权证的，下列证据作为处理林权争议的依据：①土地改革时期，人民政府依法颁发的土地证；②土地改革时期，《中华人民共和国土地改革法》规定不发证的林木、林地的土地清册；③当事人之间依法达成的林权争议处理协议、赠送凭证及附图；④人民政府作出的林权争议处理决定；⑤对同一起林权争议有数次处理协议或者决定的，以上一级人民政府作出的最终决定或者所在地人民政府作出的最后一次决定为依据；⑥人民法院作出的裁定、判决。

土地改革后至林权争议发生时，下列证据可以作为处理林权争议的参考依据：①国有林业事业企业单位设立时，该单位的总体设计书所确定的经营管理范围及附图；②土地改革、合作化时期有关林木、林地权属的其他凭证；③能够准确反映林木、林地经营管理状况的有关凭证；④依照法律、法规和有关政策规定，能够确定林木、林地权属的其他凭证。

2. 地方各省纷纷制定配套法规，针对本地方的特点，对林权问题逐步细化

这其中具有代表性的地方法规有以下几项。

第一，1990年制定，2001年修改的《安徽省实施〈中华人民共和国森林法〉办法》。该办法指出：森林分为公益林和商品林，实行分类经营管理制度，坚持生态优先原则。公益林包括防护林和特种用途林。公益林列入社会公益事

业管理，按照严格保护、分级管理原则，由各级人民政府组织林业等有关行政主管部门和社会力量共同建设和管理。商品林包括用材林、经济林和薪炭林，由经营者依法自主经营。

第二，1991年制定，2000年修改的《陕西省森林管理条例》。该条例重申：森林资源属于国家所有。

第三，1991年的《湖北省林业管理办法》。该办法规定：县级以上人民政府依照《中华人民共和国森林法》的规定，确认林地和森林、林木的所有权与使用权。在全民所有的土地上义务栽植的林木，所有权属管理使用该土地的单位；土地未明确管理使用单位的，林木由当地人民政府指定的部门或单位所有。在集体所有的土地上义务栽植的林木，所有权属于集体。国家机关、团体、部队、国营企业事业单位营造的林木，由营造单位经营并按照国家规定支配林木收益。合作种植的林木，所有权属合作者共有。农村居民在房前屋后、自留地、自留山种植的林木，城镇居民和职工在自有房屋的庭院内种植的林木，归个人所有。个人承包宜林荒山荒地，其承包后种植的林木归个人所有；承包合同另有规定的，按合同规定执行。个人所有的林木，允许继承和转让。农户转为城镇户口，其自留山的使用权由集体收回，林木由集体与农户协商解决。

第四，1992年制定，1997年、2000年、2003年修改的江苏省实施《中华人民共和国森林法》办法。该办法规定：国家所有的土地上自然生长的森林、林木和国有林业场圃、森林公园经营的森林、林木，以及依照县级以上人民政府有关规定或者依照法律由合同约定属于国家所有的林木，其所有权属于国家；国有林业企业、事业单位经营管理的国有林地以及依法确定给其他单位或个人使用的国有林地，属于国家所有。

第五，1993年的《宁夏回族自治区林地管理办法》。该办法指出：林地的所有权分为全民所有和集体所有。国有林业单位经营管理的林地和法律规定的国有林地，属于全民所有。其他林地，以及自留山和依法确定给农民个人使用的房前屋后的林地等，属于集体所有。全民所有和集体所有的林地可以依法确定给个人使用。依法取得林地林权证的单位和个人，应当按照规定的经营范围，负责树立并保护四至界限的界桩、界标。国有林业单位还应当具有林地面积和四至界限文字、图表、数据等资料，建立、健全林地林权档案。

第六，1993年制定，1997年、2004年修订的《广西壮族自治区森林管理办法》。该办法重申：全民所有制单位经营的森林、林木属国家所有。

第七，1993年制定，1997年、2004年修订的《浙江省森林管理条例》。该条例指出：森林、林木、林地属国家所有，但法律规定属于集体所有的森林、林木、林地和个人所有的林木除外。土地改革时，森林、林木和林地未确定权属的，土地改革后县级以上人民政府、省林业行政主管部门已批准划归全民所有制单位的，属国家所有。有争议的无证林地属国家所有，但县级以上人民政府确权给集体所有的零星林地除外。集体所有的森林、林木和林地（含合作化前个人所有的森林、林木和林地），公社化前划归全民所有制单位的，属国家所有。

第八，1995 年制定，1997 年、2004 年修改的《黑龙江省森林管理条例》。该条例指出：国有林业企业、事业单位和其他国有企业、事业单位经营管理的森林、林木、林地，为国家所有。农村集体经济组织在其所有的土地上营造的林木，为集体所有。

机关、团体、部队、学校等单位，在县级以上人民政府依法批准的用地范围内营造的林木，为造林单位所有。国有林业企业、事业单位及其他国有企业、事业单位与乡、村或者其他单位联合经营的森林，林地仍为国家所有，共同支配林木收益。

第九，1996 年的《山东省国有林场条例》。该条例规定：国有林场的森林、林木、林地等森林资源资产，属于全民所有，由国有林场经营管理。国有林场对其经营管理的森林资源资产，享有占有、使用和依法处分的权利，并负有保值、增值的责任。

第十，1996 年《青海省实施〈中华人民共和国森林法〉办法》。该办法重申：森林资源属于全民所有。

第十一，1997 年的《湖南省国有林场管理办法》。该办法规定：国有林场的森林、林木、林地、野生动植物及其森林环境等森林资源资产，属于国家所有，由国有林场经营管理。国有林场对其经营管理的森林资源资产，依法享有占有、使用、收益、处分的权利，并负有保值、增值的责任。

第十二，1998 年的《湖北省国有林场管理办法》。该办法指出：国有林场的森林资源属国家所有，由国有林场依法经营和管理。县以上林业主管部门根据国家和省的规定，对国有林场的生产经营活动进行管理和监督，以防止森林资源流失。任何单位和个人不得以任何形式侵占、破坏国有林场森林资源。

第十三，1998 年制定，2001 年修正的《重庆市林地保护管理条例》。该条例规定：林地的所有权分为国家所有和集体所有。国有林业企业、事业单位经营管理的国有林地以及依法确定给其他单位或个人使用的国有林地，属于国家所有；其余林地属于集体所有，自留山和依法确定给农村村民使用的房前屋后的林权地，属于集体所有。

二 国有森林资源产权制度变迁解析

自新中国成立以来，国有森林资源产权初始配置制度几经更迭，强制性制度变迁与诱致性制度变迁交替作用，混合性制度变迁已经成为主流，但现代意义上的国有森林资源产权初始配置制度始终没有形成。通过对新中国成立以来国有森林资源初始分配权的梳理与分析，努力把握制度变迁的内在规律，建立适合我国国情的国有森林资源产权初始配置制度是国有森林资源产权制度改革的首要任务。

（一）新中国成立之初至20世纪70年代森林资源的初始分配重在强制性制度变迁

新中国成立初期至20世纪50年代中后期的森林确权过程中，大片森林和重要森林都被划归国有，这种强制性制度变迁的需求，反映了四个方面的事实状态：一是标志着社会主义公有制意识形态在森林资源领域的具体实现；二是森林资源公有就是社会主义公有财产的一个重要组成部分；三是当时的经济基础和经济发展都依赖于公共森林资源的开发和利用；四是提升综合国力也需要大量的绿色银行储备。在这种历史背景下，国家通过法律、法规确定了国有森林资源的对象和范围。

当时具有代表性的政策法规文件是1951年4月21日《政务院关于适当地处理林权明确管理保护责任的指示》和1957年7月12日《中共中央批转林业部党组关于农林业生产合作社当前林业生产中几项具体政策问题的请示报告》。这两个文件将地主的森林和一般的大森林，以及大片森林尚未确定林权者、土改中确定为村公有林，在合作化后尚未处理者、国有林过分零星分散，经营管理不便者、个别地区在土改时错将大片林木划给个人所有者等森林资源主要划归国有。至此，我国在政策法规层面上基本完成了对森林资源国有化的确权过程，体现了强制性制度变迁的内在需要，为新中国成立初期的国家积累创造了条件，也为后期诱致性制度变迁埋下了伏笔。

（二）20世纪70年代森林资源的初始分配权呈现动态变化

我国20世纪60年代国有森林资源产权的变动可以分为两个阶段，60年代初期，以1961年6月26日《中共中央关于确定林权保护山林和发展林业的若干政策规定》为标志，对山林的所有权进行了再次确定。该规定的第一部分明确列出确定和保障山林的所有权，但此次的初始分配确权有所变动，除强调划归国有外，还明确了森林资源“谁种谁有”的原则，同时还规定了公社所有、生产队所有和社员个人所有等多种所有方式。同时又对森林资源的经营方式和分配收益做了灵活多样的规定，诱致性制度变迁的要求在国家政策法规层面上有所反映，这些规定基本符合了当时林区社会生产力发展水平的需要。而60年代后期至70年代，森林资源国家所有的绝对化趋势明显，强制性制度变迁的内在需求日益加强。主要表现在两个规定中：一个是1967年9月23日中共中央、国务院、中央军委、中央文革小组《关于加强山林保护管理、制止破坏山林、树木的通知》重申："国营和集体的林权，绝对不容侵犯，不准将国有山林划归集体；不准将集体山林划给个人……"另一个是1979年1月15日国务院《关于保护森林制止乱砍滥伐的布告》也指出："坚决维护国家和集体的森林所有权。国有林统一由国家林业单位经营，集体林由社队经营。不准将国有林划归集体或非林业单位，不准将集体林划归个人……"可见，60年代后期至70年代，强制性制度变迁在国有森林资源产权确权中占据绝对的支配地位。

（三）20世纪八九十年代前期国有森林资源初始分配权的复杂化

20世纪80年代以来，国有森林资源的确权活动在两个层面展开，一个是中央立法确权过程中始终坚持国家森林资源产权的完整性，另一个是地方产权改革的进程如火如荼，冲破了原有的禁锢和束缚，充分体现出改革的创新性和灵活性。中央的强制性制度变迁与地方的诱致性制度变迁交错进行。

首先，从中央层面看：20世纪80年代初期，国家继续沿用计划经济条件下的制度配置原则和做法，着力做好已有山林权的稳定工作，分析了山林权纠纷产生的原因和确立解决山林权纠纷的具体原则，其中特别注重分析省际山林权纠纷产生的原因和解决对策，表明国家已经开始重视地方与中央有限划分林权后的林业利益关系的调整。同时，1985年1月1日起施行的《中华人民共和国森林法》第三条又以国家法律的形式特别强调：森林资源属于全民所有，由法律规定属于集体所有的除外。全民所有的和集体所有的森林、林木和林地，个人所有的林木和使用的林地，由县级以上地方人民政府登记造册，核发证书，确认所有权或者使用权。至此，国家在林权初始分配问题上的强制性制度安排的固有理念没有任何松动。表现这些内容的具体规定包括：1980年3月5日《中共中央、国务院关于大力开展植树造林的指示》；1981年3月8日《中共中央、国务院关于保护森林发展林业若干问题的决定》；1982年10月20日《中共中央、国务院关于制止乱砍滥伐森林的紧急指示》；1984年7月17日国务院批转林业部、民政部等部门《关于调处省际山林权纠纷问题的报告》的通知；1988年4月18日《林业部关于加强国有林林地权属管理几个问题的通知》等。

20世纪90年代以1996年10月14日《林木林地权属争议处理办法》为标志，规定处理林权争议，应当尊重历史和现实情况，遵循有利于安定团结，有利于保护、培育和合理利用森林资源，有利于群众生产生活的原则。在林权争议解决以前，任何单位和个人不得采伐有争议的林木，不得在有争议的林地上从事基本建设或者其他生产活动。县级以上人民政府或者国务院授权林业部依法颁发的森林、林木、林地的所有权或者使用权证书是处理林权争议的依据。

尚未取得林权证的，要有系列证据和参考证据作为处理林权争议的依据，并且规定了详尽的程序保障。反映了国家在处理林权问题上的审慎态度和重证据重程序的立法成熟。

其次，从地方层面看，因各地实际的改革试点不断涌现，家庭承包、管护承包、竞标拍卖、股份经营等多种产权形式相继出现，并逐渐在地方立法中得到体现，诱致性制度变迁的需求呈现提升和强化的迹象。

（四）20世纪90年代后期以来国有森林资源产权变迁的主体需求趋同

不论是中央还是地方，对国有森林资源产权进行改革已经形成共识。2003年6月25日《中共中央、国务院关于加快林业发展的决定》中规定了进一步完善林业产权制度的具体内容。其中包括：产权权属证明的合法性依据如何取得，自留山由农户长期无偿使用不得强行收回，分包到户的责任山要保持承包关系稳定，采取多种形式经营山林将产权逐步明晰到个人，对造林难度大的宜林荒山、荒地、可将一定期限的使用权无偿转让给有能力的单位或个人开发经营，推动国家和集体所有的宜林荒山、荒地、荒沙使用权的流转，国家鼓励森林、林木和林地使用权的合理流转，各种社会主体都可通过承包、租赁、转让、拍卖、协商、划拨等形式参与流转，森林、林木和林地使用权可依法继承、抵押、担保、入股和作为合资、合作的出资或条件，发展森林资源资产评估机构等。对国有森林资源产权改革的诸多方面进行引导，完成了国有森林资源产权改革制度供给的主要任务；在地方，灵活多样的产权改革政策法规层出不穷；而企业和个人的产权改革需求更是与日俱增。由此可见，不论是中央、地方、企业还是个人改革需求日益明显，多元主体的改革需求有趋同的趋势。

第二节 国有森林资源产权制度变迁的数量模型分析

一 制度贡献模型分析

（一）分析的前提

如何促进林业经济增长是困扰国有林区的关键问题之一，也是深化国有林区产权制度改革的必然要求。为此，许多学者进行了大量研究，也得出了不同的结论。但是，对国有森林资源产权制度变迁进行计量分析，说明制度变迁在林业经济增长中的贡献率的研究还不多见。

制度学派认为资本积累、技术进步等因素是经济增长的本身；经济增长的根本原因是制度的变迁，一种提供适当个人刺激的有效产权制度是促进经济增长的决定性因素（诺斯，1994b）。经济增长的因素分析是伴随着新古典经济增长理论而发展起来的，经济增长因素分析法中最为主流、传统的方法就是新古典增长理论的主要代表人物索洛提出的索洛法，此方法将经济增长的重要因素资本和劳动引入生产函数，考虑其对经济增长的贡献，将结果中不能被劳动、资本投入解释的部分称为“索洛剩余”，并认为“索洛剩余”是技术进步的结果（索洛，1957）。此后乔根森、丹尼森等对索洛法进行了改进：提出了一些新的解释变量，如人力资本等，但这并不完善，因为其引入的同样是投入要素，而投入并不能解释全部增长。如果生产纯粹是一种投入与产出之间的工程关系，那么产出的任何变化，除了那些随机扰动导致的外，都将是投入变化的结果。然而，可观察的生产函数一般是一种经济关系，而不是一种纯工程关系，因为每一种可观察资源的使用密集度，取决于劳动者和管理者的经济决策，这些决策是他们对制度安排、获利机会等的反应（林毅夫和沈高明，1990）。基于这一理由，经济改革对经济增长不会没有影响，我们必须将制度作为解释变量引入生产函数才能更完善的进行增长的因素分析。通过研究，我们预期得出如下结论，即制度变迁必然会对国有经济增长产生巨大影响，必然会促进和推动经济的增长。对制度变迁与经济增长进行计量分析，为转变经济增长方式、提高经济运行质量和进一步实施改革提供可靠的实证支持。

（二）分析的模型及样本选择

在吸收前人研究成果的基础上，采用的生产函数是一个包括资本和劳动投入、技术和制度变量的柯布-道格拉斯生产函数。基本方程如下：

$$Y=AK^{\alpha}L^{\beta}I^{\gamma}e^{\varepsilon} \tag{3-1}$$

式中，Y 为产出；A 为综合技术水平系数；K 和 L 分别为资本和劳动投入；I 为制度变量；α、β、γ 为参数；ε 为随机扰动项；e 为自然对数的底。

要估计式（3-1）参数，必须获得有关变量的样本。一是关于劳动投入指标的选择，按一般惯例，本书以年末报表工人数为准；二是关于资本投入指标的选择，按照现行的统计口径和生产技术水平的要求，选用固定资产原值；三是关于产出指标的选择，本书中的数据主要以《中国林业统计年鉴》（1994～2008年）为依据。

为了对制度变迁进行量化测度，本书参考金玉国、文启湘、胡洪力的研究方法，通过引入六个制度变量分别对中国林权的制度变迁过程中的几个方面进行描述。

（1）市场化程度，用来反映林业内资源配置经济决策市场化的广度和深度。林业市场化的程度及其变化特征可以分生产要素（资金、劳动力、技术水平等）配置的市场化和经济参数（价格、汇率、利率等）决定的市场化反映出来，所以市场化程度指标中应包含“价格的市场化程度”，它是所有林产品价格中不是由国家定价的比重与国家定价的比重之比，由于资料的制约，并且林产品的价格长期是国家定价的，本书只得放弃这一指标，而采用“投资、劳动力和林产品销售的市场化”来衡量林业的市场化制度。公式如下：

$$T=\text{非国有企业投资额}/\text{林业投资总额}\times 100\%$$

$$La=\text{非国有企业职工人数}/\text{林业企业年末职工人数}\times 100\%$$

（2）林业产业对外开放程度，用以反映林业的引进外资和进出口的指标。人们习惯上用出口依赖度（出口额/当年林业工业总产值）来反映经济外向型的程度。很明显，出口并不是对外开放的唯一内容。所以本书采用包括林业进出口率、非国有投资利用率两个指标来衡量林业产业对外开放的程度。公式如下：

$$J=\text{进口总值}/\text{当年林业总产值}\times 100\%$$

$$CH=\text{出口总值}/\text{当年林业总产值}\times 100\%$$

$$W=\text{非国有林业企业投资额}/\text{当年林业工业企业投资总额}\times 100\%$$

（3）非国有企业年进入率（Q），用以反映林业产业的进入与退出管制状况。本书利用每年非国有企业数占当年企业总数的百分比来衡量。因为到目前为止，林业产业中的企业大部分都是国有或集体所有的，要么就是合资企业，真正非国有的大企业很少，而国有林业企业的退出刚性极大。所以，非国有企业年进入率（Q）这一指标能够在一定的制度上反映林业的进入与退出管制状况。公式如下：

$$Q=\text{当年林业非国有企业数}/\text{当年全部林业企业数}\times 100\%$$

由于使用了6个制度变量来描述中国林业工业的制度变迁过程，指标比较多，数据量大，不可能把它们都引入生产函数方程中，所以，我们希望将六个指标群中互不相关的信息资料进行处理。主成分分析正是处理这一类问题的有效方法之一。基本思想是根据指标方差的大小来确定其主次地位。通常方法是取原指标诸分量的线性综合作为新的主成分的表达式。

应用SPSS11.5软件的因子分析法对这六个制度变量进行主成分分析，运算的结果（表3-1）表明，第一个因子的贡献率已经高达84.67%，已经超过了75%，所以，只需选择一个因子即可充分反映这六个指标的信息。因此，我们可选择主成分个数$m=1$。

表3-1 制度要素变量特征值、贡献率和累计贡献率

主成分	特征值	贡献率/%	累计贡献率/%
T	5.080	84.670	84.670
La	0.576	9.608	94.278
J	0.263	4.386	98.664

续表

主成分	特征值	贡献率/%	累计贡献率/%
CH	0.073	1.225	99.889
W	0.007	0.111	100.000
Q	7.540×10^{-16}	1.257×10^{-14}	100.000

资料来源：中国林业统计年鉴，1994～2008年。

设 T、La、J、CH、W、Q 分别为投资市场化指数、劳动力市场化指数、进口指数、出口指数、非国有投资率、非国有企业年进入率，即可得到一个主成分 I 的 6 个制度变量的加权处理公式：

$$I=0.187\times T+0.186\times La-0.195\times J-0.182\times CH+0.187\times W+0.146\times Q$$

根据这个公式即可计算出主成分 I 的时间序列数据，结果如表 3-2 所示。

表 3-2 林业制度要素变量计算数据表

年份	T	La	J	CH	W	Q	I
1994	17.7	22.55	2.68	5.04	17.7	22.09	12.599 36
1995	22.33	21.04	3.68	4.91	22.33	19.11	13.443 7
1996	29.91	18.24	3.55	3.53	29.91	16.43	15.643 05
1997	33.51	16.62	4.15	4.32	33.51	4.42	14.673 89
1998	31.15	13.82	4.64	5.19	31.15	9.27	13.724 66
1999	34.32	13.44	4.71	4.66	34.32	5.54	14.377 79
2000	37.08	11.47	5.4	4.98	37.08	2.74	14.442 02
2001	28.52	10.36	5.76	4.66	28.52	2.58	10.998 8
2002	23.11	8.99	7.53	5.25	23.11	2.11	8.199 49
2003	15.38	9.62	7.67	5.46	15.38	2.32	5.390 79
2004	14.97	10.38	8.16	5.66	14.97	2.53	5.277 52
2005	9.78	6.33	8.66	5.86	9.78	2.49	2.443 42
2006	10.47	6.89	9.16	6.06	10.47	1.87	2.581 22
2007	11.54	6.14	9.66	6.27	11.54	1.19	2.606 9
2008	16.14	5.53	10.15	6.47	16.14	1.31	4.099 41

资料来源：中国林业统计年鉴，1994～2008年。

通过制度要素 I 的计算与《中国林业统计年鉴》（1994～2008）所查数据，得出我国林业产出与各生产要素数据表，如表 3-3 所示。

表 3-3 我国林业产出与各生产要素数据表

年份	林业增加值 Y/亿元	投资 K/亿元	劳动力投入 L/亿人	制度变迁 I/%
1994	57.723 12	51.918 3	32.856 94	12.599 36
1995	59.685 48	63.26	32.179 86	13.443 7
1996	61.647 64	83.27	31.502 79	15.643 05
1997	63.609 8	98.502 1	30.815 15	14.673 89
1998	64.756 07	114.204 6	29.897 89	13.724 66
1999	62.322 14	132.426 7	30.004 77	14.377 79

续表

年份	林业增加值 Y/亿元	投资 K/亿元	劳动力投入 L/亿人	制度变迁 I/%
2000	65.520 33	158.693 1	28.522 61	14.442 02
2001	64.895 19	214.065 1	23.586 3	10.998 8
2002	55.167 47	284.112 7	22.122 98	8.199 49
2003	55.474	435.337 9	20.178 15	5.390 79
2004	51.293 9	586.868 8	18.233 32	5.277 52
2005	36.890 5	877.278 2	17.113 26	2.443 42
2006	38.988 4	1 136.385	16.202 37	2.581 22
2007	41.086 2	1 166.94	15.608 96	2.606 9
2008	40.141 7	2 728.575	15.073 63	4.099 41

资料来源：中国林业统计年鉴，1994～2008 年。

（三）回归模型的估计与结果

在计算出了制度变迁 I 的值后，需要对生产函数的估计方法进行简单的推论。为了估计的方便，对式（3-1）两边取自然对数，得

$$\ln Y=\ln A_0+\alpha\ln K+\beta\ln L+\gamma\ln I+\varepsilon \tag{3-2}$$

这就是首先要估计的基本方程。而利用时序资料估计生产函数时，因为劳动和资本的高度相关又容易产生多重共线性。为了消除多重共线性的影响，采用产出和资本的密集形式来重新构造生产函数，对式（3-2）进行变换后得到

$$\ln(Y/L)=\ln A_0+\alpha\ln(K/L)+\gamma\ln I+\varepsilon \tag{3-3}$$

用 eviews 软件对式（3-3）进行最小二乘法估计。得到回归方程

$$\ln(Y/L)=0.093\,670+0.152\,437\ln(K/L)+0.178\,575\ln I \tag{3-4}$$

首先，对所得方程进行统计检验。F 统计量的值是 11.737 34，其实际伴随概率为 0.001 498，显著小于 0.05，故方程通过显著检验，即所得回归模型显著。t 统计量分别为 3.629 921 和 2.010 520，其实际伴随概率分别为 0.0035 和 0.0074，均显著小于 0.05，故方程的回归系数也通过了显著性检验。

其次，对所得方程进行二级检验，即经济计量学检验。主要针对回归方程进行回归诊断，即检验方程是否违背了回归分析的经典假设。

由于采用了式（3-3）形式的回归模型，可以认为此模型已经消除了多重共线性，只需对模型进行异方差和自相关的检验即可。

由 D-W 检验可知，$dL=0.70$，$dU=1.25$，$1.25<1.317\,779<2.75$，即 $dU<\text{D-W}<4-dU$，方程的 D-W 值落入了无自相关的区域中，因此认为模型不存在自相关。同时应用 eviews 对方程进行 B-G 检验。

根据 B-G 检验原理，以及 eviews 运行结果显示的 $nR^2=1.053\,895<\chi^2(1)=3.841\,46$，且 e_{t-1}，e_{t-2}的回归系数均显著地为 0，这表明此模型中随机误差项不存在一节序列相关性，认为 $\mathrm{COV}(e_{t-1},e_{t-2})=0$，符合回归分析的

经典假设。与 D-W 检验结果一致。

下面对模型进行异方差性检验。根据怀特检验原理，由于 eviews 运行结果显示 $nR^2=8.731\ 031<\chi^2(4)=9.488$，所以认为此模型不存在异方差，即模型符合随机误差项等方差基本假设。

各项统计检验指标都非常良好，说明此回归模型 $\ln(Y/L)=0.093\ 670+0.152\ 437\ln(K/L)+0.178\ 575\ln I$ 对生产函数拟合的非常好。

由回归方程可以看出，人均资本项前的系数为 0.152 437，说明在制度变迁程度保持不变时，人均资本每增加 1%，林业产出就增加 1.524 37%，其对林业的贡献率不大；而制度变量前系数为 0.178 575，表明在人均资本保持不变时，制度变迁程度每增加 1%，林业工业的产出将增加 1.785 75%，其对林业的贡献比人均资本的贡献率还要高，说明制度变迁对林业增长的影响很大。再由表 3-2 可知，这 15 年中林业投入的劳动力基本上是一直减少的，这充分说明中国林业增长主要是资本和制度变迁推动的，非国有化的制度变迁进程在不断地深化，虽然变迁的程度不大，2008 年仅有 4.10%，但其对林业的贡献却很高，甚至还超过了人均资本投入的贡献率。可见，林权改革对林业发展的贡献之大。

据此，可以对 15 年间制度变迁对中国林业增长的贡献进行测算（表 3-4）。结果显示在 15 年的林业增长中，人均资本对林业增长的贡献率达到 35.8944%，制度变迁的贡献高达 42.0491%，这表明制度变迁对林业增长的贡献率极高，加快制度变迁的进程是国有林区摆脱“两危”，建设社会主义新林业的有效途径。

表 3-4　生产要素对林业增长的贡献率

估计系数与贡献份额	单位劳动平均投资	制度变迁进程	其他影响因素
估计系数	0.152 437	0.178 575	0.093 670
对增长的贡献份额/%	0.358 944	0.420 491	0.220 565

总之，国有森林资源产权制度改革尚未完成，仍有较大的制度创新空间，所以制度创新与变革仍将是林业经济增长的重要动力来源。

二　变迁的动力模型分析

（一）模型建立

制度变迁条件模型的构建，基于下列三个假设：①制度变迁存在制度变迁主体。产权经济学中分析制度变迁主体中有政府、团体、私人，作为制度创新的主体，都是从创新中获取自身利益的“经济人”，诺思把他们统称为“组织及其企业家”；②制度变迁主体的动机，是建立在“收益-成本”比较基础上的，即其中包含了“经济人”的条件。当然对于制度变迁主体，其收益包括物质利益，也包括非物质利益，即利益是多目标的；③制度变迁主体的有限理性，即创新主体能按照“收益-成本”的计算，对各种行动方案做出明智的选择，但是这受到信息不完整性的限制，它不可能获得关于周围环境和未来变化的所有信息。

在某种形式上，制度的创新类似于设备的更新问题。随着年限的增加，老制度的效率降低，交易费用增加。而新制度代替老制度，是完全代替（如俄罗斯的“休克疗法”），类似设备更新。而对老制度变革，采取渐进式变迁，则类似设备的维修。

考察一定期限的制度变迁过程，分析这段时间的制度变化。设定年限为 n。为探讨在某一阶段创新主体的决策行为，可以划分创新的时间区间。在本例中，时间区间以年为单位。在实践中，制度的变革持续时间有可能是 1 年，也有可能是几年，为简化模型，在此假设变革在 1 年中完成。

设 t 为某种产权制度；$I_j(t)$ 为第 j 年在产权制度 t 下所得的收入；$O_j(t)$ 为第 j 年在产权制度 t 下的支出；$C_j(t_1, t_2)$ 为第 j 年制度从 t_1 变为 t_2 的变革成本；@为折现系数，以后收益的折现比率；$G_j(t)$ 为在第 j 年开始运行某制度 t 时，从第 j 年到第 n 年的收入折现到 j 年的现值。

为探讨在某一阶段制度创新主体的决策，可以从两个方面进行探讨。若在 j 年进行制度创新，则从 j 年到 n 年得到的总收益为第 j 年在新制度运行下所获得的收入减去当年的运行费用，减去第 j 年制度改革成本，加上第 $j+1$ 年获得的收益［式（3-6）］。如在第 j 年不进行制度创新，则从第 j 年到第 n 年的总收益等于第 j 年在老制度运行下所获得的收入减去该年的运行费用，加上在第 $t+1$ 年到第 n 年的收益［式（3-5）］。比较两者的大小，大者为制度创新主体在第 j 年的决策结果。

根据上述内容，可得到递推关系如下：

保留 t_1 制度：

$$G_j(t_1) = I_j(t_1) - O_j(t_1) + @G_{j+1}(t_1) \tag{3-5}$$

进行制度创新：

$$G_j(t_2) = I_j(t_2) - O_j(t_2) - C_j(t_1, t_2) + @G_{j+1}(t_2) \tag{3-6}$$

$$j=1,\ 2,\ \cdots,\ n$$

从这个模型可以看出，进行制度创新的条件是：$G_j(t_2) > G_j(t_j)$ 即可得到

$$I_j(t_2) - O_j(t_2) - C_j(t_1, t_2) + @G_{j+1}(t_2) > I_j(t_1) - O_j(t_1) + @G_{j+1}(t_1)$$

此式可以简写为

$$\Delta P(t_2) - C_j(t_1, t_2) + @G_{j+1}(t_2) > \Delta P(t_1) + @G_{j+1}(t_1)$$

可以得到

$$\Delta P(t_2)-\Delta P(t_1)-C_j(t_1,t_2)+@[G_{j+1}(t_2)-G_{j+1}(t_1)]>0$$

对此式再简写为

$$\Delta P(t_2-t_1)-C_j(t_1,t_2)+@[G_{j+1}(t_2)-G_{j+1}(t_1)]>0 \quad (3\text{-}7)$$

且令 $M_j(t_2-t_1)=\Delta P(t_2-t_1)-C_j(t_1,t_2)+@[G_{j+1}(t_2)-G_{j+1}(t_1)]$，$M_j(t_2-t_1)$ 表示在 j 年创新主体的动力。

从式（3-7）可以看出，创新主体制度创新的决策由三个方面的因素决定。

一是 $\Delta P(t_2-t_1)$，即 $\Delta P(t_2)-\Delta P(t_1)$，它表示制度创新给创新主体形成的当年收益。它包括两个方面的因素，一个是新老制度在当年不同制度效率下所形成的收益差异；另一个是由于在制度创新中利益分配格局的变化给创新主体形成的收益。其中由于利益重新分配所形成的落差是明显的。

二是 $C_j(t_1,t_2)$，即制度改革的成本。这种成本包括收集信息的成本、制度设计和规划的成本、讨价还价的成本等。

三是 $@[G_{j+1}(t_2)-G_{j+1}(t_1)]$，表示将来不同制度收益差距。$[G_{j+1}(t_2)-G_{j+1}(t_1)]$为制度之间的在改制以后由于效率差异所形成的收益差异。@为折现系数，表示主体对将来制度改革收益的现有价值估计。将来的收益差距方面，由于其存在的不确定性及创新主体的有限理性的存在，创新团体中的不同个人对其具有不同的估计。

进一步分析可知：首先，从式（3-7）可以看出，创新主体要实现制度创新，必须具备 $\Delta P(t_2-t_1)-C_j(t_1,t_2)+@[G_{j+1}(t_2)-G_{j+1}(t_1)]>0$，即制度创新的成本要大于利益分配格局改变所获得的利益变化与新老制度收益差距之和。

其次，假设制度创新主体有 n 年的任期，j 越接近 n，$[G_{j+1}(t_2)-G_{j+1}(t_1)]$的值就会越小，当 $j=n$ 时，$[G_{j+1}(t_2)-G_{j+1}(t_1)]=0$。由此可以推出，$n-j$ 越小，则 $M_j(t_2-t_1)$ 越小；如果 $j=n$，在一般情况下，$M_j(t_2-t_1)$ 的值会非常小，甚至为 0。所以可以看出，制度创新主体的动机，与其任期有很大的关系。因此，应适当延长和稳定目前森林资源经营者的经营期限。

再次，考虑 $@[G_{j+1}(t_2)-G_{j+1}(t_1)]$ 的影响，因为$[G_{j+1}(t_2)-G_{j+1}(t_1)]$是估计值，不同主体有不同的估计，对于风险型的决策者，估计值大，而对于保守型决策者，则估计值小；对改革的成本 $C_j(t_1,t_2)$ 的估计，正好相反。由此可以得到结论：对于不同风险偏好者，风险型的决策者估计的 $M_j(t_2-t_1)$比保守型决策者要大。

$C_j(t_1,t_2)$ 与 $\Delta P(t_2-t_1)$ 存在相关关系，因为利益分配均衡与否极大影响各个方面的利益主体，如果某些主体要分得更多利益，则须增加讨价还价的成本，从而增加 $C_j(t_1,t_2)$。因此，在林权改革过程中，坚持公开、公正、透明，规范操作，加上细致的思想工作是非常必要的。

（二）制度变迁分析

1. 初始界定阶段的制度变迁分析

初始界定阶段的制度变迁可以看出，虽然作为制度供给者的国家与制度接收者的国有森工企业经营者和广大林业职工始终存在着冲突，“国有森林资源公有制”是国家所能接受的制度底线的唯一解。从两权分离的产权制度作用来讲，其经济效果明显，但为什么国家没有接受呢？从制度创新的成本 C_j（t_1，t_2）来讲，由于微观主体的自发行为，其国家的制度创新成本并不高。关键在于对当前利益 ΔP（t_2-t_1）和 @［G_{j+1}（t_2）$-G_{j+1}$（t_1）］远期利益的估计上。虽然“两权分离”的森林资源产权制度安排的经济绩效是显而易见的，但是由于国家主要考虑的是政治利益，所以国家没有选择这种制度。首先，意识形态可以被看成是一种既得的社会资本，它赋予社会成员以为统治者和现存的制度结构合法的感觉。由于全民所有制是公有制的一种主要形态，所以维护全民所有制的制度成为国家的强烈需求。而且由于国家对于森林资源开发进行计划控制有利于国家获得动员各种资源的能力，包括获得林业剩余来加强工业化。另外进行计划控制还有助于调动资源对付“潜在的威胁”（如 20 世纪 60 年代中国台湾国民党反攻大陆、敌对国家的战争等）。所以从国家的角度看，在当时的意识形态条件和计划控制的偏好下，“四权合一”的国有森林资源产权制度是博弈双方能够接受的最终结果。

对于微观主体即制度的接受者来讲，在国家政策较为宽松的条件下，可以实行“两权分离”的制度。而一旦国家改变政策，要实行“两权分离”的成本 C_j（t_1，t_2）极为高昂。因为搞“两权分离”在当时的国家政治气候下，是走资本主义道路，轻者要受到批斗，重者要坐牢。在当时实行国有森林资源公有的“四权合一”产权制度下，国有森林资源还没有出现“两危”的困境，使得林业生产的外部性大大减少，而且林区资源相对丰富，能较好地满足广大林区工人生存的需要。虽然“两权分离”能极大提高当期经济收益 ΔP（t_2-t_1）和长远经济收益 @［G_{j+1}（t_2）$-G_{j+1}$（t_1）］，但与涉及可能失去人身自由的成本 C_j（t_1，t_2）相比，其结果最终 M_j（t_2-t_1）是小于零，即服从“四权合一”的制度安排。

2. 启动后阶段的制度变迁分析

在此阶段国家在对待“两权分离”的态度方面逐步解禁并走向开放，它在 20 世纪 90 年代中期对于制度创新的动力 M_j（t_2-t_1）>0，究其原因，还在于其估计 ΔP（t_2-t_1）$+$@［G_{j+1}（t_2）$-G_{j+1}$（t_1）］$>C_j$（t_1，t_2）。从国家的上层政治结构和外部政治环境看，与 20 年前比发生了重大变化。一是国家的最高领导层出现的更迭，新的领导层更趋于务实。二是由于国际环境趋向缓和，降低了强化中央集权的外部压力。三是由于过去几十年中领导人对于国家权威的滥用导致的灾难性后果，致使人们对原有的经济制度产生怀疑。所以，对于新的领导层，其支持“两权分离”的政策，新领导层在经济发展、对国有森林资源的控制权这两方面的权重比较上，经济发展的权重更大。四是由于经济经过十多年持续高速发展，国民经济实力大增，对林业的需求目标发生转变，反哺林业的时机已经成熟。所以国家上层政治结构和外部宏观环境的变化，以及近年来森林资源产权制度改革试点实行效果的检验，导致国家对新制度创新的“效益-成本”指数估计发生逆转，形成了强大的制度创新动力。

对于微观主体来讲，由于20世纪80年代初的经验，他们对于制度创新的当期收益和远期收益的期望是明显的，他们主要是对于制度创新成本的估计不确定。90年代以来国家整体政策环境已经开始宽松。党的十六届三中全会提出产权是所有制的核心和主要内容，建立归属清晰、权责明确、保护严格、流转顺畅的现代产权制度，有利于维护公有财产权，巩固公有制经济的主体地位；有利于增强企业和公众创业创新的动力，形成良好的信用基础和市场秩序。这是完善基本经济制度的内在要求，是构建现代企业制度的重要基础。要依法保护各类产权，健全产权交易规则和监管制度，推动产权有序流转。在相对宽松的政策条件下，制度接受者的创新成本 C_j（t_1，t_2）得以降低。这是一些林业局率先进行林权改革的主要原因。不过不可忽视的是，地方政府在制度创新中发挥了重要作用。国有森林资源产权改革首先是在黑龙江、内蒙古等林业大省（自治区）开始实行。而这些省（自治区）的地方政府为地下半地下的产权改革提供了政治保护和给予合法承认（张道卫，2006）。在当时，全国各个省（自治区）面对基层自发的产权创新有着不同的约束结构。在制定中央政策过程中，不同地方政府根据自己当地的利益和主张进行讨价还价。地方政府的提供产权保护的动机也在于其对“收益-成本”的估计。由于中国的资源禀赋极不均匀，在率先开始产权改革的那些地区，林业“两危”最为严重，对产权改革支持有利于广大职工生存问题的解决。而中央在当时的“行政性放权”给予地方政府较大的自由，从而减少了地方政府的制度创新成本 C_j（t_1，t_2）。地方政府的决策在整个制度变迁中也是一个不可缺少的关键环节。

第三节　国有森林资源产权制度变迁的启示

第一，国有森林资源产权制度改革的良好时机已经成熟。上面分析表明党的十一届三中全会以来，尤其是党的十六届三中全会以来，国家对森林资源产权改革的态度逐渐宽松了，其他领域的改革尤其是我国农村的改革，使政府组织和国有森工企业乃至林区职工清晰地看了森林资源产权改革后的预期收益，因此制度变迁的成本将大大降低。在此基础上政府还将能为森林资源产权制度改革制定一些优惠政策，这也使制度变迁前后的预期收益差距加大，这更将增加国有森林资源产权制度变迁的动力。因此说森林资源产权改革势在必行。

第二，目前林业改革的重点应放在森林资源产权制度创新上。上面分析表明制度变迁对林业经济增长的贡献率很高。这也从另一个侧面说明我国目前林业经济发展落后的一个根本原因是制度改革尤其是产权制度改革落后的"木桶效应"。目前存在的森林资源资产所有者不明、使用者的权益得不到保障、森林资源经营者造林、护林的积极性不高、过度采伐现象仍比较普遍等问题，根源在于森林资源资产的产权制度不合理。人们对森林资源的利用方式的选择取决于产权制度的安排方式。因此，要求生产者的行为符合森林资源持续利用原则，就需要对原有的森林资源产权制度进行创新。

第三，国有森林资源产权制度的改革必须确保权利的稳定。由于林业具有生产周期长的显著特征，林业生产更加需要一个稳定的制度环境。而我国国有林管理体系不稳，隶属关系不明，组织机构、政策法规经常是朝令夕改。新中国成立50年隶属关系改变8次，3次随国家政治体制改革、政治运动而发生；5次是由国家机构体制改革所引起。平均每5年变化一次，变化之频繁是世界林业史上少有的（田明华和陈建成，2003）。所以确保权利的稳定，可以消除经营者对经营林业的不稳定感，增强企业的归属感，增加林业的长期投资，推动森林资源的可持续经营。

第四，有需求的制度变迁往往是成功的。从上述森林资源产权制度改革的历史过程来看，需求回应型的强制性制度变迁或者诱致性制度变迁的效果比较明显。因为这两种制度变迁考虑了制度接受者的意愿，是在充分调动森工企业经营者和广大职工积极性的基础上的制度变迁。通过变迁使制度达到了暂时的均衡或使原来的不均衡状态得到一定调整。

第五，国家的宏观目标和意识形态的作用非常大。在不同的历史背景下，政府在实行制度变迁时，其宏观目标和意识形态偏好会随着历史的变迁而变化。例如，国家确立的"工业化"国策和社会主义意识形态对公有产权的推崇，与国家这一战略目标和意识形态相对应，国家在国有林区设立了森林资源国家所有的产权制度，以便国家对国有森林资源进行控制和干预，使林业剩余被无偿地转移到工业上来。在当时的历史背景下，这种国家对林业采取掠夺性的产权制度安排有其历史的必然性。目前，我国处于历史的转折时期，国家的宏观目标、宏观经济形势和森林经营的目标已发生了明显的变化，森林资源为国家工业化建设提供大量木材的任务基本完成，工业反哺农业、林业的时机也已成熟，社会的政治和意识形态方面的约束也有所松动，这为深化国有森林资源产权改革提供了前提。因此，我们在讨论国有森林资源产权制度改革方案时要充分考虑意识形态的变化和国家宏观经济目标的主要内容。

第六，国有森林资源产权改革后的森工企业（包括国有独资和国有控股）经营者应该相对稳定。通过上面的分析我们发现，制度创新主体任期越长，将使产权制度变迁后与变迁前的收入差距拉大，将会增加森林资源产权制度改革的整体收益。这些年国有森工企业经营不善固然有种种客观原因，但企业的经营者变换频繁也是一个重要原因，企业经营者任期时间短，其缺乏长期效益观念，为了职工开工资，为了盖大楼、修马路，不惜向森林资源“要效益”，结果越砍越穷，越穷越砍，致使企业的长期发展受到严重影响。

第四章 国有森林资源产权制度问题分析

目前存在的森林资源资产所有者不明、使用者的权益得不到保障、森林资源经营者造林护林的积极性不高、过度采伐现象仍比较普遍等问题，根源在于森林资源的产权制度不合理。国有森林资源产权制度改革就是要认真研究这些制度缺陷，进而寻求解决问题的途径。

本章及以后的分析结合了笔者对黑龙江省伊春国有林权改革地区的问卷调查，本次调查问卷下发520份，收回485份，回收率93%，其中乌马河林业局100份，铁力林业局84份，翠峦林业局98份，桃山林业局97份，双丰林业局106份。被调查者的具体身份为职工占77%，干部占19%，其他占4%。

第一节 国有森林资源单一国家所有制的弊端

一 国家所有权制度存在缺陷

从经济与法律的角度来讲，对财产所有权进行分析，往往表现为对财产所有权定性的抽象分析或者是对某人所有权的具体分析。但是，一个国家的财产所有权体制则不仅仅是一个经济的或者法律制度的问题，而是政治和社会制度的问题。因为政治问题的核心是运用适当的制度工具或手段达到既定的社会目的。而财产所有权体制正是社会组织与发展的基本制度工具。由于林区的社会经济与我国经济发展的进程存在着或大或小的差距，在改革向纵深迈进的今天，我国的国有林区却依然停留在传统的计划经济体制之下，一方面这可以使国有森林资源保持在国家的控制之下，而另一方面却束缚了国有林区经济的发展。其体制弊端表现在：一是产权主客体和权利内容不明确。宪法赋予国家对国有森林资源的绝对所有权，国家作为国有森林资源产权的主体，应当对国有森林资源享有占有、使用、收益、处分的权利。但是在权利实施的过程中，国家对国有森林资源产权的主体权利是通过各级政府的林业主管部门实现的，由于法律对国有森林资源产权内容的笼统概括，难以对不同级别政府如何行使权利做出明确的界定，其结果就是国家的产权主体权利被架空，造成所有者虚化、产权主体不明确的现象。在对国有森林资源开发和利用的过程中，国家所有权被不同程度的分解和滥用，国有森林资源被掠夺性的开发和利用，国有资产严重流失。二是国有森林资源使用权设计欠缺。国有森林资源作为市场经济的要素，在经济发展中具有重要的基础性作用。在一个完全商品经济化的社会，国有森林资源法律及其制度关于国有森林资源权益的设计主要是满足市场权利的要求，并通过市场机制对资源进行合理和有效的配置，因此竞争的市场经济及其价格系统所需要的权利类型，并不限于国有森林资源的所有权。在国有森林资源产权国家所有的情况下，国有森林资源难以实现市场化流转，这并不是由于国有森林资源的国家所有造成的，而是国有森林资源使用权设计存在缺陷，对权利的内容、可流转性和可收益性等重要方面都缺乏明确的规定，应当根据国有森林资源产权的不同内容确定不同的使用权规定，完善国有森林资源使用权制度。三是国有森林资源收益权不完整。收益权问题涉及两个方面：一方面是税费问题。名义上国有森林资源归国家所有，实际上还是受权力部门左右，大量的经济效益被国家、地方政府、有关部门及各种名义的税费所瓜分。据统计，多数地方的林业税费占林业销售利润的40%～70%，有些地方虽然减免了一部分，但是税费依然维系在较高水平，最低的也要达到10%左右。税费过重使经营者利益所剩无几，严重侵犯了产权所有者的收益权，影响了所有者的生产积极性。另一方面是生态公益林的补偿问题。对于生态公益林，目前的补偿标准是4元/(亩·a)左右，明显偏低。由于生态公益林禁止商业性采伐，只能体现其生态价值而不能体现其经济价值，如果产权不能带来经济收益，就难以激发人们的管护经营积极性，因为投入和产出应当是相对应的，没有收益权，其他任何权利也就失去了意义。四是国有森林资源处置权的残缺。国有森林资源的处置权包括：采伐权、转让权、继承权、赠与权等，其中关键的是采伐权，采伐是实现林业经济收益的最主要途径，没有采伐权便意味着失去了主要收益。现行的采伐限额制度让经营者失去了最关键的处置权——林木自主采伐权，不仅使资产难以转化为资本，侵犯了产权所有者的权利，损害了产权所有者的利益，而且也增加了管理成本，造成了消耗浪费。

二 森林资源权属结构不尽合理

与世界发达国家相比，我国森林资源权属结构中私有林的比例偏低。我国森林面积按土地权属划分，国有7334.33万hm^2，占42.45%；集体9944.37万hm^2，占57.55%。森林面积按林木权属划分，国有7284.98万hm^2，占42.16%；集体6483.58万hm^2，占37.52%；个体3510.14万hm^2，占20.32%[①]。私有林的比例明显偏低。从国外看，芬兰与我国东北的林区从纬度上相近，芬兰的林业是建立

① 本章关于森林资源统计数据均来源于中国林业统计业鉴。

在小规模的家庭林场基础上的，在其中南部有 2/3 的林地为私有林主所有，有些地方私有林超过 80%。芬兰的森林资源总面积不到世界总量的 1%，森林工业产量却占到世界总产量的 5%，纸张、制板出口占世界出口量的 25%，工业用材中 80%～90%来源于私有林地。芬兰的国有林地面积约为 2193 万 hm^2，木材蓄积量 20.02 亿 m^3，锯材产量 1339 万 m^3，胶合板产量 130 万 m^3，分别是黑龙江森工总局的 2.8 倍、2.8 倍、36 倍和 25 倍。从林木的经营水平来看，我国东北地区的林木年生长量还不到芬兰的 1/3①。中国同部分发达国家相比，国有森林资源比例明显偏高，见图 4-1。

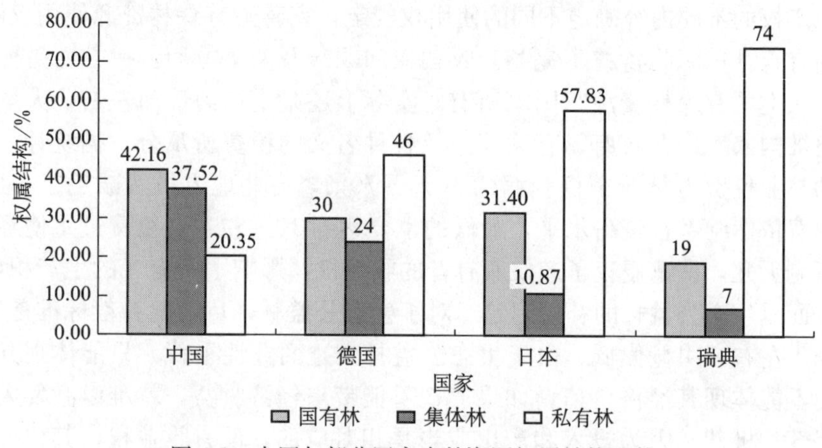

图 4-1　中国与部分国家森林资源权属结构比较

因此，进行国有森林资源产权制度改革，调整国有森林资源产权权属结构，加大国有林的私有化进程非常必要。

三 国有森林资源权属混乱

森林、林木、林地的权属，通常称为林权，是指森林、林木、林地的所有者、使用者对森林、林木或林地的占有、使用、收益、处分的权利，是所有制形式在法律上的表现，林权的确定是一切森林、林木、林地其他权利的基础。林权包括所有权和使用权两个方面，根据《中华人民共和国民法通则》的规定，财产所有权是指所有人依法对自己的财产享有占有、使用、收益和处分的权利。财产使用权是指使用人依法对他人财产拥有的限制性的占有、使用、收益和处分的权利。我国林权依法具有三种所有权形式：国家所有权、集体所有权和个人林木所有权。《中华人民共和国森林法》规定“森林资源属于国家所有，由法

① 黑龙江森工总局.2004.2003 年总局工作总结及 2004 年工作要点（内部资料）：2。

律规定属于集体所有的除外”，以及“各级林业主管部门依照本法规定，对森林资源的保护、利用、更新实行管理和监督。”国家林业局作为林业主管部门当然拥有对国有森林资源的管理和监督的权利。同时，《森林法实施条例》又规定：“国家依法实行森林、林木和林地登记发证制度。……使用国务院确定的国家所有的重点林区的森林、林木和林地的单位，应当向国务院林业主管部门提出登记申请，由国务院林业主管部门登记造册，核发证书确认森林、林木和林地的使用权以及由使用者所有的林木所有权。”可见，国家林业局也拥有确认和核发林权证的权利。那么，国有森林资源的所有权人和使用权人就形成了委托代理关系或权利转让关系。委托代理关系是合同关系，权利转让关系是产权关系。事实上，国有林区的林权证发放给了森工企业，森工企业却无偿使用了国有森林资源。森工企业代表国家既行使了森林资源的使用权，又行使了保护、管理和监督森林资源的权利。形成“使用又保护监督，使用和保护监督处于矛盾状态”的局面。加之国家林业局又无人事任免权，地方政府及其派出的管理机构才实际享有森林资源的所有权、管理权、使用权和收益权，使国有森林资源权属处于混乱局面，从而造成我国国有森林资源产权主体严重缺位，主体的各项权能十分不清晰，主体行使权利经常不到位。从理论上讲，国有森林资源国有产权是全体人民享有财产所有权，人民委托国务院或森工企业行使管理权。国务院或森工企业本身无法全面行使委托管理权，于是将国有森林资源的管理权层层分解到地方各级人民政府。由于这种委托管理权的行使缺乏明确有效的约束机制和监督机制，地方各级政府将管理权变成了所有权。就我国现行法律而言，国有森林资源的林地、林木国家所有的属性十分明确，但由谁代表国家行使国有森林资源所有权、谁来经营国有资产、收益如何分配，现行法律没有界定清楚。在实际操作中，地方各级政府、林业行政主管部门乃至林场都将国有森林资源归己管理，资产由己支配和处置。哪一级政府管辖，就由哪一级政府行使所有权及其派生的权力；谁占有国有森林资源谁就享有其收益权。于是造成各级地方政府之间以及政府各部门之间在利益面前互相争夺，在责任面前相互推卸的现象。因此，国有森林资源国有产权主体这种似有又无的状况，既难保障国有森林资源资产的安全，也影响国有森林资源的保值增值。因此，明确国有森林资源产权主体代理人的权能，确保产权主体的各项权利得以实现是明晰产权的关键。

四　森林资源破坏严重

（一）森林资源现状

如前所述，我国森林资源以国有林为主。国有森林资源的成效与问题与我国森林资源的成效与问题具有相同性。由于森林资源经营管理方面存在诸多弊端，致使全国范围内的森林资源出现危机。从全国范围来看，根据 2008 年中国林业统计年鉴统计结果，全国林业用地面积 28 492.56 万 hm^2，森林面积 17 490.92 万 hm^2，森林覆盖率 18.21%，活立木总蓄积 136.810 亿 m^3，森林蓄积 124.56 亿 m^3。我国森林面积占世界森林面积的 4.5%，列居第 5 位，森林蓄积占世界森林蓄积的 3.2%，列居第六位。但我国人口占世界人口的 22%，人均森林资源不足世界的 1/8。见表 4-1。

表 4-1　2008 年全国森林资源情况

地　区	林业用地面积/万 hm^2	森林面积/万 hm^2	其中：人工林面积/万 hm^2	森林覆盖率		活立木总蓄积量/万 m^2	森林蓄积量/万 m^3
				覆盖率/%	排序		
北　京	97.29	37.88	27.08	21.26	18	1176.36	840.70
天　津	13.44	9.35	8.99	8.14	25	234.18	140.35
河　北	624.55	328.83	179.48	17.69	20	8 657.98	6 509.92
山　西	690.94	208.19	99.19	13.29	23	7 309.34	6 199.93
内蒙古	4 403.61	2 050.67	241.29	17.70	19	128 806.70	110 153.15
辽　宁	634.39	480.53	267.20	32.97	11	18 546.33	17 476.57
吉　林	805.57	720.12	148.22	38.13	10	85 359.17	81 645.51
黑龙江	2 026.50	1 797.50	172.63	39.54	9	150 153.09	137 502.31
上　海	2.25	1.89	1.89	3.17	30	233.63	33.24
江　苏	99.88	77.41	74.17	7.54	26	4 073.18	2 285.27
浙　江	654.79	533.92	255.63	54.41	3	13 846.75	11 535.85
安　徽	412.32	331.99	185.51	24.03	15	12 667.41	10 371.90
福　建	908.07	764.94	356.98	62.96	1	49 671.38	44 357.36
江　西	1 044.69	931.39	275.25	55.86	2	37 435.19	32 505.20
山　东	284.64	204.64	194.40	13.44	22	5 819.42	3 201.65
河　南	456.41	270.30	161.11	16.19	21	13 370.51	8 404.64
湖　北	766.00	497.55	145.90	26.77	14	17 518.13	15 406.64
湖　南	1 171.42	860.79	390.39	40.63	8	30 211.67	26 534.46
广　东	1 048.14	827.00	440.83	46.69	5	29 703.35	28 365.63
广　西	1 366.22	983.83	449.62	41.41	6	40 287.06	36 477.26
海　南	194.47	166.66	109.10	48.87	4	7 863.61	7 195.16
重　庆	366.84	183.18	62.87	22.25	17	10 580.49	8 441.08
四　川	2 266.02	1 464.34	3 434.29	30.27	13	158 216.65	149 543.36
贵　州	761.83	420.47	183.50	23.83	16	21 022.16	17 795.72
云　南	2 424.76	1 560.03	251.45	40.77	7	154 759.40	139 929.16
西　藏	1 657.89	1 389.61	2.76	11.31	24	229 448.04	226 601.41
陕　西	1 071.78	670.39	169.21	32.55	12	33 422.35	30 775.77
甘　肃	745.55	299.63	67.32	6.66	27	19 542.61	17 504.33
青　海	556.28	317.20	4.36	4.40	29	4 101.39	3 592.62
宁　夏	115.34	40.36	9.81	6.08	28	478.39	392.85

续表

地　区	林业用地面积/万 hm^2	森林面积/万 hm^2	其中：人工林面积/万 hm^2	森林覆盖率 覆盖率/%	排序	活立木总蓄积量/万 m^3	森林蓄积量/万 m^3
新　疆	608.46	484.07	45.90	2.94	31	31 419.68	28 039.68
台　湾	210.24	210.24	39.26	58.79	—	35 874.40	35 820.90
香　港	1.92	1.92	—	17.10	—	—	—
澳　门	0.06	0.06	—	21.70	—	—	—
全国合计	28 492.56	17 490.92	5 364.99	18.21	—	136 810.00	1 245 584.58

资料来源：2008 中国林业统计年鉴。

（二）森林资源存在的问题

我国森林资源在保护和发展的过程中，依然存在着许多不容忽视的问题，概括地说，主要有五个方面值得关注。

1. 森林资源总量多，人均不足

根据联合国粮食及农业组织 1997 年的世界森林资源状况报告，我国森林面积居俄罗斯、巴西、加拿大、美国之后，列第五位，森林蓄积量居俄罗斯、巴西、加拿大、美国、扎伊尔、印度尼西亚之后，列第七位。尽管我国森林资源物种丰富、总量可观，但由于人口众多，约占世界人口的 22%，而森林面积不足世界的 5%，我国森林覆盖率仅相当于世界平均水平的 61.52%，居世界第 130 位。人均森林面积 0.132hm^2，不到世界平均水平的 1/4，居世界第 134 位。人均森林蓄积 9.421m^3，不到世界平均水平的 1/6，居世界第 122 位。从总体上看，我国仍属于森林资源贫乏的国家，见图 4-2。

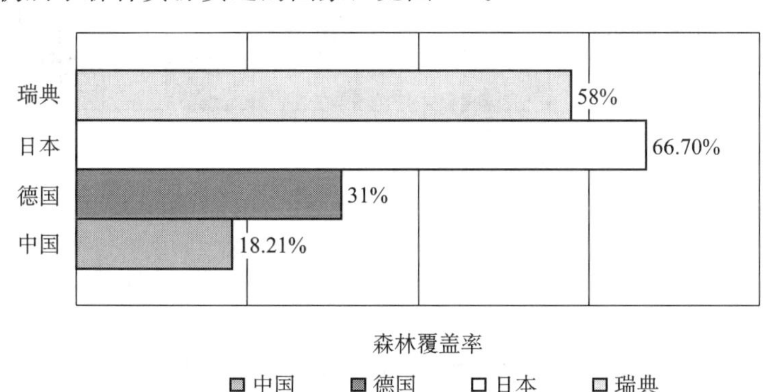

图 4-2　中国和部分国家森林覆盖率比较

2. 森林资源分布不均

我国的森林资源，由于自然条件、社会经济和历史等方面因素的影响，形成了分布不均的格局。东北、西南和东南等地森林资源较多，华北、中原和西北各地的森林资源分布较少。根据我国 2008 年中国林业统计资料显示，我国东部地区森林覆盖率为 34.27%，中部地区为 27.12%，西部地区为 12.54%，而占国土面积 32.19%的西部 5 省、自治区的森林覆盖率只有 5.86%。森林资源分布严重不均影响了我国经济社会的协调发展与生态平衡。生态环境极其脆弱的西部地区，如新疆、青海、甘肃、宁夏、西藏的大部分地区以及内蒙古西部森林资源十分稀少，有的省（自治区）森林覆盖率不足 1%。

3. 森林资源质量不高

全国森林平均每公顷蓄积量只有 71.21m^3，相当于世界平均水平的 84.86%，居世界第 84 位。林分平均胸径只有 13.8cm，林木龄组结构不尽合理，可采后备资源急剧减少。在林分中，幼龄林面积 4723.79 万 hm^2，蓄积 128 496.60 万 m^3；中龄林面积 4964.37 万 hm^2，蓄积 342 572.18 万 m^3；近熟林面积 1998.73 万 hm^2，蓄积 224 550.99 万 m^3；成熟林面积 1714.79 万 hm^2，蓄积 301 660.98 万 m^3；过熟林面积 876.99 万 hm^2，蓄积 212 482.93 万 m^3。幼龄林、中龄林面积所占比重较大，幼龄林、中龄林面积占林分面积的 67.85%，蓄积占林分蓄积的 38.94%，林业发展后劲较大。我国林分生长率在全国各地区间差异较大，南方各省、自治区自然条件好，中龄林、幼龄林比重大，生长率较高，多数在 6%以上；我国森林资源主要分布区，北方的内蒙古、黑龙江、吉林和西南的云南、四川、西藏蓄积生长率都低于全国平均水平，见图 4-3。

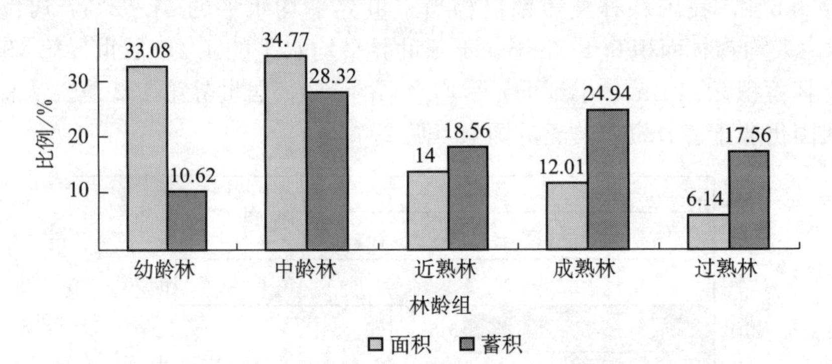

图 4-3　林分各林龄组面积和蓄积比例示意图

4. 生态问题日益严重

我国现有沙漠化面积占国土面积的 27.3%，而且每年还以 2460hm^2 的速度增加。强沙尘暴天气由 20 世纪 50 年代的 5 次/a 增加到 20 世纪 90 年代的 23 次/a，发生的频率越来越高，涉及范围越来越广，造成的危害越来越严重。我国的水土流失面积 367 万 km^2，占国土面积的 38.2%，平均年流失土壤 50 多亿吨，荒废耕地 7 万多公顷 。

5. 经营管理水平亟待提高

1949 年以后，经过几十年的人工造林绿化，我国的人工林数量居世界第一。

2008 年中国林业统计年鉴统计数据表明，我国造林面积合计 0.54 亿 hm^2，已成林人工林面积 0.47 亿 hm^2，占有林地的 30.4%，其中国有林占 18.9%，集体林占 81.1%。这些人工林已成为全国森林资源重要的组成部分，在我国的经济建设和生态环境保护中发挥着巨大的作用。近年来我国平均每年造林面积400 万～480 万 hm^2，每年义务植树 25 亿株，我国已经是世界有名的人工林大国。全国人工用材林平均每公顷年生长量只有 4.16hm^2，分别为巴西、新西兰、印度尼西亚 3 国的 15%～20%，并不因气候、树种的速生性不同有较大的差别，这说明我国人工用材林的林分质量普遍不高。究其原因，除了许多人工林正处于幼龄林、中龄林阶段外，主要是经营管理水平低，造林成活以后，后期管理跟不上，成活而未成林。世界森林发达国家森林集约经营水平高，从建立种子园到良种选育，使用种子园生产的优良无性系种子，林木生长的遗传增益可达 10%以上。造林地经过抚育措施，林木生长量提高 30%～50%，甚至提高 6～7 倍。而我国在建立种子园、无性系、基因工程、定向培育、林木施肥方面的工作还有待发展（国家林业局，2005）。人工林经营管理水平不高，树种单一现象仍比较严重，森林生态系统的整体功能还非常脆弱。林地流失、林木过量采伐现象依然存在。可采资源严重不足与社会需求之间的矛盾仍相当尖锐，保护和发展森林资源任务仍非常艰巨。

五　森林资源经营者动力不足

（一）我国森林资源生产和再生产投入不足

2008 年，国家对林业的投资累计为 505.9 亿元，其中营林投资 500.8 亿元，而 2008 年一年我国木材进口额就达 90 亿美元，折合人民币高达 625 亿元。国家近些年来对林业的投资增长还是比较快的，但难以弥补历史的欠账。研究表明，截至 1994 年，国家对林业的投资累计为 229.7 亿元，仅占同期国家预算内总投资的 2.3%。在国家农业投资中，营林投资比重平均为 7%左右，远低于国家对水利的投资。在投资总额中，森林工业累计投资为 168.8 亿元，仅占全国工业投资的 1.7%左右，投资水平列全国 11 个主要工业部门之尾。1998 年林业固定资产投资总额为 87.46 亿元，成为当时历史最高，但与全社会固定资产投资总量 28 457 亿元相比，仅占 0.3%。林业投资不足，严重地制约了林业的建设和发展，突出表现在以下几个方面。

（1）造林投资：据有关资料统计，2005 年全国造林平均每公顷投资不到 20 元。由于投资少、造林质量低，幼林质量抚育受到严重影响，造成人工林保存率低，造林不见林现象普遍存在。其原因除造林难度加大外，主要还是管护经费严重不足，导致森林资源管护不利，毁林现象严重。尽管近年来造林投资明显增多，但短期内无法改变现状。

(2) 中幼龄林抚育：我国现有中幼龄林面积近0.8亿hm^2，20世纪90年代初期平均每年国家投资仅为700万～800万元，每年完成中幼龄林抚育面积约为27万hm^2，远不适应实际需要。由于缺少资金，大面积中幼龄林抚育跟不上，严重影响了木材的生长，森林资源持续下降。成林不成材，林分质量差，人工成林平均1hm^2，蓄积量仅有70m^2，只相当于林业发达国家人工林面积蓄积量的1/3左右。

(3) 森林保护：主要包括森林防火和病虫害防治。大兴安岭火灾以后，森林防火已引起各级领导的高度重视，投资明显增加，机构、人员、设备都有一定加强，但与实际需要仍有很大的差距。特别是近些年，由于投资不足，森林病虫害相当严重。据统计，我国每年病虫害发生面积在800万hm^2左右，每年损失林木生长量1000多万m^3，按每立方米100元计算，价值在10亿元以上，损失相当惊人。

(4) 重点工程建设：全国林业十大工程实际造林成本每公顷需100元以上，而中央投资额仅占60%不到。由于投入不足，不仅建设进度受到影响，而且工程质量也存在较大问题，大面积新造林地不能及时进行抚育，林木生长受到很大影响，极大地限制了森林生态功能的发挥，要实现预期的防护效益和经济效益，困难极大。

(5) 国有林区生产生活设施欠账过多。我国国有林区长期施行的是“边建设边生产、先生产后生活”的方针，基础设施一直因陋就简，广大林区职工克服重重困难，力争多为国家作贡献。但是，国家对林区建设投资基本上没按设计方案给足，甚至项目尚未建成就中断投资。企业在投资严重不足的情况下，为保证国民经济发展对木材的需求，以及保证林区基本的生产、生活设施条件，长期忍痛超额采伐，以牺牲资源来维持生计。据统计，仅东北、内蒙古林区生产和生活欠账就达79亿元。由于投资不足，欠账十分严重，林区的具体情况是：饮用水状况恶化，水质化验指标远远超过国家规定标准；医院、房舍、设备短缺，缺医少药情况十分突出；中小学办学条件差，学校房舍、设备急需添置；油库大多数在居民包围之中，急需搬迁；职工住房差，人均面积仅3m^2，多数住宅是林区开发时期建设的“板夹泥”，均属危房，急需改造。

(6) 林业基础建设落后，制约了林业进一步发展。林业基础设施建设是林业发展的重要保证。长期以来，由于投入不足，欠账严重，林业基础设施底子薄，建设起步晚，发展速度慢，现状与实际需要有较大的差距。例如，“三防”体系建设（防火、防病虫害、防盗）、“四站”建设（技术推广站、林业工作站、种苗站和木材检查站）、林业科研、教育、森林资源检测以及林业信息建设均跟不上形势发展的要求，在一定程度上制约了林业的发展。凡此种种，在“投资—形成生产能力—推动经济增长”模式下，林业投资的不足必然直接关系到林业经济增长，而在计划经济体制下，这种投资又缺乏自然合理的调节和驱动（田明华和陈建成，2003）。

（二）我国森林资源生产和再生产产出效率低下

我国森林资源生产和再生产产出效率低下，从实际数据上能够得到说明。

从我国造林面积与人工林保存面积比较来看，全国历年造林面积累计26 354.44万hm^2，平均每年造林面积447万hm^2，但目前累计已成林人工林4666.69万hm^2，未成林人工林461.51万hm^2，合计5128.20万hm^2，保存率不足24%。

从我国造林面积与人工林质量来看，在5128.20万hm^2人工林中，被列为用材林的有2914.42万hm^2，平均蓄积为34.60m^3/hm^2，生长量仅为4.16$m^3/(hm^2\cdot a)$，分别为巴西、新西兰、印度尼西亚3国的15%～20%，木材产量只达到巴西等国产量的17%。其中国有林9省（自治区）片的蓄积量为34.23m^3/hm^2，年生长量为3.94m^3/hm^2；集体林10省（自治区）片分别为34.33m^3/hm^2和34.38m^3/hm^2；少林10省（自治区）片为37.13m^3/hm^2和3.52m^3/hm^2。三片相差不大，并不因气候、树种的速生性不同有较大差别，这说明我国人工用材林的林分质量普遍不高。

可以看出我国人工用材林建设，走的是只图面积大、不求质量高的按计划经济行政指令完成任务的路子，致使林地生产力低，林业生产者积极性低，科技含量低，造成低投入、低产出、低效益。

另外，从全国造林面积与蓄积量的比较也可以看出。2008年中国林业统计数据表明，全国森林面积174 990.92万hm^2，全国森林蓄积量124.56亿m^3。2008年全国森林资源单位面积蓄积量为71.2141m^3/hm^2，比1995年单位面积森林资源蓄积量减少1.164m^3/hm^2，比1997年单位面积森林资源蓄积量减少4.6049m^3/hm^2。第七次全国森林资源清查与第六次清查相比，森林面积净增2054.3万hm^2，全国森林覆盖率上升了2.15%。由此可见，虽然中国森林面积和森林覆盖率呈不断上升趋势，但统计数据表明单位面积的森林蓄积量，2005年以前明显呈下降趋势。现在中国人工林面积6200万hm^2，是世界上最大的人工林面积国家。但造林面积急剧增加而森林蓄积量却增长缓慢，充分说明了我国森林资源生产和再生产产出效率低下，见表4-2。

表4-2　森林面积与蓄积量比例

年份	森林面积/万hm^2	森林覆盖率/%	活立木蓄积量/亿m^3	森林总蓄积量/亿m^3	单位面积森林蓄积量/($m^3\cdot hm^{-2}$)	单位面积活立木蓄积量/($m^3\cdot hm^{-2}$)
1995	12 863.00	13.40	108.68	93.10	72.378 1	84.49
1996	12 863.00	13.40	108.68	93.10	72.378 1	84.49
1997	13 370.00	13.92	117.85	101.37	75.819 0	88.15

续表

年份	森林面积/万 hm^2	森林覆盖率/%	活立木蓄积量/亿 m^3	森林总蓄积量/亿 m^3	单位面积森林蓄积量/($m^3 \cdot hm^{-2}$)	单位面积活立木蓄积量/($m^3 \cdot hm^{-2}$)
1998	13 370.00	13.92	117.85	101.37	75.819 0	88.15
1999	15 894.00	16.55	124.9	112.70	70.907 3	78.58
2000	15 894.00	16.55	124.9	112.70	70.907 3	78.58
2001	15 894.00	16.55	124.9	112.70	70.907 3	78.58
2002	15 894.00	16.55	124.9	112.70	70.907 3	78.58
2003	15 894.00	16.55	124.9	112.70	70.907 3	78.58
2004	17 491.00	18.21	136.18	124.56	71.213 8	77.86
2005	17 490.92	18.21	136.18	124.56	71.214 1	77.86
2006	17 490.92	18.21	136.18	124.56	71.214 1	77.86
2007	17 490.92	18.21	136.18	124.56	71.214 1	77.86
2008	17 490.92	18.21	136.18	124.56	71.214 1	77.86

资料来源：中国统计年鉴（1996～2008）。

（三）林区职工收入偏低，生产积极性不高

林业职工队伍具有特殊性，与其他行业相比收入水平较低，从业人员和在岗职工呈下降趋势。

从全国范围来看，以 2008 年为例，全国林业系统拥有各种经济性质单位 45 964个，其中：国有单位 45 427 个，占 98.83%；集体单位 224 个，占 0.48%；其他单位 313 个，占 0.68%。2008 年，林业系统从业人员和在岗职工仍在减少。林业系统从业人员 138.05 万人，比 2007 年下降 4.06%，其中在岗职工 133.74 万人，比 2007 年下降 4.20%。

林业系统人均工资与其他行业相比水平较低（表 4-3）。林业系统在岗职工年人均工资 15 870 元，仅为全国城镇单位在岗职工人均工资 28 898 元的 45.66%。木材及竹材采运企业的工资水平最低，仅为 10 457 元，比林业系统平均水平还低 5413 元。东北、内蒙古国有林区各种经济类型单位 6961 个，占全国的 15.14%。从业人员共计 91.33 万人，比 2007 年减少 54 万人，但仍占全国的 66.15%。2008 年林业系统在岗职工年平均工资 15 870 元，比行业平均水平低 4321 元。

表 4-3　全国林业系统人均工资与全国城镇单位人均工资比较

（单位：元）

年份	全国林业系统在岗职工人均工资				全国城镇单位人均工资			
	林业国有单位	林业国有企业	林业事业	林业机关	城镇	城镇国有单位	城镇集体单位	城镇其他单位
1995	3 832	3 554	4 087	5 738	5 348	5 553	3 934	7 728
1996	4 074	3 718	4 487	5 709	5 980	6 207	4 312	8 521
1997	4 083	3 586	4 687	6 343	6 444	6 679	4 516	9 092
1998	4 579	4 003	5 160	7 146	7 446	7 579	5 314	9 241

续表

年份	全国林业系统在岗职工人均工资				全国城镇单位人均工资			
	林业国有单位	林业国有企业	林业事业	林业机关	城镇	城镇国有单位	城镇集体单位	城镇其他单位
1999	5 225	4 305	6 039	8 112	8 319	8 443	5 758	10 142
2000	5 513	4 733	6 872	9 765	9 333	9 441	6 241	11 238
2001	6 389	5 067	7 371	10 948	10 834	11 045	6 851	12 437
2002	7 116	5 350	8 314	12 419	12 373	12 701	7 636	13 486
2003	7 790	5 759	9 133	13 800	13 969	14 358	8 627	14 843
2004	8 563	6 128	10 097	15 227	15 920	16 445	9 723	16 519
2005	9 326	6 526	10 955	17 005	18 200	18 978	11 176	18 362
2006	10 701	7 306	12 577	18 533	20 856	21 706	12 866	21 004
2007	13 563	9 268	15 765	23 810	24 721	26 100	15 444	24 271
2008	15 870	10 917	13 730	29 064	28 898	30 287	18 103	28 552

资料来源：中国林业统计年鉴（1995～2008），国家林业局；中国统计年鉴（2008），国家统计局。

对伊春的调查问卷也显示出国有林区职工的收入明显偏低。有66%的职工参加林权改革前5年的年平均收入是3000元以下。见图4-4。

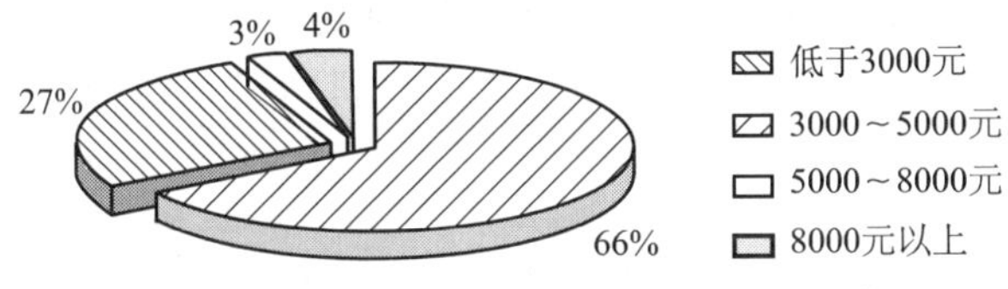

图4-4 参加林权改革前5年的平均收入示意图

由此可见，部分地区职工收入水平严重偏低。在产权改革的过程中，如何解决收入偏低、实现国有资产的保值增值问题十分迫切。

六 政企合一致使监督不力

（一）政企合一，高度集权

现行国有林区的管理体制基本沿用计划经济时期的体制。企业表现为职能上的政企不分，行政和行业上的地域性垄断。以黑龙江省森工总局及其下属的23个国有林业局为例，龙江集团公司属于“翻牌”公司，一直没按企业机制运作。

第一，政企不分使得企业不能也不去适应市场经济的需要，反而在行政上贪大求全，管得多。企业因而承担大量的政府和社会功能（公检法、文教、卫生）。

第二，政企不分导致机构臃肿，人浮于事和低效率。国家林业局2006年的一份调查提到，黑龙江省森工总局及所属的4个林管局近6000人，其中处级和副处级以上的干部1000多人，总局机关干部有800余人，比美国林务局华盛顿总部的人还多。每年1.62亿元的行政管理费全部由企业承担，相当于40多万立方米木材（占森工总局木材产量的1/10）的利润。

第三，政企合一使得企业领导者积累大量的权力。他们中的某些人可以在对自己有利时套用企业（如发工资和奖金）或政府（如动用公检法保护自己）的机制或特权。过大的、缺乏有效的（外部和内部）制衡机制约束的权力很容易导致腐败。人们常说，“权力导致腐败，绝对的权力导致绝对的腐败”。

第四，管理体制的高度政企合一还导致了森工企业封闭经营，各自为政，“大而全，小而全”格局的形成，以及企业之间竞相争投资、争项目。当市场经济竞争机制引入后，由于各企业生产经营内容和制度上的雷同性，企业之间容易引发恶性竞争，使企业效益下降。所有这些都导致企业在资源利用上竭泽而渔，在经济福利上毫无积累功能的局面。

第五，管理体制的高度政企合一还使企业在制订发展规划时不分主次，甚至于无所适从。主管部门在考查企业的业绩时也有多项指标，企业领导可以避重就轻，轻易过关。从企业的外部或政府的角度来看，政企合一使得企业变成了“国中之国”，即“一个地区、两个政府（机构）”，造成机构重复，资源浪费，甚至政令不畅。

（二）缺乏有效的激励和约束机制

由于国家和省（地方）政府之间对国有林缺乏明晰的产权关系，国家林业局和省森工总局缺乏有效监督代理人（即森工企业领导）行为的机制。省森工总局主要是要求森工企业上缴利润。企业经营者主要对主管部门负责，这种动机使之很容易偏离企业的经营目标，加上经营业绩和其利益没有直接关系，因此很难有长久的激励机制。激励机制不健全，国有森林资源的监督机制不灵，必然导致经营者经营行为失当。

与此同时，企业缺乏约束机制。在市场经济下，如果资源枯竭，采伐量和销售量下降，企业本来是应该缩小生产规模、裁减职工和管理干部的，但省森工总局和各企业的管理干部人数在近30年是上升的。政企合一使得企业可能忘记自己的主业（或没有主业）和竞争机制，反而在政府和社会功能上越贪越多，并在人口增多，社会分工日益复杂化的情况下无节制地扩张。在这种体制下，企业要求和相信上级政府会出资金或想办法解决企业的困难（起码社会部分），容易形成依赖政府的“等、靠、要”的不良习惯。从2001年起，黑龙江省森工系统的社会性支出占总支出比重达51%，并逐年上升。沉重的社会负担加剧了森工企业的困境。可以说，在国有林区现有的管理体制下，森工企业是一个“四不像”的“杂货店”（指什么都装的店铺）。它既不是真正意义上的企业，也不是真正意义上的政府，却比企业或政府的权力大，甚至更有生存力。这个杂货店本来是靠租来的资源生存的，但资源从哪里租来的既说不那么清楚（指森林资源权属不清），也不必交租金（指无林价）；杂货店经营目标不明（或太多，指政企合一）；杂货店的经理可以惨淡经营（指经营不善），亦可以通过经营获取暴利（指高度集权时产生的腐败现象）；店经理只对主管部门交税，而不一定顾及资源和经济的可持续性和职工的生活条件（指出现“两危”和收入分配不均）。当杂货店经营不善，即将倒闭时，店经理指出倒闭不行，因为它是政府，有社会功能。实在经营不下去了，经理甚至想要把租来的店铺卖掉（指拍卖国有森林资源）（张道卫，2006）。

第二节　国有森林资源市场运作方式的缺陷

一　国有森林资源资产评估体系不健全

随着市场经济的建立和发展，资产评估机构如雨后春笋般层出不穷，但专业性的森林资源资产评估组织依然稀缺。由于森林资源的评估工作有其自身的特点，除一般意义上的资产性质外，还要充分考虑林木生长增值的特性及森林资源自身的特殊规律性，没有林业行业方面的专业知识和信息，难于把握其准确、合理的价格，因此建立森林资产专业性的评估机构以适应林业的发展十分必要。目前国有森林资源资产评估工作一般是由国有森林资源管理部门成立资产评估部门或者联合会计师事务所共同派专家组成项目组，分别从各自优势出发开展评估，在过去的评估过程中林业技术专家发挥了关键性作用，从品种、规格、质量、价格信息及成本构成等方面体现了森林资源资产评估的特殊性和技术性。国有森林管理部门的评估部门或会计师事务所出的报告，也是要承担法律责任的，目前的做法与专业性要求存在较大距离，难以适应社会发展的要求，因此只有建立专业性的国有森林资源资产评估所，才能更好地服务于林业经济的发展和产权改革的需要。

二　国有森林资源产权交易市场不规范

随着社会主义市场经济的发展，集体森林、林木所有权和林地使用权作为一种生产要素开始在市场流通，表明森林资源产权交易市场（以下简称森林产权市场）正在形成和发育，而且正在发挥市场配置资源的基础性作用，吸引社会资金纷纷流入林业，推动着林业的发展。但是，随着国有森林资源产权改革进程的深入，建立规范的国有森林资源产权交易市场也成为国有森林资源产权改革的重要内容。由于目前市场机制不健全、法制不完善、管理和监督缺位以及行政干预过多等原因，导致正在形成的国有森林产权交易市场无序运作，主要表现在以下几个方面。

第一，产权交易的法律体系不健全，缺乏有效的宏观调控和政策引导。仅仅制定并颁布了《企业国有产权转让管理暂行办法》等法律法规，但在其实施的过程中暴露出了许多问题：一是这些规范大多属于部门法规，法律效力层次较低，不能上升到法律的层级；二是由于某些经济环境发生变化，或者机构撤并、调整，有的法规已经过时，但并未更新；有的规定过于空洞，缺乏可操作性。可见，森林资源产权交易市场相关法律体系亟待建立。

第二，尚未形成统一的森林资源产权市场。组建统一的森林资源产权交易市场已经成为共识。目前，区域性的产权交易市场建设成了“热点”。然而，产权交易市场分割、机构重复建设情况严重，这不仅与全国产权交易市场发展大方向相佐，而且还有碍于产权交易市场功能的发挥和统一市场的形成。市场机制也不完善，这在很大程度上限制了森林资源产权交易市场的发展。

第三，缺少“三公”型产权交易市场。产权交易活动应当在公平、公正、公开的环境中进行。但由于产权交易市场的不健全，有许多的资产转让双方更愿意避开产权市场，私下协商交易。场外交易手续简单，易于成交，致使一些不法分子趁机进行幕后交易。加之国有森林资源价值评估困难，从而造成国有森林资产流失或低效率配置。

第四，市场中介组织缺少约束和监督。市场中介机构特别是国有森林资源资产评估机构，其行为缺少应有的约束和监督。例如，有的评估机构搞论证式评估，很容易导致国有森林资产流失。部分市场中介组织机构和从业人员，不讲职业道德，丧失诚信，使国有森林资产产权交易在貌似合法的表象下进行，掩盖了其违法违规、造成国有资产流失的事实。

第三节　国有森林资源外部环境保障不到位

一 投融资渠道不畅通

据国家林业局《2008 年中国林业发展报告》，2007 年林业投资继续呈现如下特点：一是资金总量继续增长，但增幅较小；二是林业国债资金投资规模随国家宏观政策调整缩小，减少 29.58 亿元，相当于中央林业投入下降 5.48%；三是林业建设资金的投向仍然集中于林业重点生态工程，特别是中央林业资金的76.61%投向天然林保护工程、退耕还林工程等林业五大林业重点生态工程，可见，以生态建设为主的林业发展战略的实施有政策和资金作保障。以2007年为例，林业系统到位各类建设资金510.29亿元，比2003年增长8.27%，其中中央林业投入375.81亿元，占全部林业建设资金总量的73.65%；林业治沙贴息贷款实际落实30.8亿元，约占6%；林业利用外资50.64亿元，约占10%，利用外资规模继续保持了增长势头，但与全国利用外资总水平相比，林业利用外资水平较低，只占全国利用外资总水平的1.04%；林业自筹资金全年到位总额为60.28亿元，约占全年各类林业建设资金总额的12%。在林业系统的各种投资中，国家林业投入占据主导地位，是林业资金建设的主要来源。这种投资现状与林业发展要求极不适应，市场经济的发展需要多元投资环境的成熟。

在国有森林资源产权改革的试点地区，投融资渠道仍是一个重要问题。这主要来自于两个方面的困难。

第一，在国有林权制度改革的过程中，改革的主体仅局限于国家与国有林场职工之间。由于国有林场长年效益不佳，国有林场的职工现有工资水平低，在林权制度改革中已经把现有的资金都投资到林地的承包上面，很难再有资金进一步对林木经营投资，以至于出现了承包后无力经营的局面。此外，还有部分职工没有足够的资金承包林地，无法享受产权改革初始分配的各项优惠政策。在对伊春国有林产权制度改革的问卷调查中，回答“如果您没有参加林权改革，是由于哪些原因而没有参加这次国有林权改革?”问题时，近68%职工选择没有参加林改的主要原因就是资金不足，见图4-5。

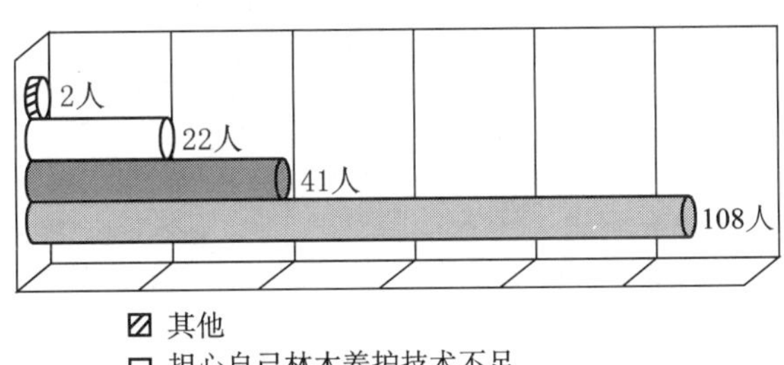

图4-5　没有参加林权改革原因示意图

第二，由于在金融方面，农业开发银行等政策性金融机构和其他商业银行按照国家相关法律的规定，金融信贷业务必须要有担保，而国有林区的林权证制度与集体林有所不同，每个林业局只有一份国家发放的林证，无法分解给承包经营的林场职工，致使承包的林业职工无法向银行申请抵押贷款，银行也无法面向林业职工开展信贷业务。因此，如何有效地向林业职工提供信贷服务，解决林户贷款难的问题已经成为制约林权改革和国有林区经济发展的重要因素。

二 保险制度未建立

（一）森林防火形势严峻

从全国范围来看，森林防火形势严峻。2008 年我国共发生森林火灾 14 144 起，比 2007 年增长 52.74%。其中，森林火警、一般森林火灾分别为 8458 起和 5673 起，分别比 2007 年增长 39.77%和 77%；重大火灾 13 起，比 2007 年增长 225.00%。2008 年火场总面积 18.45 万 hm^2，比 2007 年增加 47.44%，火灾受害森林面积 5.25 万 hm^2，比 2007 年增加 79.40%。从人员伤亡看，2008 年森林火灾共伤亡 174 人，比 2007 年增加 80 人。可见，森林防火工作力度不应减弱，见表 4-4。

表 4-4 2008 年全国森林火灾情况

指标名称	2008 年	2007 年	2008 年比 2007 年增减/%
森林火灾/次			
火灾次数/次	14 144	9 260	52.74
其中：重大火灾/次	13	4	225.00
特大火灾/次	—	—	—
火场总面积/hm^2	184 495	125 128	47.44
其中：受害森林面积/hm^2	52 539	29 286	79.40
扑火经费/万元	9 184.26	10 890.56	−15.67
出动扑火人工数/工日	1 464 277	1 194 169	22.62
伤亡人数/人			
受伤人数/人	77	33	133.33
死亡人数/人	97	61	5 902

资料来源：2008 年中国林业统计年鉴。

（二）林业有害生物防治任务艰巨

林业有害生物防治方面：以 2008 年为例，全国林业有害生物总体上呈偏重发生态势。全国主要林业有害生物发生面积 1141.8 万 hm^2。其中，森林虫害 843.2 万 hm^2，病害 116.8 万 hm^2，鼠（兔）害 181.8 万 hm^2。此外，天然次生林、灌木林和荒漠植被病虫发生 152 万 hm^2，有害植物 45 万 hm^2。总体基数大，防治任务艰巨，见表 4-5。

表 4-5　2008 年全国森林病虫鼠害情况表

指标名称	2008 年	2007 年	2008 年比 2007 年增减/%
概况			
1　发生面积/千 hm^2	11 418	12 097	−5.61
2　防治面积/千 hm^2	7 840	8 012	−2.15
3　防治率/%	68.66	66.23	3.67
森林病害			
1　发生面积/千 hm^2	1 168	1 109	5.32
2　防治面积/千 hm^2	905	859	5.36
3　防治率/%	77.48	77.46	0.03
森林虫害			
1　发生面积/千 hm^2	8 432	8 877	−5.01
其中：松毛虫/千 hm^2	902	1 116	−19.18
杨树食叶害虫/千 hm^2	1 157	1 260	−8.17
杨树蛀干害虫/千 hm^2	801	773	3.62
2　防治面积/千 hm^2	5 902	6 045	−2.37
其中：松毛虫/千 hm^2	652	863	−24.45
杨树食叶害虫/千 hm^2	896	870	2.99
杨树蛀干害虫/千 hm^2	640	585	9.40
在防治面积中：			
化学防治/千 hm^2	1 047	1 106	−5.33
生物防治/千 hm^2	1 610	1 595	0.94
3　防治率/%	70.00	68.10	2.79
森林鼠害			
1　发生面积/千 hm^2	1 818	2 110	−13.84
2　防治面积/千 hm^2	1 033	1 108	−6.77
3　防治率/%	56.82	52.51	8.21

资料来源：2008 年中国林业统计年鉴。

从林业有害生物的发展趋势来看：一是外来有害生物入侵的形势依然十分严峻，防治外来林业有害生物仍然是防治工作的重中之重；二是有害植物的危害将进一步加深、加剧；三是西北、东北地区的鼠（兔）及蛀干类害虫的危害将进一步加重，成为影响造林成活率的重要因素；四是随着人流、物流的增多，木质包装材料将成为危险性病虫传播扩散的主要载体。基于森林防火和有害生物防治的现实，开展森林保险业务具有重大的意义。

（三）森林保险制度建立的限制

在森林保险方面，同样也面临着两个方面的问题。首先，在保险公司方面，由于我国目前任何一家保险公司都没有开展有关森林保险方面的保险业务，所以，对森林保险制度的开展需要一段时间的运作。另外，即使开展这项业务，由于林业职工居住地区不集中，林区的交通条件落后，致使保险经营的成本高，再加之自然灾害频繁，林业保险赔付率高而会使保险公司处于亏损状态，保险公司迫于效益的原因而无法开办此项业务。只能寄希望于政策性保险。其次，在承包林业职工方面，面对森林保险，林业职工经常感到无助和无奈。一是因为林业职工在承包以后大多已经没有资金进行经营，无力支付保险的费用。二是由于观念的问题，很多林业职工对森林保险仍表示怀疑，这需要当地政府和林业局在林权改革过程中向林业职工进行宣传。三是由于索赔标准和程序的障碍，林业职工保险金兑现受到多方限制，制约了林业保险事业的发展。

三 政策法律法规不协调

（一）产权改革的相关政策缺失

虽然国家决定对国有森林资源产权制度进行改革酝酿已久，但是与产权改革相关的政策却出台较晚，仅仅是宏观的指导，现有的政策都是地方政府根据国务院和国家林业局的批复、指示进行制定的，如《黑龙江省伊春林权制度改革试点方案》、《黑龙江省伊春林权制度改革试点实施细则》等。这些宏观性的政策、方案、措施未能完全对可能出现的问题进行预见，如林权证、抵押贷款、林业保险等问题。以至于在改革进行当中，出现了一些本来可以避免的问题。在对伊春国有林产权制度改革的调查问卷中，对“您认为参加林权改革后在如下哪些方面会对您的经营收益造成影响?”问题的选择（可多选）时，选择“政策的变化”为11%，见图4-6。

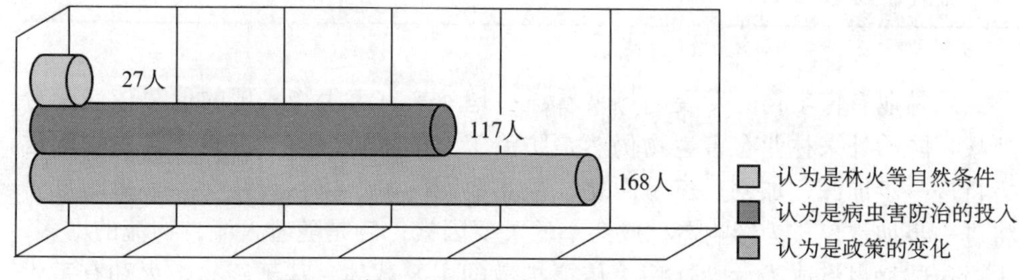

图4-6　林权改革后经营收益影响因素示意图

（二）产权改革政策与法律法规的冲突

改革的关键原因就是现有的体制不适应经济的发展，所以在改革过程中难免会遇到产权改革的政策与现有法律法规冲突的现象。这主要体现在以下几个方面。

第一，有关林权证的问题。林权证问题是林权改革中涉及的诸多问题中的核心问题。我国于1992年在内蒙古呼和浩特召开的林业会议上向各个国有林业局颁发了林权证，每个林业局颁发一个林权证。我国《中华人民共和国森林法》第三条第二款规定："国务院可以授权国务院林业主管部门，对国务院确定的国家所有的重点林区的森林、林木和林地登记造册，发放证书，并通知有关地方人民政府。"国有林权改革的政策明确规定，保护承包人对林权的合法权益，但是由于每个林业局只有一个林权证，这就造成承包林业职工没有合法的凭证依法主张自己的权益，也就无法行使对承包林地的各项权能。可见，国家的产权改革政策与现行法律法规产生了一定的冲突。

第二，有关林权流转的问题。流转是实现林权价值的有效途径，也只有通过合法的流转，才会更有效地实现资源配置。国有林承包到个人后，流转也是承包人获得收益的一种途径。但是国有林权改革的地区一般都是国有重点林区，根据《中华人民共和国森林法》实施条例的规定，对国有重点林区的林权流转有严格的限制，这就给国有森林资源产权交易市场的建立设置了法律上的障碍。

第三，有关采伐限额的问题。依据规定，森林采伐限额的编制程序是，全民所有的森林和林木以国有的林业局、林场、农场、厂矿为单位，根据合理经营和永续利用的原则，提出年森林采伐限额指标，逐级上报。省、自治区、直辖市林业主管部门对上报的森林年采伐限额指标进行汇总、平衡，经同级人民政府审核后，报国务院批准。国务院批准的年森林采伐限额，每 5 年调整一次。可以看出，对国有林区的采伐限额指标以林场为基本单位，当个人承包经营国有林地以后，林木的采伐是主要经营收益，但是现有的采伐限额制度明显制约了承包林业职工的正常经营。

第四，相关法律、法规滞后。我国虽然有《中华人民共和国森林法》和一系列相关法规对林权问题做了规范，但由于我国林业正处于初级发展阶段，相关的法律、法规相对滞后，这给国有林权制度改革措施和方案的具体施行造成一定的障碍。首先表现在对林权权属的规定上，除了《中华人民共和国宪法》和《中华人民共和国民法通则》有原则性的规定，《中华人民共和国物权法》没有对林权权属进行具体的规定，仅仅在《中华人民共和国森林法》、《中华人民共和国土地管理法》等法规上对林权作了规定，而这些规定带有很强的公法性，这就表现出国家偏重于用公法对国有林权进行保护。国有林权由林业职工承包经营以后，在司法领域保护承包者的合法权益就成为国家立法上面临的一个重要问题。应当通过对现有法律、法规的修改和补充来完善林权的相关法律、法规。

四 政府职能转变滞后

传统产权模式下政府寻租行为大量存在，政府退出不够，政企不分；政府进入不足，为市场化服务欠佳。政府寻租是公职人员为实现其私利而违反制度和法律的一种权力滥用行为。寻租活动者的目的是追求一种高额垄断利润，即租金，而该租金具体是指支付给要素所有者的报酬中，超过要素在任何可替代用途上所能得到的报酬的那一部分。寻租赖以存在的前提，是政府权力对市场交易活动的介入。产权改革提供的巨大行为空间为政府寻租创造了相应条件，有效避免政府寻租行为的发生十分必要。同时，如何规范政府行为，使政府行为实现有效性和有限性的结合，为产权改革的顺利进行保驾护航是产权改革成败的关键。

第五章 国有森林资源产权制度模式

人们对森林资源利用方式的选择取决于产权制度的安排方式。因此，要求生产者的行为符合森林资源持续利用原则，就需要对原有的森林资源产权制度模式进行创新。国有森林资源产权制度模式选择是国有森林资源产权制度改革的具体化，是实现国有森林资源产权制度创新的现实要求。因此，探索切实可行的国有森林资源产权制度模式成为国有森林资源产权制度改革的核心。

第一节 模式选择的总体思路

改革国有森林资源国有森工企业独家经营的传统模式，探索“所有权与经营权分离”的森林资源经营的新模式，让林业职工成为森林资源的直接管理者和经营者，使国家利益、企业利益和职工利益有机地结合起来，调动林业职工经营森林资源的积极性，推进森林资源持续经营。具体国有森林资源产权改革模式选择要以科学发展观为指导，以可持续发展为目标，围绕“明晰所有权，放活经营权，确保收益权，落实处置权”来进行。坚持分类改革的原则，对于功能不同的公益林和商品林的产权改革分别运作。对分布于远山区的公益林，包括天然林保护工程范围内的禁伐区的森林资源，实行国有国营；对一般公益林（置于限伐区内）的森林资源探索实行由家庭管护承包责任制向家庭管护经营责任制转变。对于农林交错、浅山区、相对分散的、零星分布的、易于分户经营的商品林要实行所有权与经营权分开，在明晰国家所有权的基础上，实施“三权并进”的改革，因为没有收益权的确保，处置权的落实，经营权也放不活。全面推行股份经营、承包经营和租赁经营等多种形式并存的经营方式，进一步盘活森林资源的经营权，推动森林资源的培育、保护和利用，使国有森林资源经营走上“产权明晰，职责明确，依法经营，科学管理”的轨道，达到有利于森林资源的培育、保护和发展，国家、企业和个人利益共享，生态、经济和社会效益兼顾。

第二节 模式选择的基本原则

国有森林资源不同于一般的自然资源，其产权改革既要注重经济效益，也要注重生态效益和社会效益；既要重视短期效益，更要重视长远效益；既要保护经营管护主体的合法权益，也要维护国家和集体的利益。

1. 产权清晰，权责分明

这一原则的基本含义是，在国有森林资源产权制度安排中，要通过科学的方法和手段，合理划分不同产权主体的产权边界，严格界定不同产权主体的责任和权利，努力实现各产权主体所承担义务与所享有权利的对称与平衡，最大限度地调动各当事人培育、保护和利用森林资源的积极性。

任何特定产权都是权能和利益的有机统一。这就要求在森林资源产权的安排过程中，在赋予不同产权主体各种权能的同时，也必须赋予其相应的利益。利益是权能的目的，不能确保利益的产权不是真正意义上的产权。森林资源产权的合理界定与有效分解，作为产权安排的主要环节，既要有利于不同产权主体将自己的意志落实在产权客体上，并将这种意志转化为一种特定的行为，也要有助于其将这种意志化的行为转化为相应的利益。长期以来，由于森林资源产权安排上只注重其权能的行使和义务的履行，忽视了与特定权能相应利益的保障，结果也影响了产权主体对森林资源行使权能和义务的积极性。福建省三明市第一轮森林资源“分股不分山，分利不分林”产权改革不成功的主要原因就在于此。

2. 效率优先，兼顾公平

这一原则主要是针对商品林而言的，其基本含义是，在国有森林资源产权改革中，一方面要适应市场经济体制的要求，尽可能发挥市场在配置资源中的基础性作用，通过公开招标、公平竞争，使森林资源向最能提高其综合利用效率的使用者手中集中，使其与资金、技术、信息和管理经验方面的优势相结合；另一方面，要切实保护贫困落后国有林区广大职工通过经营管理森林资源脱贫致富的积极性，把丰富的劳动力资源与森林资源有机结合起来，使人们从森林资源的经营管理中切实得到实惠。

国有森林资源是一种特殊资源，其特殊性很重要的一点是对其经营管理不能仅仅追求经济效益，还必须兼顾生态效益和社会效益。但是，对于使用权主体而言，他们参与森林资源经营的主要目的是追求相应的经济利益，如果产权安排不能保证开发主体的投入获取相应的经济回报，人们就缺乏投入的积极性。

由于国有林区目前相当部分地区处于经济危困状态，资源既是当地贫困职工实现脱贫致富的重要手段，也是大量林区剩余劳动力能够得以有效利用的重要途径。国有林区脱贫致富必须立足当地森林资源优势。因此，在坚持森林资源产权安排效率优先的同时，不能忽视产权安排所具有的收入分配功能，要兼顾公平。

3. 内在激励与外部约束相结合

在国有森林资源使用权让渡过程中，产权安排要适应这一特殊资源的特点，把产权制度的内在激励与外部约束功能有机结合起来，使森林资源经营管理主体在追求自身经济效益的同时，注重提高生态效益及社会效益，防止掠夺性开发，促进森林资源的不断增值，实现森林资源的可持续利用。

森林资源生长的长周期性和再生的条件性，决定了对森林资源的利用不能超强度，森林资源生态环境脆弱，一旦遭到破坏，短时间很难得到有效恢复。因此，在森林资源的经营管理中，产权安排应从可持续利用的高度考虑，努力提高森林资源的质量，不能只顾眼前利益，只追求局部经济利益，而忽视长远利益和整体利益。

显然，要实现这一目标，必要的产权外部强制性约束必不可少。但更为重要的是，要通过产权的合理安排调动起经营管理者保护生态环境的内在积极性。如果说产权安排的外部强制性约束，着重追求的是私人成本与社会成本的一致性，那么，产权安排的内在激励则追求的是把森林资源经营管理中对生态环境所产生的积极效应、对社会所产生的积极效应，通过一定的方法和手段转化为经营管理者的收益，使经营管理者的私人收益与社会收益相一致。随着经济社会对良好生态环境需求的日益增强，政府作为整个社会生态效益受益者的代表，有必要对在森林资源经营管理中产生积极外部效应的产权主体，通过一定的方式予以补偿，如税收政策的优惠、适当地给予补贴等，从而使产权的外部效应在一定程度上内部化，真正发挥产权安排在实现森林资源可持续利用方面的激励作用。

4. 因地制宜，分类指导

在森林资源产权安排过程中，要从当地的社会经济条件和自然资源状况出发，充分考虑当地经济发展水平、人们的思想观念、风俗习惯及森林资源分布的特点等因素，尊重当地职工意愿，因地制宜地采取多种形式和方法实现所有权与使用权的有效分离，不照搬一种模式。

5. 大胆创新，分步实施

国有森林资源产权制度的初始安排，一方面要在汲取原有产权制度合理成分的基础上，根据变化了的形势和条件，大胆探索适应生产力发展水平的新的产权制度形式，并把两者有机结合起来，优势互补，最大限度地发挥新的产权制度安排的效用；另一方面在推行新的产权制度安排过程中，要防止急功近利，要考虑人们的实际承受能力，做到循序渐进，稳中求变。提倡“改革无定式”思维，不能一刀切，一个模式，成熟一步走一步，成熟一个做一个。

6. 多元化和非均衡

多元化和非均衡原则主要就经营国有森林资源企业的产权结构而言，是指经营国有森林资源的企业的所有权主体的多元化和产权额度的非均衡化。产权结构多元化为解决国有独资企业一元化产权安排所固有的政企不分的弊端提供了可能性和现实性。因为一元化产权结构的国有独资企业进行产权结构多元化的改革，使政府利用行政手段贯彻其行为目标遇到了其他产权主体的抵制，从而可以有效地推动政企分开的进程。产权的非均衡化能够激励相对大股东更关心企业法人财产的保值增值，提高监管效率。

7．“帕雷托改进”

所谓“帕雷托改进”是指森林资源产权制度改革，使一部分人的福利状况得以改进的同时，并没有使其他人的福利受损。因此，如果国有森林资源产权制度改革是“帕雷托改进”式的，那么这项改革遭受的阻力就相对较小。

第三节 商品林产权制度模式

一 公司化改制模式

公司化改制是指对原有的国有森工企业（包括林业局和林场）进行公司制改造，实现投资主体多元化，建立现代企业制度，实现体制创新和规范运作。通过现有林业局（场）内或林业局间的中小企业的租赁、破产、出售、重组、兼并和吸收社会法人资本、民间资本和国外资本及企业内部职工入股等多种形式进行产权制度改革，组建新的国有独资（国有主体多元化）、国有控股和国有参股的经营森林资源（或以森林资源为主）的有限责任公司。本书可将它们称为营林公司（以下同）。这样的企业按现代企业制度规范运作。

（1）实现所有权与企业法人财产权分离，使企业成为独立的市场法人。上述营林公司无论是国有独资，还是国有控股和参股，政府都不能直接干预企业的经营。通过国有资产授权经营，由国有森林资源资产经营总公司（中央）或国有森林资源资产经营公司（地方）依照《中华人民共和国公司法》代表国家所有者拥有股权，以法定方式派代表（股东代表或董事）进入营林公司，行使选择经营者、重大决策和收益分配等权利。这既可从根本上改变政企关系，也可改变企业内国家所有者（代表）缺位的状况。营林公司拥有包括股东投入资本和借贷形成的企业法人财产，并依此确立企业的法律地位，在市场中独立经营运作法人财产，自主经营、自负盈亏，对出资者承担资产保值增值的责任。由此形成了所有者拥有股权，即对企业的最终控制权；企业拥有法人财产权，亦即对法人财产的经营权（或称管理权、控制权）。所有权与经营权相分离，使营林公司可以以独立法人的身份进入市场，投身竞争，优胜劣汰，使市场机制发挥作用。

（2）建立有限责任制度，改变国家（运营公司或控股公司）与企业的债务责任关系。营林公司以全部法人财产自主经营，并以企业全部法人财产对债务承担责任。当企业破产清盘时企业要以全部法人财产清偿债务，包括国家在内的出资者则只以投入企业的资本额为限对企业债务承担有限责任。有限责任制度从根本上减小了国有资本经营运作的风险，使得国家所有者（经营总公司或经营公司）有可能将经营权交给营林公司。破产机制形成来自市场的刚性约束，可以改变企业只负盈不负亏的状况。这就使得市场机制的优胜劣汰对国有企业也可发挥作用，使国有企业“有生有死”成为现实，使长期亏损、资不抵债、不能清偿到期债务的企业通过破产“退出市场”成为可能。

（3）所有者职能到位，形成企业的动力机制和风险约束机制。国家所有者（经营总公司或经营公司）以派股东代表或董事的形式进入营林公司，行使所有者的三大权利，股东代表或董事对股东承担信托责任。与远离企业的政府（运营公司或控股公司）行使所有权相比，派股东代表或董事进入企业，可以真实并及时地掌握企业信息，易于所有者职能到位；与承担社会管理职能的政府行使所有权相比，有利于端正所有者行为，排除非经济性目标的困扰。一个企业有多个利益相关者，政府期望的是就业和税收，经理人员和职工得到的是工资，而最终承受企业亏盈的是所有者。由此可见，推动企业持续发展的原动力来自所有者；避免市场风险约束力也来自所有者。国有出资人不到位，企业必然出现众多非正常行为；国家所有者职能到位将从根本上端正企业的行为。来自所有者追求最高经济效益的动机会形成对企业的激励；避免经营风险的谨慎会形成对企业的约束。

（4）通过公司制改革，建立国有企业的资产流动机制，拓宽融资渠道，放大国有资本功能。传统“国有企业”与财政、国有银行捆绑在一起，只能由财政注入资本金。按现代企业制度建立的国有森工企业可以吸收民间投资，对于国家控股的森工企业，国有资本参与投资可以起到引导和带动作用。这样，国有资本的功能将成倍放大，国有经济在保障国民经济总量迅速扩大、结构日趋合理等方面的不可替代作用就能更好地发挥。

（5）建立企业法人治理结构，形成科学合理的企业领导体制和组织制度。在所有权与经营权分离之后，所有者对经营者如何控制和制衡、如何防止经营者乱用权力就成为了一个十分重要的问题。建立规范的公司法人治理结构，则是解决这一问题的关键。现代公司法人治理结构可以形成这样的机制：所有者通过法定形式进入企业行使职能，通过在企业内的权力机构、决策机构、监督机构和执行机构，保障所有者对企业的最终控制权，形成所有者、经营者和劳动者之间的激励和制衡机制，建立科学的领导体制、决策程序和责任制度，使三者的权利得到保障，行为受到约束，从而在有国有资本的企业中建立起自负盈亏、优胜劣汰，以及激励和约束相结合的经营机制。

为了保证国有森林资源资产的安全，在国有资本占少数股份的参股企业里可将国有股设为优先股或黄金股。优先股享有优先分红、优先清偿的权利。黄金股是特权股，在特定条件下，可以一票否决董事会的决议，以保证国有股在非控股情况下的权益，该特定条件为当经营决策不利于森林资源可持续发展的时候。

该类企业除国有股之外其他股可依法继承和转让，但继承和转让要经过公司备案。这种模式的优点是可实现规模经营，同时，国家尽管不直接控制企业，但还可通过控股、参股贯彻国家对国有森林资源的管理和经营意图，实现一定意义上的统筹。吉林森工集团的成功运作已经证明这种模式的生命力。但是这种模式与原来体制相比，变动较大，改革成本比较高。因此，应结合各地不同的实际，谨慎运作，分步实施。

2002 年，邵武市国有森工企业共 10 家，在册职工 1077 人，离退休人员 992 人，经营区面积 51.7 万亩，其中列入生态公益林面积 10.3 万亩。由于企业缺乏经营自主权，无法形成独立的法人实体和市场竞争主体；森工老企业人员多、负担重，难以平等地参与市场竞争；企业自身赖以生存的可伐资源日益减少，以现存机制难以实现可持续发展等弊端，邵武市森工企业改革势在必行。

邵武市对经营面积大的、资源好的企业，采取股份制改造，将商品林林木资产、固定资产由有资质的单位进行评估，并经国有资产部门确认批准，职工全员置换身份，同时鼓励职工及系统内的干部职工投资入股，不愿意入股的职工可领取现金，分别组建多经济成分的林业发展公司，实现产权主体多元化。采取此模式的共有 6 家森工企业，其中二都、张厝、洪墩采育场以场为单位进行组建，3 个公司国有股为 2122.23 万元，占 50.37%，个人股为 2091.13 万元，占 49.63%，共置换职工身份 513 人，用现金给予经济补偿的有 52 人，在个人股中 3 个采育场和系统内职工以现金入股为 1095 万元，以经济补偿金和风险金入股的为 996 万元。城关、拿口、和平 3 个实验林场资源进行优化组合，联合组建邵武市长兴林业发展公司，剥离优先保障金、债务、欠款后，公司总股本 566.72 万元，其中国有股 185.39 万元，占 32.7%，个人股 381.33 万元，占 67.3%，3 家企业置换职工身份 147 人，有 108 人以经济补偿金入股，用现金给予经济补偿的有 19 人。

改制后的企业成为经营主体，管理费用和成本降低，轻装上阵，参与市场竞争。从表 5-1 的统计结果来看，2004 年森工企业实现利润 429.5 万元，在木材产量减少的情况下，比 2002 年的 153.7 万元增加 275.8 万元。

表 5-1　邵武市改革后森工企业 2004 年生产经营情况表

单位	木材产量/m^3	产值/万元	销售收入/万元	利润/万元
张厝林业公司	17 812	664.1	954.2	106.9
洪墩林业公司	14 831	600.9	603.0	98.5
二都林业公司	16 740	759.7	838.1	138.2
山口采育场	12 435	525.2	529.6	10.7
龙湖采育场	16 336	690.0	725.5	6.4
槎溪采育场	1 529	71.5	95.9	2.0
富文贮木场	1 473	21.5	43.7	0.8
长兴林业发展公司	9 083	290.8	455.0	66.0
合计	90 239	3 623.7	4 245.0	429.5

二 股份合作经营模式

（一）股份合作经营模式的内涵

这里的股份合作经营模式主要指的是以家庭经营为基础的国有森林资源股份合作经营。这是目前实施的森林资源管护承包责任制的发展和延伸。目前实施的森林资源管护经营责任制极大地调动了职工参与森林资源培育、保护的积极性。但这种制度承包职工只有对林下资源的经营使用权及其收益权，对林木只有管护的责任，没有经营权，更没有分享收益的权利。因此，承包职工对林木仅限于“看堆”，没有经营的积极性，也不允许其经营。而承包者为了追求林下资源经济效益的最大化，无限度地开发林下资源，不顾植被的保护，甚至破坏整个森林资源生态系统环境，而影响林木的生长。

为解决上述问题，按照古人的说法“民有恒产，始有恒心”，对国有森林资源进行产权制度改革，实施企业和职工股份合作经营森林资源。在坚持自愿合作、民主管理的前提下，把国有森工企业经过评估的森林资源资产、林区职工参与的劳动及其他各种途径投入的资金和技术，按一定的标准分别量化为一定的股份，凡投入土地、资金、劳动和技术的单位和个人均为股东，由股东组成股东大会，实行同股同权，共同决定森林资源经营的有关事宜，并分享相应的收益。将职工的股权分股到户，将国有股和职工股按企业国有股和职工股的股权比例匹配落实到相对集中的林班小区。这样做到了“务林有其山，山林有其主，林主有其权”，激励职工最大限度地发挥造林、育林、护林的积极性，从而加快国有林区森林资源培育速度，加快森工企业脱困进程，加快林区职工致富步伐。探索在市场经济条件下，国有森林资源生态效益、经济效益和社会效益持续快速增长的新途径。

这种模式的具体经营方式是在森林资源（包括国有股和职工股）划分到户

的基础上，可采取企业统一经营，按股投入，按股分红，也可采取企业统一规划，分户经营，按股投入，按股分红，或联户经营，按股投入，按股分红。笔者提倡后者，这样既可实现一定规模经营，又使权利、义务更加具体。

(二) 股份合作经营的原则及股权结构

实行国有森林资源股份合作经营，应遵循如下原则：①坚持林地权属归国家所有，林地用途不变的原则；②坚持股份合作经营区内被列为国家保护的野生动植物和地下矿产资源，不再参股合作和资产流转的原则；③坚持执行天然林保护工程规划设计，执行森林采伐限额制度，执行林木采伐、运输、销售统一办证的原则；④坚持职工股份允许继承和在企业内转让的原则；⑤坚持森林生态效益、经济效益和社会效益兼顾的原则；⑥坚持兼顾国家、企业和职工三者利益的原则。

企业股份的构成有国有资产法人股、职工认购股、劳动力股和科技股。

国有资产法人股为林地和林木资产入股，开始试点时将参股比例控制在50%～60%比较适宜，以便掌握国有资产的控制力。国有股比例不能太大，否则“一股独大”，不利于保护职工股东的权益。将来此比例可以低于50%，可以把国有股设为优先股或黄金股。

职工认购股一是职工个人出资购买林地和林木入股，可实行分期付款；二是考虑林区职工比较困难，可将过去的劳动积累的公积金或公益金按工龄无偿分配给职工作为职工股。对于“空壳”的国有森工企业，国家应当从减持国有股的总量中拿出一部分，按工龄分配作为职工股，这不涉及国有资产流失问题，因为企业拥有的国有资产除了国家投资形成的之外，还有职工多年的劳动积累(目前国有林区职工月工资仅为200～500元，远远低于社会平均工资，为社会进行积累。例如，国有森工企业承担很大社会包袱，实际是现在的森工企业职工在承担着本应由政府承担的社会包袱，过去的积累大部分被国家所拿走)，这些积累本属于职工，归还给职工是理所当然的；三是可利用一次性置换国有企业职工身份款项购买股份，职工不离企业，与企业签订劳动合同，由全民制职工变为劳动合同制职工；四是企业可为职工统一贷款，由职工从贷款中借款购买股份，以后分期还本付息。职工认购股比例应控制在30%～40%。

劳动力股是以全体在职职工为对象，根据职工技能、贡献、职务的不同给予不同的股份，并据此享受剩余收益权。此股应控制在10%～20%。劳动力股是劳动力产权派生的股。劳动力产权就是对特定劳动能力的所有权、支配权和收益权这样一组权利，其中收益权是劳动力产权的集中体现。确立劳动力产权，就是要把劳动者的劳动力转化为资本，以实现劳动者对自身劳动力的实际占有，并由此参与剩余分配。承认并确定劳动力产权，是实现按劳分配与按生产要素分配的有益探索。按照劳动力产权论，劳动者不仅应获得工资收入，而且应分享企业利润。建立在这一理论基础上的森林资源股份合作制，充分体现出社会主义市场经济的本质特征，并为实践这个理论找到了具体形式（迟福林，2000）。劳动力股不拥有对现有企业存量资产的所有权，只享有对增量资产的收益权。劳动力股实际为虚拟股。劳动力股不能转让，不能继承，职工退出企业，劳动力股自行消亡（关于劳动力股的详细论证请参看下节）。

科技股为按照职工的技术发明专利等无形资产所折股份，此股可继承转让。

这种模式是建立在劳动资本和物质资本结合基础上的企业制度，劳动者既可以依照按劳分配的原则，靠劳动力的使用价值获取工资报酬，又可以依照按资分配的原则，凭借股权（包括认购股权、科技股权和劳动力股权）获取收益。企业职工的工资收入是以经营林下资源获得，职工认购股和科技股收入从采伐林木税后利润中按股分得，劳动力股从采伐后林木生长量的税后利润中分得。

（三）股份合作制的企业组织结构和治理结构

作为股份合作企业，应将原有企业所有权与经营权职能、机构合一的，经营权职能、机构非独立化、专门化的企业经营管理组织制度改革为企业所有权与经营权职能、机构分离的，经营权职能、机构独立化、专门化的企业经营管理组织制度。建立股东会—董事会—监事会—经理人（场长）组织制度。

股东会是企业的最高权力机构和所有权组织。它行使企业所有权，选举董事会和监事会成员，决定企业重大经营事项。股东会由全体股东组成，设股东会正常例会和临时会议。正常例会每年召开一两次，临时会议按章程规定，根据需要临时召开。

董事会是企业业务决策机构，拥有企业经营决策实际权力，是企业经营组织，它选聘经理人（场长），行使企业经营决策权，制定森林资源经营计划和方案等。董事会实行集体领导体制。董事会设董事长，董事长一般为企业法人代表。

监事会是企业的监察权组织，也是与董事会具有平等权利能力的机构。监事会成员中应有上一级委派的森林资源监督专员参加，对董事会和经理（场长）的经营决策和经营业务执行状况进行监督。

经理人（场长）机构是企业执行机构，它拥有执行企业经营业务的实际权力，是企业经营执行权组织，行使其企业经营执行权。经理（场长）负责企业经营业务执行的日常工作和经营管理日常工作。

按公司章程规定，公司的最高权力机构是股东大会，常设机构是董事会。董事会成员由股东大会选举产生。董事会任命公司执行人员（总经理或场长）。

公司董事会的组成首先是由股份的多少来确定。由于国有股权占有比重相对较大，董事会中代表国有股权的代表占多数，因此，国有资产的利益从理论上讲得到了保障。此外，股份合作企业的员工持股代表进入董事会的比例的规定应高于其所占股份的比例，一般国有股代表与职工代表的比例应为3∶2或4∶3，其目的在于保护企业职工的权益（即保护小股东利益）。董事长由董事会成员选举产生，一般由代表国有股权的董事长出任。股东、董事会、经理人员之间形成相互制衡关系。股东作为所有者掌握着控制权，他们可以决定董事的人选。董事会作为公司的法人代表全权负责公司的法人财产，必须对股东负责。经理人员受聘于董事会，负责公司的日常经营事务，有独立的经营决策权，受到董事会和员工的监督。企业内既形成了对经理人员的强大的约束机制，又保持着经理人员非常独立的经营自主权。此外，由于企业经理人员同时也持有本企业的股份，又强化了经理人员主动工作的激励机制。

虽然从理论上讲，由于现在国有资产管理体制的不健全，由谁对国有资产真正负责任的问题没有得到根本解决，而且持股企业中代表国家股权的董事，也可能同时是持股会成员，存在着内部人控制、侵吞国有资产等“寻租”行为的可能，但由于职工持股额较高且不能外部流动的规定，促使企业员工及经理必须重视企业长远发展，保障个人股份收益的最大化，这从客观上减少了内部人控制的短期行为，同时也与国有资产追求利润最大化的目标一致，从而达到国有资产的保值增值。

（四）股份合作经营的意义

上述国有森林资源股份合作经营制度的实施，将对我国国有林区森工企业改革产生巨大的推动作用，给我国国有森林资源的可持续发展带来深刻的影响。

第一，股份合作经营有利于促进国有森工企业产权结构的多元化。国有森工企业的所有问题最终都能归结到其产权问题上。国有森工企业的产权问题最突出的又是所谓的“所有者缺位”，产权结构单一。实行股份合作经营就使职工通过持股以股东身份，向企业注入资本，成为企业总股本中的一个出资者。这样就在企业和职工之间结成一种产权纽带关系，使企业的产权结构出现了包括国家股、法人股和职工持股的多元股权结构，打破了原来国有森工企业“一股独有”、“一股独大”的产权结构格局。

第二，股份合作经营有利于促进国有森工企业治理结构的优化。在国有森工企业产权结构单一基础上形成的企业治理结构，必然同以前的国有企业没有什么两样。尽管公司法规定改组成股份公司的国有企业也要设立董事会、监事会，并要同公司的经营层在职能上相分离，但事实上难以做到。即便二者分开了也很难形成有效的激励与监督。目前黑龙江森工集团等森工企业集团的运作实践已经证明。主要原因是由于占绝对比例的国家股的出资人缺位，与股东伴生的利益最大化愿望并无实际的履行要求。如果职工持股通过某种制度使其代表进入公司的董事会、监事会，并参与公司的重大决策，不仅可以直接施行决策权、监督经营人的经营行为，同时也会因职工的直接参与行为而得到激励，从而起到优化企业治理结构，加强企业内部的监督与激励力度。

第三，股份合作经营有利于国有森工企业的战略性改组。就世界各国来看，公有林中的绝大部分为公益林，而我国与世界林业发达国家相比，国有森林资源比重过大，且相当部分为商品林。国家直接经营商品林，致使国有森工企业效益低下。因此，国有森工企业从竞争性森林资源——商品林领域退出或部分退出，是提高森林资源经营效率的必然趋势。职工通过不断地购买国家股和政府有意识地用一部分国有资产奖励给有贡献的职工，使国家股不断地转化成职工股，直至企业中国家股的比重降到最低限度。到那时，企业就可能改变了其国有的性质，即国有森工企业从竞争性领域逐步退出了。

第四，股份合作经营是生产资料全民所有的局部实现的有效形式。在传统计划经济体制下，名义上职工人人都是企业生产资料的主人，而人人又都不是真正的占有者，国家作为抽象的实体代表全民占有生产资料。这必然造成职工不可能从财产关系上切实感到自己是企业的所有者，也不会对企业的经营绩效太感兴趣（剧锦文等，2000）。鼓励和支持职工持股，就是要在变革企业产权关系的过程中通过一定程序和根据一定条件，使职工拥有企业的股份，从而在企业具体的财产关系上使职工真正成为企业的主人，所以，股份合作经营制度的实施可以被认为是社会主义公有制的一种实现形式。

第五，股份合作经营是职工脱贫解困走向“共同富裕”的一条有效途径。市场经济制度下，共同富裕最集中的体现是社会成员，特别是劳动者。只有少数人拥有产权，绝对不可能实现“共同富裕”。这些年国有森工企业改革使职工日益处于不利地位，职工与某些经营者之间的收入差距不断扩大。如果实施职工持股制度，让职工通过持有本企业的股份而增加收入，抑制经营者与职工收入差距扩大的趋势，必然使职工的收入增加和平等感增强，从而有助于缓和阶层间的矛盾，为国有企业的改革乃至整个社会的转轨创造一个良好的环境。

第六，股份合作经营有助于企业在管理中推行民主，最大限度地调动广大职工的劳动积极性。建立在职工经济利益基础上的持股制度，必然引致职工对公司的治理和经营的关切，同时也为广大职工通过这一机制传达自己的意愿提供了一个通道，从而使公司的决策层同职工直接联系起来。这实际上是对企业运作的民主过程的最有效鼓励，因而必将调动起最广大职工的参与热情，并最大限度地发挥出才智。

三 国有民营经营模式

国有民营经营模式是国有森林资源经营单位通过法律契约的形式把国有森林资源的经营权在一定时期内出让给私人资本所有者，私人资本所有者自主经营国有森林资源并按契约向国家上缴一定比例的收益。主要形式如下。

1. 承包经营制

对商品林实行的承包经营制是目前国有林区森林资源家庭承包责任制的发展，采取的是一种与农村家庭联产承包责任制类似的制度变革与产权安排形式。其基本内容是，在坚持森林资源国家所有的前提下，按照森林资源的所有权和经营权适当分离的原则，以承包合同的形式，明确所有者经营者的责任、权力、利益关系，使经营者自主经营、自负盈亏的管理和组织活动的一种制度安排。承包期一般可定为40～70年，不得改变林地的使用性质。承包者按一定的基数上缴林木主伐净收入分成和林地使用费及风险抵押金。每年上缴的林地使用费可按林地立地质量、远山近山、交通条件等确定。一般操作方式应该公开招标，以保证其公正性。

2. 租赁经营制

国有森林资源租赁经营制比承包经营模式更灵活。租赁经营是上述承包经营制的延伸。作为一种新的制度与产权安排形式，其主要做法是：企业组织通过收取一定的租金将国有森林资源一定期限的经营权转让给承租人，实现所有者权益；承租人定期缴纳约定租金，按出租人所确定的原则（不改变林地的用途）及方向独立地决定森林资源开发利用的经营决策，并获取相应的收益。承租人既可以是本企业职工，也可以是其他人。承租权可依法按合同规定转让和继承，但要经过出租企业同意或备案。其租金在科学合理评估森林资源资产价值的基础上完全按市场机制通过公开招标来确定，不考虑或较少考虑安置职工或职工的吃饭因素。

采用租赁经营制与承包经营制不同的是租赁经营当事人双方是平等的民事主体。租赁户与企业之间的关系是一种纯粹的经济关系，双方的权利与义务通常都以经过公证的规范的书面合同加以约定，任何一方都不能将自己的意志强加给对方。租金作为森林资源所有权的实现形式，其数额在综合考虑资源条件和林木等预期收益的基础上，由双方当事人经过平等协商或公开招标加以确定。由于这种制度与产权安排形式给了承租者更加充分的使用权，承租方的生产经营一般较少受到来自于社区集体的行政干预，从而能够在确定的原则和方向上根据利润最大化原则独立自主地做出经营决策。显然，这有助于稳定经营者的收益预期，有利于提高森林资源的经营效率。此外，采用租赁模式比平均承包的模式更有利于根据资源的特点进行合理规划，有利于充分发挥森林资源经营过程中所存在的规模经济，也有利于投资效益的提高。

四 林权转让模式

林权转让指的是国有森工企业，对现有的商品林资产进行评估，将较长时期的林木所有权和林地使用权采取拍卖、招标等形式，有偿转让给林区内或林区外的公民、法人等，进行森林资源经营，并于使用期满时收回所出让的权利。

拍卖林木所有权和林地使用权是把市场机制引入森林资源经营的有益尝试。基本做法是，先由企业通过中介组织对森林资源进行评估，然后由企业董事会成员根据资源条件和开发利用方向制定拍卖方案，经企业股东会或职工大会或代表会议讨论通过后予以公布，同时进行广泛的宣传发动工作；在此基础上愿参加竞投者在缴纳一定数额的定金后取得竞投资格；然后召开拍卖大会，进行竞投，在拍卖底价之上，竞价高者为承购方，并即时与拍卖方签订拍卖合同；承购方付清拍卖金后由林权证发放机关确认林木所有权和林地使用权，核发证书，作为权属文件。

与其他森林资源产权制度安排比较，林权转让在运作过程中表现出许多特征：①林权使用期限较长，一般应在50年左右，并且到期后可以续期；②受让主体在使用期内林木所有权和林地使用权可以转让、出租、继承，也可以抵押、参股联营和转租给第三方；③买卖双方不仅要签订经过公证的森林资源经营合同，还要由相应的机关根据森林和林地使用方向核发相应的资产产权证和土地使用权证；④转让遵循市场化配置资源的原则，所有者与使用者之间的权利与义务更加清晰明确，双方的地位更加平等。林权转让所表现的这些鲜明特征，其本质是在明晰产权的基础上实现所有权与使用权分离，并且使使用权主体享有充分的收益权和依法处分权。这为森林资源同科技、资金及其他要素在更广阔领域有效结合提供了条件，有力地促进了森林资源的培育、保护和利用向规模化、集约化、专业化和社会化的方向发展。把林权转让引入到森林资源经营中来，不仅有效地稳定了受让主体的经营预期，大大调动了人们培育开发森林资源的积极性，而且吸引了大量的社会资金、人才投身到森林资源经营中来，优化了国有林区资金、劳力和自然资源的配置效率，提高了森林资源经营的成效。

林权转让模式实施的程序要规范化，以防出现“寻租”行为，致使国有资产流失，同时由于林区贫困职工缺乏资金而无力参与竞价，会造成贫富两极分化问题。所以采取林权转让模式改革的森林资源比例不能太大。

五 各种产权制度安排比较分析

国有森林资源产权的不同制度安排，对林区社会经济的影响也有很大的差异。这种差异具体体现在其对经营投入、资源的保护、就业、经济增长及收入分配等方面。

（一）对经营投入的影响

从经营投入的角度看，产权状态的完整程度，既会影响总投入的多少，也会影响投入的方向和结构。经营权主体的产权越完整，收益预期就越明确，人们对森林资源的投入力度也越大，而且这种投入力度的增大，不仅表现在短时间能得到回报的短期性投入，还会突出表现在增加水土保持和植树造林及生物多样性方面的长期性投入。这是因为，经营权主体经营森林资源的最终目的是最大限度地获取经济回报，在收益预期确定的情况下，把长期投入与短期投入有机地结合起来，能促进资源的可持续利用，而只注重短期投入，搞掠夺性开发，虽然短期回报较多，但常常要牺牲长期回报。这显然不是理性“经济人”所应做出的最佳选择。相反，经营权主体的产权所受限制越多，其收益的预期就越不确定，并且这种不确定性还会随着投资回收期的延长而加大。应当承认，随着森林资源产权制度的不断创新，各种产权制度模式都在一定程度上起到了调动森林资源经营权主体增加投入的积极效应，只是由于不同产权制度安排下使用权主体所获得产权的完整程度不同，因而表现为投入总量和方向上存在较大的差异。林权转让，经营者获得的产权最为完整，且期限较长，最有利于促进长期性投入（如对基础设施建设的投入）的增加。而租赁对森林资源的投入数量和结构，很大程度上取决于租赁期限的长短和所从事经营项目的性质。从目前集体林改革的情况看，由于租赁期限一般比较短（通常都在 15 年左右，一般不超过 30 年），经营者主要经营一些短平快的项目，中短期投入所占的比重更大一些。承包则因承包者主要是林区职工，受经济实力和经营规模影响，再加上所获得产权存在一定的残缺性，使承包户缺乏稳定的收益预期，因此对森林资源的投入则以短期投入为主，且投入力度较小；而公司化（股份制）、股份合作的情况相对比较复杂，其投入数量和结构很大程度上取决于股份合作的具体方式和股权结构状况，对投入的影响大体上界于租赁与拍卖之间。

（二）对森林资源保护和增长的影响

同对经营投入的影响的机制一样，产权状态的完整程度，对森林资源的保护和增长影响较大。经营权主体产权越完整，收益预期就越明确，经营者对森林资源的保护就越精心，资金和劳动的投入也越多，森林资源增长得就越快。

因此，林权转让，由于其产权最为完整，对森林资源保护和增长的效果好，股份合作经营次之，租赁经营依租赁期的长短而定，承包经营对森林资源保护和增长效果一般，而公司化经营由于组织严密、制度健全对森林资源的保护的效果较好，对森林资源增长的影响比较复杂，取决于股权结构和投入的多少。

（三）对就业及经济增长的影响

不同的产权制度安排所具有的产权结构及人们获取森林资源产权途径的不同，决定了其对就业和经济增长影响程度的差异。森林资源培育、管护需要大量的劳动力投入，能有效增加就业并促进经济增长的产权制度安排，必须在吸引社会资金投入到森林资源的培育和管护中以扩展经营空间的同时，能有效地吸纳大量的林区剩余劳动力。以劳动和资本的双重联合为特征的股份合作制，在吸引社会资金参与森林资源经营的同时，并不排斥当地林区剩余劳动力与森林资源的结合，能有效提高资源的配置效率，对经济持续增长也有积极的影响。承包虽然在短时间内、在低层次上对解决剩余劳动力就业问题作用突出，但受制于承包者的经济实力（主要是资金数量），就业空间的进一步扩展不可避免要受到限制，经济的持续增长一定程度上会受到影响。公司化实行的是专业化、规模经营，吸纳劳动力的能力一般，但其经营好了能起到龙头企业的作用，对林区经济会有较大的带动。转让和租赁经营虽然有助于吸引社会资金参与森林资源经营，但缺乏与当地剩余劳动力有机结合的机制，有可能使贫困职工失去依靠经营森林资源脱贫致富权利和就业的机会，而对就业的不利影响最终也影响经济的持续稳定增长。

（四）对收入分配的影响

产权结构的不同决定了森林资源在各产权主体之间的配置格局，也就决定了各产权主体收入的多少，而且收入分配本身就是产权制度基本功能的一个组成部分。合理的产权结构既要有助于效率的提高，也要能够矫正非正常的收入偏差，要兼顾公平，否则最终效率也会受到损害。承包有助于公平的实现，其中的平均分配承包权的产权安排方式易于为贫困落后林区的广大职工所接受，但这种建立在较低效率基础上的公平，会严重影响效率的提高。竞标承包作为一种新的承包方式则较好地兼顾了公平与效率，但是因为竞标范围较小、市场化程度较低、行政干预仍难以避免，效率的进一步提高受到很大制约。转让与租赁有助于效率的提高，但如果不对其加以有效规范与约束，其结果很可能是加大收入差距，远离公平的目标，最终效率也无法得到保障。公司化和股份合作制从理论上讲既有利于效率的提高，又有利于公平的实现，是值得提倡的一种产权制度安排。但在实践中也还有许多待解决的问题，如弱势群体利益的有效保护问题、资本与劳动利益的合理分割问题、委托代理关系的协调问题、代理人市场的培育问题等，具体对比详见表5-2。

表5-2　商品林产权制度安排比较分析表

产权制度	对经营投入的影响	对就业及经济增长的影响	对森林资源保护和增长的影响	对收入分配的影响
公司化改制	依股权结构及合作方式而定。介于租赁经营与林权转让之间	吸纳劳动力能力一般，经营好对经济增长作用较大	对资源保护较好，对资源的增长依投入而定	分配公平，效率较好
股份合作经营	依股权结构而定，好于公司化改制	吸纳劳动力能力强，对经济增长的积极作用大	对资源保护好，对资源的增长作用较大	分配公平，效率高
承包经营	产权不完整，短期投入为主，投入额度较小	吸纳劳动力能力较好，对经济增长作用一般	产权不完整，对资源保护和增长作用一般	分配公平，效率低
租赁经营	依租赁期的长短而定。中期投入相对较多	吸纳劳动力能力较差，对经济增长作用一般	依租赁期的长短而定。对资源保护和增长作用较好	效率较高，欠公平
林权转让	产权最为完整，且期限较长，最有利于促进长期性和较大额度投入的增加	吸纳劳动力能力差，对经济增长作用较好	对资源保护好，对资源增长作用大	效率高，公平较差

第四节　公益林产权制度模式

公益林包括重点公益林和一般公益林，而且公益林分布复杂、林地条件差别大，因此，公益林可采取多元化经营方式。由于公益林的社会公益性和效益的外部性，公益林在经营的过程中其产权安排采取所有权和经营权两权合一的委托代理模式或两权相对分离的方式比较合适。

一　委托代理模式

国有森林资源委托代理是指国有森林资源的委托人通过契约或者授权的形式委托代理人以其名义在一定权限内进行的经济行为。我国国有森林资源产权的原始所有权主体是全体人民，但国有森林资源的产权不可能交给全体人民去管理，而是在保证全体人民统一所有的前提下，由全体所有者委托给一部分人去代表全体所有者的利益来加以组织、运营和管理（王兆君，2006）。

1. 特征

(1) 国有森林资源委托代理模式委托行为中包括“完全委托”与“不完全委托”两种委托模式。所谓完全委托是指委托人所委托的任务是相容的，即委托人的目标函数是一致并且是唯一的，委托人之间不存在利益冲突，并且委托人可以自由进入或退出委托代理关系。不完全委托是指所委托的任务是不相容的，委托人的目标函数是多重的，委托人之间存在着利益冲突，并且委托人不可以自由退出，其他人也不能自由进入委托代理关系。

（2）国有森林资源国家委托代理模式是一种长期经济行为。国有森林资源国家委托代理模式让渡资产经营权和处置权的行为涵盖了操作的全部内容和过程，因而，国有森林资源国家委托代理模式行为是一种长期经济行为。

2. 优势

（1）国有森林资源建立的委托代理模式的委托代理关系已得到理顺，其目标函数从机制上趋于一致，既有利于政企分离，弱化行政干预，又能使代理成本降到最低，在国家与企业之间是一种完全委托完全代理关系。国有森林资源委托代理模式提高政府效能，降低代理成本，使各主体将交易成本降到最低。

（2）国有森林资源建立的委托代理模式为实现资产化管理提供了可行性。国有森林资源是我国的国民财富，它能在未来的某时期内给国家带来一定的经济效益和社会效益。因此，国有森林资源建立的委托代理模式具有国有资产的一般属性，实行资产化管理具有可行性。同时，实行国有森林资源资产化管理，把国有森林资源资产的保值、增值作为经营目标，也有利于国有森林资源的保护。

3. 劣势

（1）国有森林资源的委托代理模式所有者缺位，各委托代理关系链条上的相关人具有利益的双重性。从整个体系来看，国有森林资源产权虚置于各级政府和主管部门委托代理关系层次和链条中，这些相关部门仅仅是形式上的产权主体，而非实质上的产权所有者。因为国有资产并不归他们所有，所以谁也不可能真正关心这些资产的运营状况，不可能像私有产权主体关心自己的林木那样去有效地监督管理国有森林资源，更不会承担任何的经济责任。同时，处于初始所有者和最终经营代理人之间的各主体并不明确自己作为国有产权代表的义务与职责。他们往往具有双重角色，一方面是上级层次所授权的代理人，而另一方面又是下级层次的委托人，这就出现了角色的冲突。作为代理人他们将努力追求自身利益的最大化，若委托人监督力度不足，他们将忽视委托人的利益，强调其代理人利益。而作为委托人，其目标是使国有资产得到有效的管理和运营，由于自身不是企业资产的实质所有人，只是受上级部门的委托来监管企业，且收入并不与经营业绩挂钩，因此不会有强烈的意识去考核监督代理人。甚至在出现较大的制度缺陷时，他们可能选择与经营代理人合谋，追求自身利益的最大化。

（2）国有森林资源建立的委托代理模式运行机制仍带有行政化色彩，普遍存在约束不力，激励不足的问题。国有森林资源建立的委托代理模式经营代理人仍然缺乏较完善的管理权、决策权、控制权，政府相关部门甚至是国有森林资源建立的委托代理模式中的党组织仍然控制着绝大部分的委派权、任命权，往往干涉、束缚着代理人的经营管理行为，令他们难以完全施展拳脚，有所作为。另外，由于信息的不对称性及渎职行为，相关部门难以对具体的经营活动实施有效的监督、约束，导致企业经营者追求个人利益，甚至产生“寻租”行为（胡蓓等，2006）。

（3）我国国有森林资源委托代理制度实行的是多级行政代理制，导致了所有者缺位的资源失控状况。国有森林资源委托代理制度在资产所有权进入资源领域前的出资人进行层层行政代理之后，最后的委托人变成多级的、分散的，各主体的目标函数不一致。并且终极代理人——林业企业（或事业单位），存在代理人权利主体不完善的缺陷，林业企业法人财产权没有完全确立，代理权行使不充分（杨清和耿玉德，2002）。

（4）国有森林资源委托代理制度的委托代理关系存在许多缺陷。我国国有资产经营管理实行的是资产多级代理制度，先后由若干级行政代理和经济代理共同完成，目前已比较成型。作为一种特殊的国有资产，国有森林资源资产的委托代理制度却存在许多缺陷，由于委托与代理主体权责能力不规范，导致各个层次的委托代理关系混乱，信息不对称，所有权与经营权主体之间同时存在行政代理和经济代理关系，彼此扭合在一起，导致林业企业内部制约机制虚弱，外部宏观管理职能扭曲，从而，最终导致管理效率低下，森林资源管理失控，森林资源资产流失。可以说，从我国国有森林资源资产管理现状和体制存在的主要问题来看，在其经营管理上引入委托代理理论具有其理论和实践上的必要性。

（5）国有森林资源委托代理模式存在适用的局限性。国有森林资源委托代理模式在实践中需要根据不同行政区域进行修正，以便使其在实际运作中具有更好的适应性。

（6）国有森林资源委托代理模式实践过程中政府干预现象严重。国有森林资源委托代理模式涉及委托、代理授权的过程，如果政府干预严重就不利于实现公平竞争，也不利于实现国有森林资源效益的最大化。因此，实行政企分开，规范国有森林资源资产委托人、代理人的权责，建立有效激励、约束机制，独立的森林资源资产监督机构，强化政府的宏观监管职能和作为所有者的企业内部监督职能（汤学冰和廖骄阳，2005）。

4. 适用条件

国有森林资源委托代理模式是通过大型国有森工企业、国有森林资源的主管部门间优势人力、财力资源组合后形成的委托代理主体。其主要适用于大型国有森工企业的内部改革。

二 "两权合一"事业型模式

"两权合一"事业型模式是委托代理模式形式之一，是指受国家或省林业管理部门的公益林管理局（处）委托行使国有资产所有者职能和政府行政管理职能，由国家财政拨款，对国有森林资源资产按行政事业管理的方式经营。这种模式适用于重点公益林的管护经营。具体包括公益林场和公益林站两种组织形式。

（一）公益林场

公益林场是由经营管理人员和营林作业工人组成的事业型单位。公益林场机构比较全面，既有决策层，又有执行层和管理层，还有操作层。所有森林资源经营管理的业务，如采伐更新、培育、管护和造林等工作基本都由该单位内部员工完成。因此，拥有员工比较多。公益林场实行事业单位企业化管理，实行预算制，内部模拟市场运作。在做好森林资源的培育、管护工作的前提下，要注意开发利用林下和森林景观资源，搞好多种经营和森林旅游经营，提高林场的运营效率。

这种模式的特点是对森林资源的培育更新、管护易于统一指挥，规模经营，专业化经营，专业队管护，可保证营林的质量。不足是机构臃肿，经营机制不活，管理效率一般，运营成本相对较高。这种模式适用于偏僻的深山区，生态条件比较脆弱、市场经济不够发达，以及劳动力供需基本平衡地区。

（二）公益林站

公益林站和公益林场属于同样性质的组织，区别在于公益林站只有决策层、执行层和管理层，不设操作层，也就是公益林站以经营功能为主，生产功能为辅或不设生产功能。它以有偿的形式组织林区社会力量或联盟企业采伐更新、培育、管护和不断扩大国有森林资源。这一方面使政府对森林资源的管理具有硬约束，另一方面，又能按照国民经济和社会可持续发展的要求，通过市场机制来组织营林和木材生产，提高森林资源资产运营效率。具体可分为两种形式，一是生产业务外聘或外包，二是虚拟联盟。

生产业务外聘或外包是指公益林站对所管公益林的经营进行运筹、策划和管理，具体的管护、培育、采伐等业务操作外聘工人或承包给公益林站以外的单位完成。

虚拟联盟是指公益林站与几家拥有不同关键资源的公司为了彼此的利益而

进行策略联盟，交换彼此的资源，以创造竞争优势。通过建立伙伴关系，公益林站可以充实自己竞争力薄弱的方面。虚拟经营可使公益林站发挥资源的最大效率并富有弹性，通过将自身所不具备的或较弱的功能“虚拟”出去，与其他联盟的企业来获取竞争优势和资源共享，如耐克公司和可口可乐公司的成功就是虚拟策略联盟的结果。公益林站只设经营管理和技术人员，把主要精力放在经营和管理上，内部不设营林队，减少经营成本。将营林劳务委托给具有人力资源优势的联盟企业，也可与策略联盟企业形成木材深加工和原材料合作联盟，以便扬长避短，优势互补，提高公益林的经营效率。

公益林站模式同样实行事业单位企业化管理，实行预算制，内部模拟市场运作。这种模式的优点是可以减轻公益林经营单位负担，减少经营成本，提高森林资源运营效率。缺点是吸纳劳动力少，营林队伍相对不够稳定。这种模式适用于浅山区和交通比较方便、市场经济比较发达地区。

“两权合一”模式的组织机构分四个层次，第一层次是董事会，是决策机构。它由政府公益林管理机关派员、职工代表、财政银行职员、专家学者和社会工作者组成。董事会的职责主要是制订经营管护方案，确立目标，审查内部预、决算，招聘总裁等高层管理者和技术人员，选举或确认董事长，考核总裁和高管人员等。第二层次是总裁，他由董事会任免或确认，其工作职责主要是执行董事会所制订的方案，管理组织资源，开发服务项目，拓展外界联络，争取社会支持，考核和评估组织管理人员。第三层次是管理层，协助总裁实施董事会的经营管护方案，为管护经营业务提供技术、信息，对员工进行培训、考核监督等。第四层次是工人，负责后勤保障或营林等生产操作。

三 准公司型模式

准公司型模式是指对一般公益林经营管理的事业单位，国家实行差额拨款，对森林资源的经营管理按企业化方式运行。因为一般公益林在发挥生态效益和社会效益的同时，也有部分经济效益。按天保工程规划的要求，一般公益林不完全禁伐，保留部分抚育伐。因此对这样的单位，国家应该通过评估，测算它每年自己能创造多少经济效益，对自己创造效益不够维持运营的，国家应实行差额拨款，充分挖掘其内部潜力，靠自营能力来发展森林资源。组织内部按收支两条线，模拟企业化运行，增强自我发展、自我生存的能力。准公司型模式的组织形式可参照“两权合一”事业型模式来设置。

四 “两权分离”的家庭管护承包模式

国有森林资源管护承包责任制是20世纪末在东北国有林区群众创造的森林

资源经营方式。森林资源管护承包责任制是参照农村联产承包责任制的做法，以实施天然林保护工程为中心，以强化森林资源管护、落实管护经营责任制为内容，在切实培育保护森林资源的同时，综合开发利用林区资源。具体做法是坚持森林资源的所有权与经营权适当分开的原则，在国家所有权不变的前提下，将森林资源划分到户，明确管护、培育的责任，赋予在不破坏森林资源生态环境的条件下对林下资源经营利用的权利，实现森林资源增长、企业振兴、职工致富，生态效益、经济效益和社会效益协调发展。

这种模式与商品林的承包模式不同，一是承包对象不同，前者承包的是公益林，后者承包的是商品林；二是承包方式不同，前者是责任承包，后者是有偿承包；三是权利不同，前者只有对林下资源的经营利用权，后者除了林下资源外，林木资源也在经营之内。本书认为目前实施的这种承包责任制适用于重点公益林。对一般公益林应参照商品林的股份合作方式，应以劳动力产权或者林木超自然增长率的方式取得林木增长的收益权，即由家庭管护承包责任制向家庭管护经营责任制转变。这样使承包者的利益与国家、企业的利益联系得更加紧密，有利于调动承包者培育、管护的积极性。

第六章 国有森林资源的物权制度

国有森林资源产权改革的目标是“明晰所有权，放活经营权，确保收益权，落实处置权”。与以往林权制度改革不同，这次改革主要从产权界定与林权流转角度优化森林资源配置。在国有森林资源产权改革过程中，要充分保障林区职工的森林资源物权，不仅要赋予承包职工长期稳定的林地承包经营权，保障农民对林木的所有权，而且还应当建立林地承包经营权、林木所有权等林业物权的转让、入股和抵押制度。因此，以《中华人民共和国物权法》为依据，以森林资源国家所有权为基础，以林地承包经营用益物权、林权抵押担保物权为主要内容，构建我国国有森林资源基本物权制度体系，是国有森林资源产权制度改革顺利推进的法律保障。

第一节 森林资源物权的含义及特点

一 森林资源物权的含义

“所谓物权者，乃系指特定之物归属于一定权利主体之法律地位而言的”(谢在全，1999)，森林资源物权作为自然资源物权的一种，是指在尊重森林资源的自然属性和经济规律的基础上，以森林资源为客体，通过法律赋予森林资源物权人依法或者依合同取得、在法律规定的范围内按照自己的意志支配森林资源、享受其利益并排除他人干涉的权利（彭万林，1999）。

二 森林资源物权的内在特点

我国的森林资源物权与传统民法物权相比具有内在特点，即权利的复合性。这种复合性是森林资源权利主体、客体及内容的丰富性和复杂性的表现(Shelton，1991)。建立和完善森林资源物权制度需要首先对这些特点有清楚的认识。

首先，在权利性质上，传统的物权具有对物的直接支配性和绝对保护性，在权利性质上属于私权。而私权行使的最重要原则之一，即私权自治，也就是说任何来自国家和他人的无端干预都是不受欢迎的。因此，传统民事物权的价值取向在于维护私人对物的支配和利用的关系。然而，森林资源物权是社会性权利，森林资源的公共物品性决定了森林资源物权制度的最终设计目的不是为了实现某个私人或团体的利益，而是站在社会立场上，增进社会公共利益与公众福利，实现森林资源的可持续性利用和社会的可持续发展。

其次，在权利主体上，我国森林资源由国家或集体所有，森林资源所有权主体抽象而空泛。抽象的所有权人要想实现其权益必然要求人格化代表的存在，因此森林资源所有权代理人就成为森林资源物权有别于传统物权的一个重要方面。另外，从理论上说，空泛的资源所有权人不可能成为实际的资源主体，而所有权的代理人虽然自身处于社会中的强势地位，却不宜成为实际的资源主体；所以，要想实现森林资源利用效益的最大化和可持续发展，就需要有除资源所有权代理人以外的社会实体（或为个人或为其他具有独立法律人格的经济实体）来实际地、完全地享有森林资源的占有权、使用权和相关的收益权，甚至可以包括一定程度上的处分权（黄明健和刘晓庄，2005）。

再次，在权利客体上，一般民事物权的客体——物，在私法自治的社会中，注重的是经济属性，一个物是否能够成为物权的客体取决于该物本身是否能够给权利主体带来经济利益。然而，森林资源物权的客体——森林资源，是使用价值与生态价值的结合体，同时具有经济属性和生态属性，而且“更主要是生态利益”（董黎明等，1993）。这是森林资源与传统民法物权的又一个重要区别，森林资源物权是传统民法物权与环境资源法律相结合的物权，通过对私人开发、利用森林资源行为的规制，通过对实现森林资源保护与利用相结合的森林资源物权制度的设计，使森林资源的生态属性得以充分保全。

最后，在权利内容上，一般民事物权包括占有、使用、收益和处分四项权能，体现了私法自治的原则和物的经济属性。但是森林资源物权如只具有这四项权能，显然无法与其公共物品性和生态属性相吻合。因此，为了体现森林资源的公共物品性和生态属性，森林资源物权的权能还应当包括开发、保护、改善和管理权能。权利人在享有森林资源利益的同时，必须承担起保护生态环境的义务（邓禾，2007）。其中，占有、开发、使用、收益和处分五项权能体现了森林资源的经济价值；保护、改善和管理三项权能体现了森林资源的公共物品性和生态价值。二者并不是相互独立的，后者寓于前者之中，构成对前者行使权利的限制。从某种程度上说，保护、改善和管理三项权能是出于森林资源物权人应尽的生态与环境保护义务而设定的，仅仅具有排除他人干涉的权利属性，对权利行使本身而言，与其说是权利不如说是义务。

三 森林资源物权的外在特点

森林资源作为一种特殊资源，其物权属性具有如下外在特征。

第一，森林资源物权具有独立的物权属性。森林资源物权具有不完全的排他性和对世性，它不仅赋予对森林资源占有、使用、收益的权利，而且可以排除任何不法的干涉和妨害，维护其权利，实现其利益。森林资源物权具有独立性，权利的合法流动和转让不受其他权利的干涉和限制。因此，作为一种物权，权利人可以在法律允许的范围内，以转让、出租、抵押等形式处分其权利。

第二，森林资源物权的外部性。森林资源物权具有极强的外部性。它所产生的生态效益和社会效益的享用是不可分割、不可排他的，只要它存在，公众都可以进行平等的消费。但是，根据市场交易的原则和产权交易的惯例，这种外部效应，森林资源物权人无法得到补偿。因此，如果森林资源全部采取私人所有权模式，则难以为森林资源生态效益的发挥提供良好的条件（马爱国，2003）。

第三，森林资源物权的结构性和不可无限分割性。森林资源物权的结构性是由森林资源本身的复杂结构所决定的。对林地物权而言，由于存在较大的地域和质量上差异，其收益权的差异相应地比较大，这是森林资源物权的一个基本事实；对林木物权而言，物权人对林木享有一系列权利，这些权利是森林资源物权的主要构成部分。森林资源物权的不可无限分割性，是指维持森林生态系统需要一定面积的森林资源，如果森林资源被细化到过小的单位，就可能导致森林资源经济功能、社会功能和生态环境功能的退化。因此，合理的森林资源物权制度安排必须建立在保持森林的相对完整性和一定规模性的基础上，这样才能充分发挥森林的社会服务功能。

第四，森林资源物权交易的困难性。“自然资源是价值体，自然资源是商品”（肖国兴和肖乾刚，1999）。森林资源同样是价值体，森林资源也同样是商品，只有进行有效的交易，才能使森林资源达到最优配置。森林资源物权交易的前提，是必须对该森林资源的价值进行准确的估量。但是，目前森林资源的价值评估存在很大的难度，主要原因在于不同的林种、不同的林地条件、不同的林分密度，其收益量在客观上存在着比较大的差异。另外，森林资源本身的消长有一定的期限，并且受到自然因素的强烈影响。这些因素决定了评估森林资源资产价值的难度是很大的，这为森林资源物权交易带来了技术上的困难。

第五，森林资源物权的国家限制性和主体多元性。我国森林资源物权主要由国家法律和政策来界定，并且由于森林资源的特殊性，与其他国有资产相比，国家的干预作用表现得更为强烈。例如，政府为保持森林资源的稳定及发挥森林的生态、经济等效益，采取的限制采伐量和林地不能挪为他用的政策，这样的规定直接导致森林资源物权人不能根据市场需要自由配置森林资源，从而极大限制物权人支配其权利的自由度。森林资源物权主体的多元化，则是由森林资源所有制的多元化决定的。根据《中华人民共和国宪法》和《中华人民共和国森林法》的有关规定，我国目前存在着全民所有制、集体所有制、个人所有制以及合资、合作等多种森林资源所有制形式。并且，在森林资源物权结构性的共同作用下，各种物权主体呈现多元化倾向。

第二节　森林资源物权的多元价值

随着经济结构、社会生活以及人们的环境观的变化，森林资源不再单单作为社会物质财富而存在，森林资源的价值正趋向多元化。吕忠梅教授将资源的价值概括为经济价值、生态价值和精神价值（吕忠梅，2005），在此，借鉴吕忠梅教授的观点，将森林资源物权的价值分为经济价值、生态价值和社会价值加以论述，进而探讨森林资源物权多元价值。

1. 森林资源物权的经济价值

物权法对森林资源权利的构建就是从经济价值的角度来规定的，以法律确定森林资源的所有权制度。历史上对森林资源的利用主要是以经济利益为目的，对林木资源进行采伐、加工、制造。随着认识的提高，森林资源的一种新的经济价值——“森林碳汇”逐渐为人们所关注，所谓碳汇是指植物通过光合作用将大气中的温室气体 CO_2 吸收并以生物量的形式储存在植物体内和土壤中，从而减少该气体在大气中的浓度的过程，森林起到主要的碳汇作用（云南省林业厅碳汇交易办公室，2006）。在制定物权法的过程中，应当将“森林碳汇”资源的价值问题纳入立法中，通过法律加以保护。因为“森林碳汇”作为资源资产与其他资产一样，也存在产权管理问题，只有明确产权关系，改变资源无偿占有和无偿使用制度，才有可能从根本上建立起资源有效利用的内在机制，促使资源资产化、市场化的进程，由于“森林碳汇”是以森林资源蓄积为载体的，所以“森林碳汇”资源产权应与森林资源产权保持一致（李顺龙，2004）。

2. 森林资源物权的生态价值

所谓自然资源的生态价值是指自然资源作为环境要素所具有的调节功能、载体功能、信息功能等生态功能而形成的潜在价值（李丽华，2005）。作为森林资源，在吸储 CO_2 等温室气体、涵养水源、保持水土、调节气候、保护生物多样性等方面发挥着重要的生态功能。我国的森林具有区域性、分布集中以及单位面积广的特点，因此，森林是我国保持生态平衡的基础保障。传统物权法对森林资源产权的保护是从经济价值的角度来规定，而随着社会经济的发展，观念的进步，人们不仅仅满足于单纯的对经济利益的追求，尤其在切身经历了生态平衡破坏所带来的严重后果之后，人们更多的将注意力转移到了森林资源的生态价值上。但是，物权法对生态价值的保护出现了空白，从森林资源产权的角度来保护无疑是值得考虑的。因此，物权法的制定应考虑到森林资源产权的生态价值，将森林资源的生态价值作为一种重要的物权来加以保护。

3. 森林资源物权的社会价值

社会价值是指能够满足人类精神文明和道德文化需求的价值（John and Olewier，1998）。森林资源除了具有经济价值和生态价值外，还具有社会价值，并且它的社会价值越来越受到重视。在对森林资源社会价值的民法保护问题讨论过程中涉及这样一个问题，这个问题也是目前民法学界关注的话题，就是物权社会化问题。吕忠梅教授指出："物权法是与环境资源的经济价值与生态价值和其他非经济价值直接相关的规范体系。但是，传统物权法并未将环境资源的生态价值和其他非经济价值融入其概念以及制度之中，这样才导致了环境问题的产生（肖国兴和肖乾刚，1999）。"物权法是私法，但是随着公法、私法的融合，物权法也逐渐表现出社会性，因此，通过物权法实现对森林资源社会价值的保护，有利于落实森林资源的损害责任制度，防止森林资源的破坏与流失，从而为森林资源的可持续发展和永续利用提供有力的法律保障。

第三节　我国森林资源物权的内容

一 森林资源所有权

森林资源所有权根据不同的标准，可以作出以下分类。

(1) 按照森林资源所有权主体划分，我国森林资源所有权形式可以分为国家所有权、集体所有权和个人所有权三种。

第一，国家所有权。国家所有的森林资源是国家财产的重要组成部分，是发展我国林业事业的主要物质基础，是我国森林资源中的主导力量。《中华人民共和国宪法》第 9 条规定："矿藏、水流、森林、山岭、草原、荒地、滩涂等自然资源，都属于国家所有，即全民所有；由法律规定属于集体所有的森林和山岭、草原、荒地、滩涂除外。"《中华人民共和国物权法》第 48 条规定："森林、山岭、草原、荒地、滩涂等自然资源，属于国家所有，但法律规定属于集体所有的除外。"《中华人民共和国物权法》第 49 条规定："法律规定属于国家所有的野生动植物资源，属于国家所有。"《中华人民共和国森林法》第 3 条第 1 款规定："森林资源归国家所有，由法律规定属于集体所有的除外。"《中华人民共和国森林法》第 27 条规定："国有企业事业单位、机关、团体、部队营造的林木，由营造单位经营并按照国家规定支配林木收益。国家对属于其所有的自然资源享有占有、使用、收益和处分的权利。"这个权利分别由国务院和省、地两级人民政府代表国家行使。这个权利还具体体现在制定涉及各种规划、许可、收取税收和有偿使用费等方面（中国可持续发展林业战略研究项目组，2003）。在权利的具体行使上，国家对其所有的森林资源实行“统一领导、分级管理”原则，分别交由各级林业机关、企事业单位经营管理，依各自的权限范围对其经营管理的森林资源依法行使占有、使用、收益和处分的权利（张力等，2002）。

第二，集体所有权。集体所有的森林资源是集体所有财产的重要组成部分，也是发展我国林业事业的主要物质基础之一，在我国森林资源中占有十分重要的地位。《中华人民共和国宪法》第 10 条规定：“城市的土地属于国家所有。农村和城市郊区的土地，除由法律规定属于国家所有的以外，属于集体所有。宅基地和自留地、自留山，也属于集体所有。”《中华人民共和国物权法》第 58 条第 1 款规定：“集体所有的不动产和动产包括：法律规定属于集体所有的土地和森林、山岭、草原、荒地、滩涂。”《中华人民共和国物权法》第 60 条规定：“对于集体所有的土地和森林、山岭、草原、荒地、滩涂等，依照下列规定行使所有权：一是属于村农民集体所有的，由村集体经济组织或者村民委员会代表集体行使所有权；二是分别属于村内两个以上农民集体所有的，由村内各该集体经济组织或者村民小组代表集体行使所有权；三是属于乡镇农民集体所有的，由乡镇集体经济组织代表集体行使所有权。”按照《中华人民共和国宪法》、《中华人民共和国民法通则》、《中华人民共和国物权法》和《中华人民共和国森林法》的规定，法律规定属于集体所有的森林资源，属于集体所有。集体所有权的拥有者是该集体经济组织，而非该组织的成员。只有集体经济组织才有权依照法律的规定及全体成员的决定来行使对集体所有的森林资源的占有、使用、收益和处分的权利。集体经济组织在行使权利的时候，也受到国家的指导甚至干预，对此在论述森林资源物权的缺陷时将作进一步阐述。

第三，个人所有权。根据我国《中华人民共和国民法通则》第 74 条和《中华人民共和国森林法》第 27 条等法律条文的规定，个人所有的林木主要是指农村居民在房前屋后、自留地、自留山和农村集体经济组织指定的其他地方种植的树木，还包括在以承包和其他合法方式取得的有使用权的林地上和在承包的荒山、荒地、荒滩上种植的树木，按合同约定归个人所有的部分以及城镇居民在自有房屋庭院内种植的树木。

（2）按照森林资源所有权客体划分，森林资源所有权可以分为林地资源所有权、林木资源所有权、森林生态环境资源所有权和森林其他经济性资源所有权四种形式。

第一，林地资源所有权。当前我国林地所有权只存在于国家所有和劳动群众集体所有两种形式中。至于个人、法人及其他组织则无权拥有土地所有权。这是由我国实行的土地社会主义公有制决定的，土地公有制直接限制了个人、法人及其他组织拥有林地资源所有权的资格。

第二，林木资源所有权。根据相关法律规定，我国林木资源所有权的主体十分广泛，包括国家、集体、个人以及外国的投资者。但我国林木所有权主体对林木所拥有的所有权是不完全的，其采伐、运输和买卖都受到政府的严格限制。国家对林木资源所有权的行使进行严格的限制，是由森林资源的生态功能所决定的，如果不对其加以限制，任意砍伐，必将造成森林生态环境毁坏的严重后果。

第三，森林生态环境所有权。关于森林生态环境资源产权主体法律没有明确规定，根据《中华人民共和国宪法》规定，森林环境资源归国家所有。

第四，森林其他经济性资源所有权。根据《中华人民共和国宪法》和《中华人民共和国森林法》的规定，森林其他经济性资源的主体包括国家和集体两类。

二 森林资源用益物权

历史上我国森林资源产权制度变动频繁，导致了目前森林资源用益物权的状况十分复杂。从实现形式看，主要体现在林地承包经营权和林地使用权两个方面。

一方面是林地承包经营权的变动方式复杂。我国学术界一般认为承包经营权属用益物权。根据《中华人民共和国农村土地承包法》的规定，经营权是指承包人依法享有承包土地的使用、土地承包经营权流转、自主组织生产经营和处置产品的权利。承包经营权流转的权利是指经营权人对经营权进行转包、出租、互换、转让或其他方式流转。其中采取转让方式流转的，应当经发包方同意；采取转包、出租、互换或其他方式流转的，应当报发包方备案。对不宜采取家庭承包方式的荒山、荒沟、荒丘、荒滩等农村土地通过招标、拍卖、公开协商等方式承包。通过招标、拍卖、公开协商等方式承包而取得的承包经营权可以依法采取转让、出租、入股、抵押或者其他方式流转；承包人死亡的，其应得的承包收益，依照继承法的规定继承；在承包期内，继承人可以继续承包。林地的承包期为30～70年；特殊林木的林地承包期，经国务院林业行政主管部门批准，可以延长。

另一方面是森林资源使用权形式多样。根据《中华人民共和国宪法》、《中华人民共和国民法通则》、《中华人民共和国物权法》、《中华人民共和国土地管理法》和《中华人民共和国森林法》的规定，我国森林资源的使用权形式多样，但主要有以下几种：一是国有森林资源由国有单位使用，该单位没有森林资源的所有权，但依法享有占有、使用、收益和部分处分权，即享有有限制的使用权；二是国有森林资源由集体以合法的形式取得使用权，如采取联营、承包、租赁等形式获得的森林资源的使用权；三是集体的林地，由国有林业单位使用，经营林业的国有单位没有所有权，但依法拥有使用权；四是公民、法人和其他经济组织依法使用国有的或集体所有的林地发展林业的，如采取承包、租赁、转让等形式依法获得林地的使用权，而不拥有所有权。关于森林资源使用权的流转，《中华人民共和国森林法》第15条规定：下列森林资源的使用权可以依法转让，也可以依法作价入股或者作为合资、合作造林经营林木的出资合作条件，但不得将林地改为非林地：一是用材林、经济林、薪炭林；二是用材林、经济林、薪炭林的林地使用权；三是用材林、经济林、薪炭林的采伐迹地火烧迹地的林地使用权；四是国务院规定的其他森林资源的使用权。

三 森林资源担保物权

森林资源担保物权是指森林资源权利人不转移对森林资源的占有，将该资产作为债权担保的行为权利。我国森林资源担保物权的限制比较严格，主要体现在两个方面，一方面是对抵押权客体范围的限制严格，另一方面是对抵押权登记的规定严格。

（1）抵押客体范围的限制。《中华人民共和国物权法》第184条第2款规定，耕地、宅基地、自留地、自留山等集体所有的土地使用权不得抵押，但法律规定可以抵押的除外。《最高人民法院关于适用〈中华人民共和国担保法〉若干问题的解释》第52条规定：当事人以农作物和与其尚未分离的土地使用权同时抵押的，土地使用权部分的抵押无效。《森林资源资产抵押登记办法（试行）》第9条对抵押的客体作了严格的限制："下列森林、林木和林地使用权不得抵押：一是生态公益林；二是权属不清或存在争议的森林、林木和林地使用权；三是未经依法办理林权登记而取得林权证的森林、林木和林地使用权（农村居民在其宅基地、自留山种植的林木除外）；四是属于国防林、名胜古迹、革命纪念地和自然保护区的森林、林木和林地使用权；五是特种用途林中的母树林、实验林、环境保护林、风景林；六是以家庭承包形式取得的集体林地使用权；七是国家规定不得抵押的其他森林、林木和林地使用权。"除此以外，该法第8条还规定："森林或林木资产抵押时，其林地使用权须同时抵押，但不得改变林地的属性和用途。"可见目前我国对森林资源抵押权客体的限制是非常严格的。

（2）抵押权登记制度严格。根据《森林资源资产抵押登记办法（试行）》的规定，从事林业经营的单位和个人以其所有或者依法有权处理的森林资源物权使用权作抵押物申请借款或其他目的的，应以书面形式与抵押权人签订抵押担保合同，并持相关文件资料向森林资源抵押登记部门申请办理抵押登记。可见对于森林资源抵押权的规定采取的是登记成立主义。

四 林木采伐权

林木采伐权要通过林业主管部门严格的审核发放采伐许可证后才能取得，由于《中华人民共和国森林法》及其实施条例在法律部门上基本属于公法范畴，这就决定了《中华人民共和国森林法》及其实施细则规定的林木采伐权势必带有浓厚公权色彩。有关的林木采伐权的规定主要体现在《中华人民共和国森林法》和《中华人民共和国森林法实施条例》中，根据《中华人民共和国森林法》第32条规定：采伐林木必须申请采伐许可证，按许可证的规定进行采伐；农村居民采伐自留地和房前屋后个人所有的零星林木除外。国有林业企业事业单位、机关、团体、部队、学校和其他国有企业事业单位采伐林木，由所在地县级以上林业主管部门依照有关规定审核发放采伐许可证。铁路、公路的护路林和城镇林木的更新采伐，由有关主管部门依照有关规定审核发放采伐许可证。农村集体经济组织采伐林木，由县级林业主管部门审核发放采伐许可证。农村居民采伐自留山和个人承包集体的林木，由县级林业主管部门或者其委托的乡、镇人民政府审核发放采伐许可证。采伐以生产为主要目的的竹林，适用以上各款规定。此外，《中华人民共和国森林法实施条例》第32条规定：除森林法已有明确规定外，林木采伐许可证按照下列规定权限核发：①县属国有林场，由所在地的县级人民政府林业主管部门核发；②省、自治区、直辖市和设区的市、自治州所属的国有林业企业事业单位、其他国有企业事业单位，由所在地的省、自治区、直辖市人民政府林业主管部门核发；③重点林区的国有林业企业事业单位，由国务院林业主管部门核发。

五 林地地役权

我国《中华人民共和国物权法》规定的地役权，是指地役权人有权按照合同约定，利用他人的不动产，以提高自己的不动产的效益。地役权是一种土地的所有权人或者使用权人为使用自己土地的便利而使用相邻他人土地或者限制他人使用土地的权利（胡康生，2007）。因地役权而产生的权利义务关系，称为地役权关系。在地役权关系中，以存在两块土地为前提。其中，一块土地是其权利人享有地役权的土地，称为需役地；另一块土地是供人利用的土地，称为供役地。

林业地役权是地役权之一种，是指基于生态公益和环境保护的目的，政府和林地权利人约定，限制林地权利人的权利，使林地更好地发挥生态效益，改善国家的生态环境的一种用益物权（诸江和周训芳，2008）。其中，供役地是国家、集体所有，由集体、单位、个人使用或者承包经营的林地。需役地可以是特定的，如森林与野生动物类型自然保护区、湿地自然保护区、森林公园、风景名胜区的土地；也可以是不特定的。在某些地役权关系中，需役地的特定位置并不十分明显，甚至可以包括供役地在内的不特定的国土面积，有时甚至是整个国家的土地。

地役权是《中华人民共和国物权法》设立的用益物权的新类型，在我国的其他法律中，尚未出现地役权这一概念。因此，在《中华人民共和国森林法》、《中华人民共和国野生动物保护法》《中华人民共和国防沙治沙法》、《中华人民共和国农村土地承包法》、《中华人民共和国种子法》等林业法律中，没有林地地役权的提法。

但是，实质意义上的林地地役权，在国家林业政策中，尤其是在重点林业生态工程的实施过程和集体林权制度改革实践中，以各种各样的方式存在着。例如，森林与野生动物类型自然保护区管理机构和周边社区签订的社区共管协议，集体林划为生态公益林以后林业主管部门与集体经济组织签订的森林管护协议和生态效益补偿协议，以及林业部门与村民集体组织签订的退耕还林协议，都属于实质意义上的林地地役权合同。集体林权制度改革后，农民获得了林地承包经营权并得到了林业主管部门颁发的林权证，如果对实行承包经营的林地上的权利进行限制，也需要采取签订地役权合同的方式进行森林生态效益补偿。

《中华人民共和国物权法》实施以后，对上述需要采用地役权方式来保护环境和提高林地生态效益的情形，林业法律、法规应当按照《中华人民共和国物权法》的规定设立林地地役权（周训芳等，2007）。《中华人民共和国物权法》对行使地役权的有关规定和限制，同样适用于林地地役权。在集体林权制度改革实践中，涉及林地地役权时，必须严格按照《中华人民共和国物权法》的规定进行。

第四节 国有森林资源物权制度存在的主要问题

一 国家所有权主体缺位

森林资源国家所有权根据法律规定由各级政府代为行使，造成国家所有权主体缺位。这首先就以体现在国家所有权的表述上，理论上对国家所有权的表述是“全体劳动人民所有”。但是，从物权法一般原理来讲，这种表述的科学性值得怀疑。既然国家所有权是一种物权，那么必定有其确定的主体，而“全体劳动人民所有”却使物权主体处于不确定状态。同时，法学上所谓民事权利，意味着主体享有民法利益，并由主体对其行为承担责任。既然国家所有权是“全体劳动人民”的所有权，那么全体劳动人民中的每一个人都应该从国家所有权中享受民法利益。但是，在市场经济条件下，国家基本上不再承担以自己的财产为社会成员提供终身保障的责任。国家只是一个抽象的主体。

我国有关自然资源法律已对自然资源所有权的实施主体做了明确规定，如《中华人民共和国水法》规定“水资源属于国家所有。水资源的所有权由国务院代表国家行使”；《中华人民共和国土地管理法》规定“土地资源归全民所有，即国家所有土地的所有权由国务院代表国家行使”；《中华人民共和国矿产资源法》规定“矿产资源属于国家所有，由国务院行使国家对矿产资源的所有权”等。但是在我国《中华人民共和国森林法》中并没有规定“国有森林资源由国务院代表国家行使”，在国家林业局中国可持续发展林业战略研究项目小组发表的《中国可持续发展林业战略研究·保障卷》中对森林资源国家所有权是这样表述的：“国家对属于其所有的自然资源享有占有、使用、收益和处分的权利。这个权利分别由国务院和省、地两级地方人民政府代表国家行使”，这与其他自然资源法律中关于自然资源国家所有权行使的规定也是矛盾的。

现实中，由于国务院本身无法全面行使森林资源的国家所有权，因而层层委托各级地方人民政府行使对森林资源的管理权。这可以从我国《中华人民共和国森林法》第 3 条、第 13 条和第 16 条的规定中看出，在森林资源的行政管理关系中存在多个行政主体，包括国务院、地方人民政府和各级林业主管部门。对此，森林资源的国家所有权在借助各级政府的行政管理活动来行使和实现时，各级政府机构都只享有管理权，其本身并不是国有森林资源的所有权主体。但是，由于对这种管理权缺乏明确有效的约束和监督机制，地方各级政府将管理权变成了“所有权”，都认为自己可以代表国家行使本行政区内的国有森林资源的所有权。由于我国对森林资源的收益分配没有界定清楚，就造成了哪一级政府管辖，就由哪一级政府行使所有权及其派生的权力，谁占有，谁就享有收益权的现象。

正是由于部门利益和地区利益的存在，就使双方冲突的产生在所难免，特别是在跨区域森林资源的行政管理过程中，更容易造成对森林资源的破坏。各级地方政府之间、政府主管部门之间甚至还互相争夺权利，相互推卸责任。各级林业主管部门在制订林业长远规划时也不能从整体利益和长远利益出发，其利益与国家利益并不完全一致。此外，由于森林资源管理者与经营者的权利义务界定不清楚，各级森林资源行政管理部门与国有森林资源经营单位之间存在着纵横交错的行政管理关系和复杂的经济利益关系，因而各林业行政管理部门很难按照法律的规定对国有森林资源的经营行为进行有效的监督和管理，在短期利益的驱动下，甚至还会出现国家森林资源的行政管理机关与国有林业经营单位共同损害国有森林资源的现象，国有森林资源遭到严重破坏，并造成了严重的环境后果。现实中存在的对森林资源的掠夺式开发利用和乱砍滥伐等现象以及土地沙漠化的日益严重均表明了我国森林资源的国家所有权并未得到有效的保护（张海丽，2005）。

二 森林资源用益物权实现形式不健全

（一）林地承包优先权规定不明确

林地承包优先权，不同于传统民法中的优先权，林地承包优先权是指林地发包或者流转时，法定优先权人对该林地享有优先承包的权利。林地作为林农最基本的生产资料，无论是过去还是现在，都是林农的立身之本。正是由于林地制度对林业生产的重大意义，使得在制定《中华人民共和国农村土地承包法》时，首先要考虑的是“稳定”，即要把长期以来建立的农村土地承包经营制度固定下来，给农民一个稳定的预期。其中最核心的部分，就是保证能够享有对土地的承包经营权。这一方面表现在确定国有林区职工是承包经营权的基本主体，另一方面表现在国有林区职工与其他承包经营权主体相比，应当享有一定的优先权。

《中华人民共和国农村土地承包法》第 33 条规定，土地承包经营权流转应当遵循以下原则：在同等条件下，本集体经济组织成员享有优先权。第 47 条规定，以其他方式承包农村土地，在同等条件下，本集体经济组织成员享有优先承包权。比照这两条规定，从原则上确定了国有森工企业职工的优先权，但是规定显得过于粗糙，落实到实践中会面临很多问题。例如，在第 33 条规定的流转优先权中：一方的优先权是否意味着相对方有义务一定要把土地承包经营权转让给优先权人？可否拒绝？优先权行使是否应当有一个时间限制？如果有，应该怎么认定？如果有两个以上的优先权人都想行使优先权，如何解决？又如，在其他方式承包的经营权中，在以拍卖、竞买的方式来决定承包合同的情况下，如何来体现优先权？所有这些都是需要法律作出进一步规范的，否则在实践中会给行政机关、发包权人的不当介入提供契机。

（二）林地承包经营权公示对抗主义不足

土地承包经营权是一种物权，因此其设定也应当符合物权公示制度的要求。那么到底《中华人民共和国物权法》和《中华人民共和国农村土地承包法》规定的土地承包经营权是采用公示对抗要件主义呢？还是公示成立要件主义？这个问题的具体化就是：登记是承包经营权取得的成立要件还是对抗要件。

《中华人民共和国物权法》第127条第2款规定：“县级以上地方人民政府应当向土地承包经营权人发放土地承包经营权证、林权证、草原使用权证，并登记造册，确认土地承包经营权。”《中华人民共和国农村土地承包法》第22条规定：“承包合同自成立之日起生效。承包方自承包合同生效时取得土地承包经营权。”从这些规定来看，土地承包经营权的取得是以当事人双方物权变动的意思一致（外化为合同的成立）为时间点，登记仅具有对抗效力。因此，《中华人民共和国物权法》和《中华人民共和国农村土地承包法》采取的是登记对抗主义。

可以看出，在土地承包经营权上采取登记对抗要件主义比较符合现实的需要。首先，由于土地承包经营权的取得与成员权有密切联系，公示可以通过对某人的成员资格的了解而在一定程度上了解其是否享有对承包土地的物权，这就极大地减少了土地承包经营权公示的重要性。由于土地承包经营权目前基本上都是通过承包合同的方式设定的，其数量相当大，实行登记在操作上非常困难。尤其是目前，各级政府都颁发了土地承包经营证书，这种证书在一定程度上也起到了公示的作用。因此，家庭土地承包经营权的取得没有登记的必要。但是必须确保《中华人民共和国农村土地承包法》第23条只要具有成员资格和依据土地承包经营权合同，政府就应当颁发土地承包经营权证书，这种证书在一定程度上具有不动产权利凭证的性质和作用。其次，不把登记作为成立要件，就可以大大的减轻行政权力介入的范围，抑制以前在农村土地承包中普遍存在的登记机关利用行政权力牟取“租金”的不法行为。

但是这种规定也存在一定的不足，就是没有区分一般的土地承包和林地承包，在现实中会引发一些问题。因此笔者主张，在承包经营关系中，林地承包经营关系应当实行登记。如果当事人愿意取得物权效力的，应当通过登记。否则，仅有承包经营合同，在当事人之间仅能产生债权的效力，即使取得了政府颁发的某种凭证，也不能认为其为物权。在林地承包中，一方面，对林地承包而言，因涉及对土地使用的权利以及对土地之上的林木的权利等，权利内容较为复杂，如果不实行登记制度，则很难将权利人的较为复杂的权利内容对外公示。另一方面，在林地承包以后，由于土地占有时间长，风险大，为保护当事人的合法权益，各级人民政府依法核发承包林地使用权证书，实行承包合同与确权发证的结合。由此也表明林地承包的公示性较之于一般的土地承包更为重要。但由于林权证的公示作用并不强，它虽然能够明确林地承包的权属，但仍然难以使第三人知道林地承包关系是否已设定物权、权利人是谁，更何况林地承包人的主体资格并没有明确限制，第三人很难从某人作为组织成员的资格中判断某人是否享有对承包的林地的物权，一旦发生林权的转让而没有及时办理登记手续，则以后的受让人就有可能难以与转让人进行正常的交易，其受让的权利也可能遭到他人的干涉。

（三）林地地役权生态价值的忽视

林地地役权在本质上具有物权的特质，即物权的稳定性、排他性，同时又是环境权的具体体现。在现行林业法律法规中，规定了许多与生态林建设、退耕还林、防沙治沙等活动有关的林地地役权，却没有采用林地地役权这一名称。在林业行政管理实践中，实质意义上的林地地役权合同是大量存在的（吴远阔和王晓萍，2005）。我国《中华人民共和国物权法》第一次明确地规定了地役权，为林地地役权成为一项新的林业物权奠定了法律基础。同时，林地承包经营权也成了一项由《中华人民共和国物权法》确认的物权形式。国有林权制度改革后，林区职工获得了林地承包经营权并得到了林业部门颁发的林权证，受到《中华人民共和国物权法》的严格保护。林地地役权和林地承包经营权之间的关系，可能将主要是一种生态公益与私人利益之间的关系。在行使林业行政权力的过程中，如何保护森工企业及其成员的森林资源物权，处理好生态公益与私人利益之间的关系，是林业行政主管部门面临的一个重大问题。

目前林地地役权的行使往往忽视其生态价值，导致林地地役权失去为环境权的实现提供物权法保护的途径。林地地役权的有偿性促进了环境外部性问题内部化，众所周知，有关环境问题的成因最有力的解释是经济学上的外部性理论，由于权利没有明确界定，承受外部成本的受害者不能要求外部成本的施加者给予补偿，享受外部利益的受益者也不必给予受害者以报酬，这样造成环境污染和破坏的外部成本转嫁给他人和社会，从而形成环境问题（CCIC Taskforce on Forest and Grassland，2002）。

三　森林资源担保物权立法规范不完善

（一）林木单独抵押存在立法争议

《中华人民共和国物权法》和《中华人民共和国担保法》没有对林木单独抵押作出明确规定，在民法典的制定过程中一直对如何处理林木抵押与林地使用权的关系或者说是否允许林木单独抵押存在立法争议。从目前公布的几部民法典草案建议稿的规定看，我国学者对这一问题的认识尚不一致。概括起来有两种观点：第一，“分别抵押说”，即林木可以单独抵押，也可以与林地使用权一并抵押。例如，梁慧星教授主持起草的《中国民法典草案建议稿》第 519 条规定：“在依法取得农地使用权的土地上生长的林木，可以单独抵押。但以依法取得的农地使用权抵押的，应当将抵押时该土地上生长的林木一并抵押”。王利明教授主持起草的《中国民法典草案建议稿》第 979 条规定：“土地使用权、农村土地承包经营权与土地上的林木、农作物可以分别设定抵押权，也可以一并设定抵押权”。第二，“一并抵押说”，即林木抵押时，必须将林地使用权一并抵押。例如，徐国栋教授主持起草的《绿色民法典草案》第5分编第1条规定：“不动产，指土地以及房屋、林木、矿床、独立水体以及其他一切地上定着物。”第564条规定：“以房屋或其他地上定着物抵押的，该房屋或地上定着物占用范围同地上权或土地所有权应一并抵押。以地上权或土地所有权抵押的，应当将抵押时该土地上的房屋或其他定着物一并抵押”（胡玉浪，2007）。

《中华人民共和国物权法》第180条第1款规定，债务人或者第三人有权处分的建筑物和其他土地附着物可以抵押；第184条第2款规定，耕地、宅基地、自留地、自留山等集体所有的土地使用权不得抵押，但法律规定可以抵押的除外。《中华人民共和国担保法》第34条规定，“抵押人依法有权处分的国有的土地使用权、房屋和其他地上定着物”及“抵押人依法承包并经发包人同意抵押的荒山、荒沟、荒丘、荒滩等荒地的土地使用权”可以抵押。《最高人民法院关于适用〈中华人民共和国担保法〉若干问题的解释》第52条：当事人以农作物和与其尚未分离的土地使用权同时抵押的，土地使用权部分的抵押无效。结合《中华人民共和国森林法》、《中华人民共和国担保法》关于林木可以抵押的规定，中国森林资源资产抵押的标的包括：抵押人有权处分的国有或集体林地上的林木，抵押人有权处分的国有林地使用权，国有和集体“四荒”林地使用权。但是对于林木抵押时，其与林地使用权的关系如何处理，《中华人民共和国物权法》、《中华人民共和国担保法》均未作出明确的规定。《森林资源资产抵押登记办法（试行）》第8条第2款规定：“森林或林木资产抵押时，其林地使用权须同时抵押，但不得改变林地的属性和用途。”可见，林木抵押实践采取的是一并抵押的做法。

（二）抵押权与承包经营权的冲突

林木抵押权与林地承包经营权的冲突是指出现某种法律事实时，林地的经营者失去对承包林地的使用权和林木的所有权，在此情形下，若森林资源物权已设定抵押，就会产生森林资源物权的消灭与森林资源物权抵押的冲突。因森林资源物权消灭的原因各异，其对抵押权的影响亦有所不同。森林资源物权消灭与抵押权的冲突主要发生在两种情况。

一种是林地征用过程中，出于公共利益需要而占用林地的，经国家林业和土地行政管理部门批准，将林业用地转为建设用地的情况下，原林地使用权归于消灭，因此，设定于该权利之上的抵押权亦随之消灭。抵押权作为物权的追及力在此不能发挥效力，因国家不能成为抵押人，这与一般抵押中抵押物转让时抵押权的物上追及力是不同的。同时，这种情况下，抵押人并无过错，故作为抵押人的林地承包人不承担赔偿责任。显然，这对抵押权人而言是显失公平的。《中华人民共和国担保法》并没有规定这种情况下抵押权人权利救济的方式。

另一种是发包方收回林地时，根据《中华人民共和国农村土地承包法》第26条规定，承包方全家迁入设区的市，转为非农业户口的。在此情况下发包方有权依法收回承包经营的林地。此时，若承包经营的林地上已设定了抵押权，因抵押权依附于承包经营权，作为主权利的权利消灭时，设置于其上的抵押权是否随之消灭，森林资源物权的抵押登记效力能否对抗承包经营权的收回。现行的法律规定限制了森林资源物权抵押的独立性，使抵押担保的功能降低，交易安全难以保障。若林地的承包经营权被收回而导致抵押权的消灭，抵押权人得不到任何的救济，明显有违诚信之原则，不利于抵押权的保护。

四 林木采伐权面临理论争议和实践困难

（一）林木采伐权的法律性质有待商榷

所谓林木采伐权，是指在依法取得的林木采伐许可证规定的范围内，采伐林木并获得所采伐的木材的权利（梁慧星，1998）。目前我国学者对林木采伐权的法律性质争议颇多，大致可以归纳为三种观点：第一种认为林木采伐权是用益物权（高利红，2004）。第二种认为林木采伐权是准物权（刘宏明，2004）。第三种认为林木采伐权具有用益物权和准物权双重属性（李宏，2007）。产生争议的缘由主要是林木采伐权的取得方式相对于传统物权较为特殊，即具有“公权”的色彩，需要行政机关行政许可才可获得。

我国有关林木采伐权的规范性法律文件主要表现为《中华人民共和国森林法》和《中华人民共和国森林法实施条例》。《中华人民共和国森林法》的第5章和《中华人民共和国森林法实施条例》的第5章都对林木采伐权的产生、变动和消灭等进行了较为详细的规定，如《中华人民共和国森林法》第32条规定“采伐林木必须申请采伐许可证，按许可证的规定进行采伐。”由于《中华人民共和国森林法》和《中华人民共和国森林法实施条例》在法律部门上属于经济法，而经济法较多地体现公权力对社会经济活动的管理，因此，《中华人民共和国森林法》和《中华人民共和国森林法实施条例》对林木采伐权的规定更多的是从行政管理的角度出发，更注重对林木采伐权的规制。

按照现今学术界对物权法律特征的通说，物权应当法定，物权的种类和内容，必须由法律规定，主体不能创设法律没有规定的物权。林木采伐权在我国民法体系的立法中并没有明确的规定，这就使森林资源承包经营者的采伐权在受到侵害后无法得到有效的救济。例如，一些地方出现的对森林资源承包经营者承包后种植的林木拒绝发放采伐许可证的现象，就严重损害了承包方的利益。鉴于此，应当将林木采伐权明确规定到民法体系中，但是目前对林木采伐权的法律性质存在诸多争议，究竟林木采伐权在物权法体系中性质如何，该如何进行规范成为从物权法角度研究林木采伐权的首要问题。

（二）林木采伐权在法律实践中管理困难

通过林权制度改革，虽然明晰了林地的所有权和经营权，保障了林木所有者的处置权和收益权，增强了广大林业职工的积极性。但是随着林权制度改革的深入，各种矛盾日益突显，特别在林木采伐管理方面，存在诸多法律实践问题。

首先，采伐面积变小，伐区数目增多。林权制度改革后，林木经营权转变为以众多林农所有；并通过市场流转，又将产生合作和合股等多种混合所有制。经营主体的多元化必然会导致经营小班数量增多，原先面积较大的调查小班划分成了若干个经营小班。按照林木采伐证的核发制度，采伐林木须由林木所有者向林业主管部门提出申请，由于经营目的和收益期望存在差异，不可能做到多个经营主体同时或者联合提出申请，林木采伐只能以经营小班为单位。因此，单个伐区面积变小，采伐量变少，伐区数增多。伐区的增多大大增加了伐区设计和伐区管理的工作量，同时也大大增加了林木采伐证核发管理的难度。

其次，林木权属不清，采伐纠纷不断。林权制度改革是一个系统工程，政策性强，牵扯面广，工作难度大，质量要求高，工作时间紧，加上许多地方的林业技术力量只能满足完成正常的工作需要，而林权制度改革却需要大量专业技术力量参与才能完成，导致一些林权小班未落实到山头地块，部分林木经营权属悬而未决。此外，由于林权小班没有明显的小班界线，难以落实到林权图上，实际经营界线与林权证图面小班界线不相符也会导致部分林木权属不清。林木权属不清，导致林木权属纠纷不断。尽管林木采伐许可证核发规定，权属不清的林木是不得发放采伐许可证的，并实行伐前公示制度，但是林木采伐时仍会引发很多关联者的利益之争。

最后，经营主体多元监管难以到位。林权制度改革后，林木所有者变成了分散的个体户，经营主体发生变化，林木资源各种所有制将不断涌现，呈现个体、股份、合作、集体、国营等多种所有制并存的局面。由于经营小班数量多、分布散，导致伐区点多面广。地处偏僻，山高路远，交通极为不便，很多地方还是通信盲区，按林木采伐规定，林业部门也必须派出技术力量进行监管和验收。但是由于县级林业技术人员有限，还得开展规划、核查和设计等其他业务工作，人少事多，顾此失彼，导致部分伐区监管难以到点到位，部分少批多采和越界采伐等违规采伐时有发生（李永岩和朱磊，2007）。

第五节　国有森林资源物权制度体系构建

一 明确和规范森林资源国家所有权

森林资源国家所有权主要是指国家享有国有森林资源的占有、使用、收益和处分的权利。占有权是国家对国有森林资源管理的事实，换言之，占有权是国家对国有森林资源享有所有权的事实的权能。使用权是指国家在不毁坏国有森林资源本体或改变其性质的前提下对国有森林资源加以利用，从而满足国家实际需要的权能。收益权是指国家享有国有森林资源产生出来的新增经济价值的权能。而所谓新增经济价值包括由国有森林资源派生出来的孳息以及因利用国有森林资源进行生产经营活动而产生的利润等。处分权是指国家依法对国有森林资源进行处置，从而决定国有森林资源命运的权能。处分权是国有森林资源国家所有权的核心内容，是国有森林资源国家所有权最基本的权能。具体包括事实上的处分和法律上的处分两种：事实上的处分是指国家对国有森林资源进行改造、毁损等物理上的事实行为；法律上的处分是指国家对国有森林资源的所有权加以转移、限制或消灭，从而使国家所有权发生变动的法律行为。

国家所有权的行使，是为了国有森林资源产权的有效利用。国家所有权的主体以效益标准行使国有森林资源产权，符合经济学关于经济人的假设。正如经济学家布坎南所言："根据公共利益进行选择"的实质，是各种不同利益之间的"缔约"过程（Buchanan，1975）。国家作为所有权主体的经济根源，使国家能够成为全体人民利益及公共利益的有效的有时甚至是唯一的代表（周林彬，2002）。因此国家所有权应适用于物权法的调整，但国家所有权主体的"法定代表人"——作为民事主体的政府，却不仅仅是经济人，也是政治人、社会人。国家力图实现的目标不仅仅是经济效益，也是政治效益和社会效益。国家对于国有森林资源产权的行使目标决不单纯是财产的保值增值。谋求经济效益的最大化只是一个方面，同时也要考虑政治稳定、国家安全、社会安定等非经济因素。这些与效率原则相悖的行为，都在一定程度上有着现实必要性。鉴于国家的政治、社会职能使其经常偏离作为财产所有者的经济人特质，无法实现社会公平与经济绩效的双赢，因此，在国家所有权的制度设置上要大胆突破。对于以盈利为目的的国有经营型资产，完全可以流入到民事流转活动中，使资源发挥最大作用，对市场经济的高效运转至关重要。

为进一步明确国家的主体地位和保障国家的利益，还应从立法上明确国有森林资源由国务院代表国家行使，并由中央和省两极政府行使行政管理权，同时完善森林资源收益分配制度，使国家作为国有森林资源主体的利益得到切实保障。蔡守秋教授曾提出建议：对国有森林应该实行森林资源国家所有、中央和省（自治区、直辖市）两级管理，政企分开、政资分开，建立国家林业行政主管部门（行使行政监督管理权）、国有森林资产管理机构（负责森林资源的资产运营）、林业企业（成为自主经营的市场主体）“三权分离”的机制，明确国有森林的使用权和行政管理权（蔡守秋，2004）。以此为森林资源国家所有权有效行使的基本框架，进而为国有森林资源的开发、利用和有效保护奠定基础。

二 充分发挥森林资源用益物权的权能

（一）规范林地承包优先权的相关规定

优先承包权是法定权利，必须由法律直接规定，而不能由当事人约定。没有法律规定，优先承包权就不可能成立。《农村土地承包法》第 33 条规定土地承包经营权流转应当遵循的原则为：“在同等条件下，本集体经济组织成员享有优先权”，该法第 47 条规定：“以其他方式承包农村土地，在同等条件下，本集体经济组织成员享有优先承包权”。最高人民法院《关于审理涉及农村土地承包纠纷案件适用法律问题的解释》（本章以下简称《解释》）第 11 条第 1 款规定：“土地承包经营权流转中，本集体经济组织成员在流转价款、流转期限等主要内容相同的条件下主张优先权的，应予支持。”该《解释》第 11 条第 1 款规定：“（其他方式承包）本集体经济组织成员在承包费、承包期限等主要内容相同的条件下主张优先承包权的，应予支持。”这些规定虽然以法律形式将在农村土地承包或流转中可以行使优先权的内容确定下来，但是还应当从如下两个方面进行规范。

1. 林地承包优先权的行使

根据法律规定，土地承包优先权的行使必须具备两个条件：一是条件相同，即土地承包合同或者土地承包经营权流转合同的主要内容相同。在发包方或者流转方与本集体经济组织成员签订的土地承包合同或者土地承包经营权流转合同，主要内容与本集体经济组织成员以外的单位和个人签订的土地承包合同或者土地承包经营权流转合同相同时，本集体经济组织成员才可以主张优先承包权（江军辉，2006）。如果条件不同，则按照“谁的条件优，谁获得土地承包权”的原则处理。二是在规定期限内行使优先承包权。法律对于土地承包和土地流转优先承包权的行使期限，作出不同规定。

第一，土地承包优先权的行使期限。《中华人民共和国农村土地承包法》第

48 条规定："发包方将农村土地发包给本集体经济组织以外的单位或者个人承包，应当事先经本集体经济组织成员的村民会议 2/3 以上成员或者 2/3 以上村民代表同意，并报乡（镇）人民政府批准。"这一规定实际上已经明确指出，行使优先承包权应当在乡（镇）人民政府批准之前。《解释》第 19 条的规定："本集体经济组织成员在承包费、承包期限等主要内容相同的条件下主张优先承包权的，应予支持。但在发包方将农村土地发包给本集体经济组织以外的单位或者个人，经法律规定的民主议定程序通过，并由乡（镇）人民政府批准后主张优先承包权的，不予支持。"如果发包方将农村土地发包给本集体经济组织以外的单位或者个人，经法律规定的民主议定程序通过，并由乡镇人民政府批准后主张优先承包权的，本集体经济组织成员即使在承包费、承包期限等主要内容相同，甚至提出比原合同内容更为优越的条件下主张优先承包权的，也不应当予以支持。比照此条款发包方将林地发包给本森工企业以外的单位或者个人承包，应当事先经省或县人民政府批准，森工企业职工在由县级以上政府批准后主张优先承包权的不予以支持。

第二，土地流转优先权的行使期限。《解释》第 11 条第 2 款规定本集体经济组织成员"在书面公示的合理期限内未提出优先权主张的"或者"未经书面公示，在本集体经济组织以外的人开始使用承包地两个月内未提出优先权主张的"，不享有优先权，实际上已经明确了土地流转优先权的行使期限：书面公示的，在合理期限内提出；未书面公示的，在本森工企业以外的人开始使用承包地两个月内提出。

2. 土地承包优先权的限制

土地承包优先权并非优先权人的绝对权利，因此不是一成不变或者可以无限期享有。在以下情况下优先权人丧失优先权：一种情况是优先权人超过行使权利的期限。《中华人民共和国农村土地承包法》第 33 条、第 48 条和《解释》第 11 条、第 19 条规定了行使优先承包权的期限，如果优先承包权权利人超过了行使权利的期限，就意味着权利的丧失。在其他方式承包中，土地承包优先权应在本集体经济组织成员的村民会议 2/3 以上成员或者 2/3 以上村民代表的同意，并报经乡镇人民政府批准前提出；在发包方将农村土地发包给本集体经济组织以外的单位或者个人，经法律规定的民主议定程序通过，并由乡（镇）人民政府批准后主张优先承包权的，不予支持。在土地承包经营权流转中，下列两种情况下，本森工企业的成员不享有优先权。

第一，在书面公示的合理期限内未提出优先权主张的，不享有优先权。土地承包经营权人在流转经营权时有义务通知本经济组织的成员，以便让成员决定是否行使优先权。公示这种方式比较经济，成本低廉，但公示时应该注意地点和形式，一般应该在村委会办公所在地以书面的方式公示，以便让成员知晓。

同时，还要给予成员一个合理的期限，以便让其决定是否行使优先权。至于期限是否合理，要根据具体情况决定，因为我国是一个多民族国家，国土辽阔，各地情况千差万别，所以司法解释没有对公示中优先权行使的期限作具体规定，审判时应该根据案件的具体情况决定。在成员知晓某户要流转土地承包经营权时，如果成员在书面公示的合理期限内提出优先权主张的，其权利应该得到保护。相反，如果成员在书面公示的合理期限内未提出优先权主张的，则其行使优先权的条件已不具备，其优先权消灭（黄松有，2005）。

第二，未经书面公示，在本经济组织以外的人开始使用承包地两个月后提出优先权主张的，不予支持。如果土地承包经营权人流转经营权时没有履行通知本集体经济组织成员的义务，那么成员有权要求行使优先权。如果在本经济组织以外的人开始使用承包地两个月内优先权人提出优先权主张的，其主张应该得到支持。相反，如果在本经济组织以外的人开始使用承包地两个月后才提出优先权主张的，其主张就不应该得到支持。因为在本经济组织以外的人已经实际使用承包地时，本经济组织成员就应当知晓该情况，在长达两个月的时间内都不提出优先权主张，那么表明本经济组织成员已经放弃了优先权，默许了本经济组织以外的人对该土地进行承包经营。这时如果再允许本经济组织成员享有优先权，对本经济组织以外的人也不公平。本经济组织以外的人已经在土地上有一定的投入，如果再允许成员行使优先权，就不利于土地流转关系的稳定，也不利于社会的稳定。

此外，林地承包优先权是一种权利，权利人可以行使该项权利，也可以放弃该项权利。权利人放弃优先承包权的表示行为一旦作出，不管是否到达发包方或者流转方，都不可撤回。

（二）林地承包经营权应采纳公示成立主义

我国对林地承包经营权实行登记制度，这一方面有利于加强对林地承包经营权的管理，另一方面也是由林地承包经营权的法律性质所决定的。结合林地承包经营的法律实践，林地承包经营权应采纳登记要件主义。林地承包经营权在法律性质上属于物权，因而林地承包经营权的发生、变更或者消灭应当符合物权变动原则。

根据物权法理论，物权变动的基本原则是公示、公信原则。所谓公示，是指在物权变动时，必须通过一定方式将物权变动的事实公之于众，从而保护交易安全。所谓公信，是指物权变动一旦依照法律规定的方式进行了公示，则即使依照公示方法表现的物权不存在或者存在瑕疵，但对于信赖该物权存在或者无瑕疵而从事物权交易的主体，法律仍然承认其具有与物权存在或者无瑕疵相同的法律效果。在法国最古老的法律中，土地是最基本的财产，它仅属于自由人，代表着经济权力和政治权力，是财富与王权的来源，“土地的概念甚至表现了人与自然界的某种神秘结合”（Philippe Malaurie et Laurent Aynés，1992）。作为一种永恒存在的财产，土地带有十分明显的家族特点，人们仅得在较为严格的条件下对之进行支配，亦即对土地的支配须经官方的、公开的授权（吕忠海，2005）。这也就是物权的公示、公信原则的体现，可见我国林业立法对林地承包经营权实行登记制度正是体现了公示、公信原则。

根据《中华人民共和国农村土地承包法》、《中华人民共和国森林法实施条例》和《中华人民共和国林木和林地权属登记管理办法》的规定，国家依法实行森林资源登记发证制度。林地承包经营权登记包括初始登记、变更登记和注销登记。依法登记的森林资源所有权、使用权、林地承包经营权受法律保护，任何单位和个人不得侵犯。

依法使用的国家所有的森林资源，按照下列规定登记。

（1）使用国务院确定的国家所有的重点林区（以下简称重点林区）的森林资源的法人或者其他组织，应当向国务院林业主管部门提出登记申请，由国务院林业主管部门登记造册，核发林地承包经营权证，确认森林资源使用权以及由使用者所有的林木所有权。

（2）使用国家所有的跨行政区域的森林资源的自然人、法人或者其他组织，应当向共同的上一级人民政府林业主管部门提出登记申请，由该人民政府登记造册，核发林地承包经营权证，确认森林资源使用权以及由使用者所有的林木所有权。

（3）使用国家所有的其他森林资源的自然人、法人或者其他组织，应当向县级以上地方人民政府林业主管部门提出登记申请，由县级以上地方人民政府登记造册，核发林地承包经营权证，确认森林资源使用权以及由使用者所有的林木所有权。未确定使用权的国家所有的森林资源，由县级以上人民政府登记造册，负责保护管理。

集体所有的森林资源，由所有者向所在地的县级人民政府林业主管部门提出登记申请，由该县级人民政府登记造册，核发林地承包经营权证，确认所有权。自然人、法人或者其他组织所有的林木，由所有者向所在地的县级人民政府林业主管部门提出登记申请，由该县级人民政府登记造册，核发林地承包经营权证，确认林木所有权。使用集体所有的森林资源的自然人、法人或者其他组织，应当向所在地的县级人民政府林业主管部门提出登记申请，由该县级人民政府登记造册，核发林地承包经营权证，确认森林资源使用权。

在按照上述规定进行林地承包经营权初始登记后，林地承包经营权发生变更的，林地承包经营权人应当到初始登记机关申请变更登记；林地被依法征用、占用或者由于其他原因造成林地承包经营权消灭的，原林地承包经营权人应当到初始登记机关申请注销登记。

（三）重视林地地役权的生态功能

设立林地地役权的目的是为了生态系统的平衡和生物多样性保护。设立地役权的目的，是为了获得需役地的利用方便或提高需役地的利用价值。此种利益，不仅包括经济利益，也包括精神或感情上的利益。例如，土地为环境保护和生态建设之用所产生的生态利益。随着全社会日益增长的对环境保护和生态建设等生态公益的需要，在环境保护和生态建设中，采取地役权合同的方式来提高土地的生态价值，正在受到越来越多的重视。与行政命令、强加义务、限制权利的刚性行政管理措施相比，地役权合同方式更加符合法治的要求，也更有利于对公民财产权利的保护。这类环境保护地役权合同的双方当事人的权利义务内容，主要体现为限制与补偿，即地役权人通过合同限制供役地权利人的权利的行使，从而达到提高自己的土地利用价值，而供役地权利人则可以从地役权人那里得到相应的经济补偿，以弥补由于权利受到限制所带来的经济损失。这与传统的地役权的内容有了明显的区别。林地地役权是出于维护生态系统平衡和保护生物多样性的目的而设置的地役权。结合我国生态建设和环境保护的实际，可以包括生态林建设地役权、防沙治沙地役权、退耕还林地役权、自然保护区建设地役权、封山育林地役权和陆生野生动物保护地役权等。

林地地役权制度与生态效益补偿制度紧密联系。在林地地役权关系中，地役权人一般是政府，供役地权利人一般是林地所有权人、林地使用权人和林地承包经营权人。政府作为林地地役权人，在与供役地权利人协商的基础上进行约定，约定内容主要包括：供役地权利人对国家、集体或者个人所有的森林资源进行严格保护；不得砍伐森林和从事对生态环境造成不利影响的资源开发利用活动；在沙化土地、荒山上造林以后不得砍伐；对供役地上危害庄稼和对人身造成威胁的国家保护的野生动物不得猎杀等（张蕾和周训芳，2007）。相应的供役地权利人则可以从地役权人政府那里得到相应的经济补偿，以弥补由于权利受到限制所带来的经济损失。

林地地役权的有偿性使地役权关系的各方在相互协商的基础上解决环境外部成本内部化的问题，它能够协调环境资源的经济价值和生态价值的失衡，能够彰显环境资源的生态价值，体现环境公平的原则，促进了社会各方保护环境的积极性。

三 丰富森林资源担保物权的抵押形式

（一）林木单独抵押立法规范的借鉴与适用

在以德国法为代表的大陆法系民事立法认为，由于农作物、林木属于土地的出产物，即天然孳息，因此在其没有与土地分离之前属于该土地一部分。例如，《德国民法典》第 94 条第 1 款第 2 句规定，种子自播种时起，植物自栽种时起，成为土地的重要成分。《中国澳门地区民法典》第 195 条第 1 款也规定，附于土地上之树木及天然孳息属于不动产。既然依据传统民法理论，尚未与土地分离的农作物属于土地的成分，只有在以土地抵押时才会导致抵押权效力及于农作物的法律效果。简言之，土地使用权或者农村土地承包经营权的抵押必然会导致那些与土地尚未分离的林木、农作物被一并抵押，二者不可分别设定抵押权。本条之所以规定土地使用权或者农村土地承包经营权与土地上的林木、农作物可以分别设定抵押权，也可以一并设定抵押权，主要理由在于：①通过将农作物、林木在法律观念上与土地相分离，充分赋予农民更多的融资担保的途径，以便于发展农业生产；②农作物、林木等虽然与土地尚未分离，属于土地的一部分，但是其在收割或采伐后具有独立的使用价值与交换价值，因此在其尚未与土地分离前设定抵押权并不会对抵押权人的权益造成不利的影响。

通过考察其他国家的民法典发现，关于林木与林地的关系及其在抵押关系上的处置，有两种立法例。一是一体主义的立法例，即将土地和土地的出产物视为一体，两者是不可分离的一个不动产，土地抵押将导致土地的出产物被一并抵押。例如，如上所述《德国民法典》第 94 条规定，其在法律上应“完全适用于土地的法律规制”。日本一般也认为林木属于土地的一部分，不是独立的物，不过日本《关于林木的法律》第 2 条规定：“林木视为不动产”（第 1 款），“林木的所有权人，得将林木从土地分离转让或者以其为抵押权的标的”（第 2 款）。二是分别主义的立法例，即将土地和土地上的定着物分别视为各自独立的不动产，可以分别抵押。例如，《韩国民法典》第 288 条规定；“土地之上的建筑物或树木”，可以与地上权相分离而成为抵押权的标的。可见，就国外民法典的一般规定而言，在将林木视为地上定着物的国家，林木可以单独抵押；在将林木视为土地的一部分的国家，林木不能单独抵押，但国家可以通过特别法的形式规定林木可以单独抵押（胡玉浪，2007）。

《中华人民共和国担保法》第 92 条规定：“不动产是指土地以及房屋、林木等地上定着物。”该条文包括两层含义：第一，林木属于不动产。所谓不动产，“指不可移动或者移动必然毁损其经济价值之物，包括土地；土地之上的固着物、建筑物；不能与土地分离的物，如土地的出产物、树木、种子、肥料等”（岳庆华等，2003）。第二，林木属于地上定着物。所谓地上定着物，又称为地上附着物，是指“依交易上之观念，以继续的附着于土地，而达其经济上之目的，然尚未构成土地成分之物”（雷加富，2002）。因此，作为一种地上定着物，林木又是一种独立的不动产。作为一种独立的不动产，林木经采伐后具有独立的使用价值和交换价值，因此在其与土地分离前可以与土地相分离而单独设定抵押权。此外，从发展生产的需要看，通过将林木在法律观念上与林地相分离，也能够赋予农民更多的融资担保的途径，促进林业生产的发展。

按照《中华人民共和国担保法》第 41 条、第 42 条的规定，以林木抵押的，只有经过主管部门的登记，抵押权才能成立，抵押合同从签订之日起生效，如果当事人未办理登记，则不得对抗第三人。例如，当林木所有人把林木出卖给第三人时，因抵押物未办理登记，抵押权人便不能以享有抵押权为由而向第三人进行追索。这里值得注意的一个问题是，对于森林资源的特殊性来讲，林木所有权是否与林地使用权共同抵押的问题。从有效利用森林资源产权融资的角度来讲，应该允许林地使用权与林木所有权的分别抵押，林木作为一种可再生的资源来讲，不同于一般意义的地上附着物，因为林地使用权的取得就是为了经营林木获取收益。但是，这样就会产生林地使用权的抵押权人与林木抵押权人的效力问题，从实践当中的可操作性来讲可以这样设定：第一，两者如果一方登记，另一方没有登记，那么登记一方的效力优先，对另一方在作价时可以优先受偿。第二，如果两者都登记的情况下，以登记时间的先后为序，先登记的一方具有优先受偿权。第三，两者都没有登记，则应当规定林地使用权的抵押权人具有优先受偿的权利，因为，林地的使用权是林木经营的基础。

规定林木可以单独抵押，既有其他国家的立法例可资借鉴，也与《中华人民共和国担保法》将林木作为独立不动产的规定相协调，并有利于林业职工融资。《中华人民共和国森林法》第 15 条规定，用材林、经济林、薪炭林及其林地使用权“可以依法转让，也可以依法作价入股或者作为合资、合作造林、经营林木的出资、合作条件，但不得将林地改为非林地”。由于这些林木与其赖以存在的林地使用权都具有可转让性，因此在以这些林木抵押时，应当规定林地使用权可以一并抵押。至于林地使用权抵押时，是否必须将林地上生长的林木一并抵押，专家学者的观点有所不同。与允许林木单独抵押的理由类似，规定林地使用权可以单独抵押较为可取。当然，如果仅以林地使用权抵押而未将林地上生长的林木一并抵押的，抵押权人行使抵押权时，只能在林地使用权与林木一并变价、分割价金后，才能就有抵押的债权优先受偿。

（二）抵押权与承包经营权冲突的解决

在林地征用过程中，《中华人民共和国担保法》并没有规定这种情况下抵押权人权利救济的方式，但根据《中华人民共和国土地管理法》、《中华人民共和国森林法》规定，国家因建设需要征用林地的情形下，按林地的种类给予补偿，其补偿费含土地补偿费、安置补助费及地上附着物、青苗补偿费（即林木补偿费）。由于土地补偿费归政府或国有森工企业所有，而安置补助费作为安置人员的专项费用支出，是提供给失地之后农民的生活保障，对这两部分补偿金，抵押权人无权优先受偿。只有林木补偿费归林地的原承包经营者所有，也就是说抵押权人仅能就归抵押人所有的林木补偿费优先受偿，行使物上代位权。在国家提高征收土地的补偿标准的情况下，归属于土地承包经营者所有的补偿金，抵押权人亦有权在担保债权的范围内，获得优先受偿。

现行的法律规定，限制了森林资源物权抵押的独立性，使抵押担保的功能降低，交易安全难以保障。若林地的承包经营权被收回而导致抵押权的消灭，抵押权人得不到任何的救济，明显有违诚信之原则，不利于抵押权的保护，故不应认为抵押权消灭。首先，在林地的承包经营期内收回承包经营权是一种民事行为，是林地的所有权人解除承包合同的合同行为，而抵押权是物权行为，根据物权优于债权的原理，抵押权应当优先受偿，故其收回行为不能对抗抵押权人。其次，森林资源物权设立抵押并登记后，该抵押即具有公信力，其公信力旨在维护商业信誉及维护抵押权人的交易安全，可对抗任何的第三人，一旦发生违反公信力的行为时，该行为的效力不能对抗具有公信力的抵押行为的效力。基于上述的效力，发生林地承包经营权收回的情形时，抵押权人可以主张经登记的效力，排斥未登记权利的主张和其他债权，并优于其他的权利受偿。

另外，针对目前限制承包经营权的抵押的规范也应调整。首先，设立抵押权并不是转移所有权，抵押权因为债务得不到偿还而具有或然性。林区职工没有什么财产可以作为有效的担保，因此，职工贷款、融资很困难，无法进行更大的林业投资，限制了林业的发展。其次，职工在急需资金时，如果不能通过林地承包经营权抵押贷款，他们只有把承包经营权有偿转让，这个时候林区职工才会在真正意义上失去林地承包经营权。再次，林区职工用林地承包经营权做抵押担保，未必一定向银行贷款。在林区的实际中，职工的融资方式更多的还是通过民间借贷的方式来实现。国家为银行利益的考虑而限制承包经营权的抵押，显然是过多地考虑了以国有银行为主体的银行业的利益。

四 构建林木采伐权准用益物权制度的设想

（一）林木采伐许可的法经济学观点

林木采伐许可证可否作为物权法意义的“物”，用物权法来加以规范，是摆在我们面前的一个新课题。许可包括民事许可和政府许可。民事许可是指拥有某种民事权利的人授权他人在特定时间、地点以一定条件使用某种财产或行使某权利。政府许可分为两类：一类是资源利用许可，即政府将由国家所有的资源许可他人使用，它是集中的国有资产得以分散利用的途径；这类许可本质上属于民事许可范畴（因它是国家以资源所有权人身份进行的许可）。第二类许可是行为许可，即政府对个人或法人从事某种活动的权利的准许；从一般营业许可，到特殊行业许可，再到各种贸易机会的分配均属于此类。此类许可属于行政许可范畴。一般认为，许可本身不是民法上的财产。但是许可却可以给被许可人带来利益甚至是巨额利益，在现实中许可还可以被用来抵押或质押甚至转让等（高富平，2005）。

林木采伐许可证是采伐林木的单位或个人依照法律规定办理的准许采伐林木的证明文件。根据前述的分析，林木采伐许可证属于资源利用许可，制定林木采伐许可证制度的主要目的，就是要对用材林森林采伐进行控制，制定合理的年采伐限额，宏观控制森林资源消耗，保证实现森林资源的永续利用。森林资源的稀缺性必然会使林木采伐许可的稀缺，在经济学领域，稀缺即产生价值，即产生财富和资源，这样林木采伐许可就表现为市场资源或机会的分配。通过林木采伐许可的行为可以限制人们采伐林木的自由，获得采伐许可者可以享有采伐林木的特权，可以通过采伐林木获取利益，没有获取采伐许可者则不能享有采伐林木的特权，不能通过采伐林木获取利益。可见林木采伐许可成为一种可能给被许可人带来经济利益的权利，且这种权利不能无限供给，具有经济价值，成为一种“财产”。许可本身为被许可人创造了一种“事实上的财产权”（波斯纳，2003），但是就林木采伐权而言，这种财产具有地域性和特定性，林木采伐许可证是要经过发证机关通过严格的程序对采伐区域进行综合评价后才能颁发，这就无疑限制了采伐许可证的流通性，根据物权客体“物”的流通属性，可以看出林木采伐许可证无法作为传统物权法意义上的“有体物”。但是在现代社会中，政府通过公权力而产生的私权利，如权利凭证、行政许可等，可以作为“无体物”而视为物权法上的“物”。据此，林木采伐权由于具有经济价值和财产属性的权利，在某种程度上可以通过物权法来调整，“准用”物权法的相关规范。

（二）林木采伐权的准用益物权定位

通过对林木采伐许可的法经济学分析，可以看出，林木采伐许可证作为对林木采伐的资格或权利的凭证，其承载的权利也就是林木采伐权，由于具有经济价值和财产属性，可以“准用”物权法来规范。

目前国内多数学者认为林木采伐权的性质是一种准物权，但是将林木采伐权定性为准物权是不准确的。从我国学者对准物权的基本内涵的定义来看，准物权是由民事特别法或者行政法规定，且其权利必须基于行政命令（许可证）才得以产生，既具有物权一般属性，又附有行政权力特征的民事权利，在法律上即被称为准物权（崔建远，2003）。准物权是内涵广泛、体系开放的物权类型，包括准所有权、准用益物权、准担保物权和物权取得权（王利明，2006）。理论上对准物权的称呼还有“权利物权说”、“特别法上的物权说”、“特别物权说”及“特许物权说”，准用益物权系准物权的一种，为更好地认识准用益物权，把握林木采伐权的准用益物权性质，需对准物权有所了解，有必要对准物权的有关学说进行辨析。

由于准物权体系不像传统物权那样系统，导致对林木采伐权性质的认识模糊。主要是对准物权的认识不系统。国外的立法与物权理论上，虽有准物权现象的存在，但无准物权的名词称谓，通常可以见到的表述是“类似所有权之地位”、“相似于物权的地位”、“附属物权”，“债权的物权化”、“更具有物权性质”，“存在于物权与债权夹缝中的权利”，诸如此类。而在我国台湾与大陆的物权法著述中，准物权及与此相关的准用益物权、准共有、准质权、准占有等名词则颇为常见（王利明，2006）。准用益物权从权利的取得角度来看，系对他人之物的一种使用和收益，因此可以归于用益物权范畴。但是，准用益物权其实并不完全等同于用益物权，它不是私人之间的一种权利安排，不是非所有权人与所有权人之间的权利安排，而是抽象的所有权人与具体的所有权主体之间的权利安排（全国人大常委会法制工作委员会民法室，2007）。

1. “特别法上的物权说”或“特别物权说”是从法源来界定

以物权所依据的法律的不同为标准，有学者将物权分为“普通物权”和“特别物权”。所谓“普通物权”，是指由民法典规定的物权，因此又称为“民法上的物权”；“特别物权”，是指由特别法规定的具有物权性质的财产权。所称“特别法”，是指兼有民法规范和行政法规范的综合性法律，如《中华人民共和国矿产资源法》、《中华人民共和国水法》等。也有学者以“特别法上的物权”来概括矿业权、养殖权和水自然资源使用权。应当认为，其实“特别物权”和“特别法物权”并无根本差异，都是仅仅依法律渊源来进行界定的，并未能反映准物权的本质特征。

2. “特许物权说”带有浓厚行政色彩

有学者认为，准物权的概念不易理解，倾向于把矿业权、水权、渔业权和狩猎权等称为“特许物权”。特许物权之概念使得矿业权等权是经过行政许可而产生的性质一目了然，但这同时也是其缺点之所在，如有些准物权是基于民事事实而产生的（如《中华人民共和国水法》规定的家庭生活用水）。更为重要的是，“特许物权说”的公权色彩浓厚，在中国现实经济生活中资源使用法律关系中的公权色彩过于浓厚的情况下，更不宜采用此学说。

3. 准物权说可以较好地反映其私权属性

所谓“准”字，其汉语字义为“程度上不完全够，但可以作为某类事物看待”（中国社会科学院语言研究所词典编辑室，1998）。据此，“准物权是指某些性质和要件相似于物权，准用物权法规定的财产权。准物权实际上不是物权，由于这些财产权与物权、债权相比较，性质和成立要件上相似于物权，因而法律上把这些权利当作物权来看待，准用民法物权的规定”（谢在全，1999）。以“准”字表明作为标志的概念与原来的概念之间共性大于个性，且处于法律关注的地位，其法律效果基本上相同。准物权的个性只是在符合物权基本属性前提下的特殊性，权利的取得一般依特别法规定的特许程序，权利的行使通常受较强的行政干预，此概念可以较好地反映自然资源使用权的私权性质（李显东和唐荣娜，2007）。

由此，准用益物权是指性质和要件与用益物权相似，准用益物权的财产权。林木采伐权客体是林木资源，而资源之所以是民法上的物或财产，可以成立独立的物权。可见，林木采伐权从客体内容、取得方式、资源性特征来讲应属准用益物权无疑。

（三）林木采伐权的立法思路

《中华人民共和国物权法》的颁布并没有将林木采伐权纳入其中，在未来《中华人民共和国民法典》制定过程中，应将林木采伐权这一重要的自然资源开采权纳入其中，这样与行政法、经济法形成多层次的立法体系，对林木资源进行保护。由于作为准用益物权的林木采伐权，其公权色彩比较强烈，与行政法、环境保护法甚至刑法密切相关，因此，对林木采伐权的立法规范难以与用益物权进行同样的立法，不能完全按照用益物权的思路来设计林木采伐权，对林木采伐权进行详细的规定。其实正是由于林木采伐权具有用益物权的基本属性，因此物权法将其纳入用益物权体系；同时鉴于准用益物权具有不同于一般用益物权的法律特征，不宜将其完全纳入用益物权的具体规定之中，否则会出现许多例外的规定，势必造成物权法体系的混乱。故为了规范森林资源的开发管理，保护权利人的合法利益，理性的选择自然就只能是在用益物权的一般规定中对其作出一种原则性的规定这样的立法技术上的处理，确认其具有物权。参考王利明（2006）关于准物权的立法思路，林木采伐权的立法思路体现在如下四点上。

第一，明确林木采伐权法定原则。根据物权法定原则，物权的设定必须由法律明文规定。在物权法总则的一般规定中关于物权法定原则的规定，而应许可“其他有关物权的法律”对物权的种类及其内容作出规定；此外，还应设“其他法律对物权的内容、保护等另有规定的，依照其规定”条款，并体现出特别法上无规定的事项，“准用物权法的有关规定”的精神。至于林木采伐权的具体内容，应留归单行法或特别法作出详细的规定。

第二，林木采伐证作为物权的客体“无体物”的规定。罗马法提出了有体物和无体物之分的规则，实际上，罗马法的所有权只适用于有体物，而在讨论无体物时，他们用“权利”的字眼。在所有权诉讼中，原告请求物；而在用益物权或役权诉讼中，原告请求权利。这两种诉讼均属于对物之诉（Burdick）。实质上罗马法的无体物是从人们可以拥有哪些财产的角度提出的概念（高富平，2005）。通过罗马法的研究，在关于“物”的规定中，首先，应明确物权法上所规定的物，原则上限于有体物，并对其概念和不动产、动产的分类作出规定；其次，还应明确在法律有特殊规定的情况下，权利也可以作为物权的客体（特别物）；再次，可以采用法律拟制的方法，将林木采伐许可证“视为物”（拟制物）。

第三，对林木采伐权“准用”用益物权的“一般规定”。由于用益物权是物权种类中最为活跃的部分，而准用益物权也是准物权的主要类型，因此可以在用益物权部分的“一般规定”中，明确对一些重要的自然资源的开发利用问题并可提及林木采伐权的权利名称，以便明确此类权利的地位和法律适用问题。

第四，森林资源准物权的主要内容。具有行政属性的采伐限额制度应当适用准用益物权理论；禁止改变林地用途的强制性规定，可以成为准物权内容。

总之，从所有权、用益物权、担保物权和准物权体系出发，通过对森林资源物权体系的理论补充和制度完善，不仅丰富和发展了物权理论，也借助物权理论解决了森林资源开发、利用和保护的实践问题。摆脱了单纯就林业谈林权的理念禁锢，使森林资源物权法律的内在理论基础和外在程序制度得到结合，为我国森林资源产权制度改革提供了法律基础。

第七章 森林资源产权市场制度体系

国有森林资源产权制度改革为充分发挥市场对森林资源的配置作用提供了前提。但是即使林权明晰，如果忽视林权市场制度的培育，市场失灵仍然可能发生。所以国有森林资源产权制度改革不能仅仅停留在林权的初始界定，产权明晰到人到户或其他经营实体还只是开始，更重要的是产权能够进行交易能够实现流通，真正发挥市场在资源配置中的基础性作用，从而保障产权主体的合法权益、现实权益和长期权益，不断巩固和发展国有森林资源产权制度改革的成果。为进一步促进森林资源产权的流转交易，充分发挥市场在资源配置中的基础性作用，调动各方面的积极性，促进各类生产要素向林业生产领域集聚，培育完善成熟的森林、林木、林地产权交易市场制度体系成为当务之急。

第一节　森林资源产权市场概述

一 森林资源产权市场内涵

森林资源产权交易是指市场主体之间发生的有关森林、林地以及林木的各种权利关系的有偿转让行为。森林资源产权交易市场，主要是指市场主体作为独立的产权主体从事森林资源产权有偿转让的交易场所。界定国有森林资源产权交易市场的前提条件是界定产权，产权具有广义、狭义两种含义，狭义产权一般是指物权，即直接支配特定物并享受其利益的权利；广义产权则包含更多的内容，一般认为应当包括物权、债权、法人和企业财产权、股权、知识产权等各种财产权利（徐秀英和许春祥，2006）。国有森林资源产权交易市场即是为实现上述国有森林资源产权的流转与调剂，由国家、行会和市场制定交易规则，以价格机制为指导，并由中介组织提供中介服务的有形和无形的交易场所。本书所称国有森林资源产权交易市场仅仅是以狭义的产权理论为基础构建的狭义的产权市场。完善成熟的森林资源权交易市场，是集林业产权管理、信息发布、交易实施、中介服务于一体的综合性服务平台。一个良性运转的完善的森林资源交易市场主要由以下几个部分构成。

（1）自主平等、权责明确的交易主体，即谁参加交易。也就是森林资源买卖双方，包括森林、林木、林地供给者、需求者及其他的参与者。森林、林木、林地供给者，即向市场提供交易对象的单位和个人，包括森林资源（森林、林木、林地）所有者、承包者和其他经营使用者。森林资源需求者是指通过林权交易取得森林资源所有权或使用权（及租赁权、抵押权等）的单位和个人，分为森林资源使用者和经营者。

（2）价值化的交易客体，即交易的对象。森林资源产权是市场交易的客体，是一个以森林资源所有权为核心的权利集，包括所有权、使用权、收益权、处置权等。在森林资源产权的交换过程中，有众多的参与交易者。除买卖双方外，还会有出租人、承租人、抵押人、贷款人、经营者、政府主管部门和中介机构。因而，在森林资源产权交易过程中各参与者必然发生以森林资源产权交易为核心的各种经济关系，如资产评估、交易经纪、合同签订、资金结算、办理各种法律手续等。人们交易森林资源产权是为了获得森林资源的未来收益，而其未来收益将因森林资源产权权利分离而在各权利者之间分割。森林资源产权权利是一个以所有权为核心的权利集，它包括所有权、使用权、抵押权、租赁权等。不同权利因其内涵不同而分享大小不等的森林资源收益。因此，森林资源产权交易的客体并不是森林资源本身，而是内涵不同的各种森林资源产权权利。

（3）健全的交易组织，包括交易载体和交易规则。交易载体是指交易的场所和监督管理机构；交易规则是指林权交易必须遵循的各项法律制度和条例等，以保障林权市场的正常运作。

（4）完善的中介服务组织，如资产评估机构、委托代理机构、法律咨询机构等，促进市场服务专业化、社会化，加快林权交易和森林资源的优化配置。

二 森林资源产权市场特点

森林资源市场与一般商品市场比较，具有明显的自身特点，主要表现在以下几个方面。

（1）区域性。由于林地位置的固定性，使森林资源市场具有强烈的区域性特点。各地域性市场之间相互影响较小，难以形成全国性统一的大市场，无法形成统一的市场价格，因为市场价格往往依赖于当地的供给与需求。虽然实力雄厚的投资者可能跨区域大规模交易，但其市场本身的区域性特点并不会消失。

（2）不充分性。一般商品市场参与者众多，自由竞争充分。但森林资源市场在一定时间内可能只有少数购买者和出售者，市场信息的获取也较难，因其总量价值高，需要的购买力大，因而导致竞争不充分。

（3）异质性和非标准化。一般商品市场交易的商品是同质产品，甚至是标准化生产，彼此可以替代。但在森林资源市场上，每宗林地是唯一的，没有任何两宗林地实质上完全相同，无论在树种、结构、蓄积、林龄还是立地条件都是相异和非标准化的。

(4) 供给弹性小。一般商品市场，商品易被消费，也易迅速供给。虽然森林、林木可以再生而增加供给，但培育周期漫长，且林地一般不可再生（特殊情况下非林地变成林地的除外）。因此，从总体上讲，森林资源的自然供给弹性较小。

(5) 政府管制较严。森林资源是国家重要的自然资源，对国家生态安全、国民经济与社会可持续发展关系极大，因而国家对其权利、采伐、加工利用、交易等有较多的严格限制。

(6) 低效率性。由于以上因素，森林资源市场相对于一般商品市场而言，交易效率较低（聂颖等，2008）。

三 森林资源产权市场功能

森林资源产权市场的建立主要实现如下功能。

(1) 信息积聚功能。信息积聚功能是指产权交易市场能提供所有产权交易的信息，沟通买卖双方。市场可以公开价格和其他相关信息，使交易者通过市场建立固定的联络渠道，使具有交易意愿的买卖双方或潜在的买卖双方通过恰当的形式相遇，实现交易目的。

(2) 价格发掘功能。价格发掘功能是指产权交易市场可以形成价格规范。通过市场的建立而进行有组织的交易，发现相关价格的成本大大降低。同时，交易市场也减少了议价成本。市场为交易的达成建立了程序和惯例，使当事人更容易发现什么样的买卖可以成交。一旦交易信息公开后，可以约束交易双方的议价幅度并使价格趋于平均水平。所以，产权交易市场能为潜在的交易者对交易价格做出合理的预期，以减少交易费用、促进交易双方顺利达到双方满意的交易价格。

(3) 制度规范功能。制度规范功能是指产权交易市场对产权交易过程中所发生的各种行为提供规范。包括产权交易信息的形成与传递，公开交易行为，价格规范，公平竞争等制度的建立。

(4) 中介服务功能。中介服务功能是指产权交易市场通过实行市场交易委托代理制，简化产权交易手续，缩短产权交易过程，提高产权交易效率。同时，培育中介服务机构，提高经纪人员的业务素质。

四 森林资源产权市场的作用

1. 林权流转有利于推进林业规模化、现代化进程

森林资源产权制度改革的总体思路是“稳定所有权，强化使用权、收益权

及转让权，并把使用权上升为物权”，即要将森林资源产权分散给家庭、企业等主体，以调动社会各方面关心林业和经营林业的积极性。但分户经营易造成林业生产经营上单一化、分散化及小块林地经营的弊病，而林业经营的长周期性及经营成果和相应效益的多样性特点决定了对规模经营的要求较高，无论是造林、防火、病虫害防治、道路修建等都是分户经营所无法适应的。为此，要培育森林资源产权市场，通过森林资源自愿、等价、有偿的流转，使林地与劳力、技术、设备、资金等生产要素实现优化组合，促进森林资源的合理配置，推动林业的适度规模经营。林地小规模的家庭经营必然导致林业的兼业化，兼业化必然导致林地利用率低，林业固定资产利用率低，工作效率低，生产成本高，同时小规模经营也使产、供、销的成本大幅度增加。为了提高林地利用效率，提高单位面积产出，必须推行林地适度规模经营，这是现代林业发展的必然规律。世界银行一份研究报告指出，当人均 GDP 低于 500 美元时，农民以分散的自给自足土地经营为主，当人均 GDP 大于 1000 美元之后，土地的商业运用和市场价值才能显现出来，表现在土地拥有者有转让土地的愿望，土地经营者有扩张规模的需求，二者的共同作用形成了土地的集中效应。以此为标准，我国人均 GDP 已超过了 1000 美元，已经具备了土地适度规模经营的条件。林地作为土地的重要组成部分，土地的经济规律必然作用于林地，甚至直接影响到林地的资本化运营。在我国福建、广东、江西等省出现的大规模林地流转现象，就在一定程度上反映了这一经济规律。因此，通过市场机制，对林地合理流转，从而达到对林地的相对集中经营，是现代林业发展对林地适度规模经营的要求，也是我国林业由传统林业向现代化林业转变的重要标志。

2. 培育森林资源市场是健全市场体系，完善社会主义市场经济体制的需要

农村改革的目标趋向是市场化。市场经济是以市场为配置资源的基础性手段。市场经济的正常发展和各种生产要素的有效配置，有赖于完整的市场。完整的市场包括消费品市场、生产资料市场、劳动力市场、资本市场、技术市场等。市场机制也只有在一个完整的市场体系中才能充分发挥作用。我国改革开放后，首先建立的是消费品市场，继而开放劳动力市场、部分生产资料市场。目前，技术市场、资本市场等正在建立和完善。森林资源是一种重要的生产要素，在市场经济条件下，其配置必须要反映市场经济的内在要求，形成市场化的森林资源配置方式。若把森林资源排除在市场体系之外，则无法正确地进行经济核算，就形成不了完整的市场体系。如果这一要素市场发展滞后，对许多经济、尤其是农村经济、林业产业经济就会产生阻碍和制约。

3. 森林资源市场建设有利于森林资源由生产营运向资本营运跨越

随着社会主义市场经济体制的确立，在林业的发展过程中，人们已不满足于森林资源的实物量管理，进而要求转化为价值量管理。森林是商品，一种特

殊的商品，具有商品属性，应作为资产来运营。在实践中森林资源以其资产特性大量出现在市场运行中：林业生产中的合作、合资、联营造林，林地使用权有偿转让，作价入股，国有林场股份制改革，以林木、林地作为资产抵押，取得用于林业发展项目的银行贷款等。这些市场运作行为既有利于合理开发利用现有的森林资源，又有利于森林资源各要素间的合理配置，更有利于森林资源由生产营运向资本营运的跨越，促进森林资源的可持续利用。

4. 有利于减轻林业职工负担，增加个人收入

森林资源交易市场建立以后，林业职工可以通过市场随时变现自己的林木，变长期收益为现实收益，变期望价值为市场价值，增加个人收入，也可以将林地转让出去让别人造林，从而把广大职工从造林重负中解脱出来，为构建社会主义新林区奠定坚实基础。

5. 林权流转是林业经济利益实现的重要形式

在计划经济体制下，林地只能作为一种公有生产资料使用，而不能作为具有财产特性的商品进行流动，其市场价值没有得到充分体现。在市场经济条件下，随着林业经济体制和林地使用制度改革的深化以及林地市场的建立和逐步完善，林地由过去的无偿、无期限、无流动的使用制度改革成为有偿、有期限、可流动的使用制度。“土地是商品、是财富，并能生财”的观念已被人们所认识。尤其是近年来，由于对市场木材的需求存在长期较高预期，企业投资造林的积极性高涨，已经有许多企业将投资眼光转向林业，其核心的原因是看中了我国林地市场的巨大潜在价值。这种对林地的需求，一方面，为林地入市提供了前提条件，使林地流转成为现实；另一方面，又加剧了林地市场供需矛盾，林地自身价值的驱动是林地入市的内在原因（樊喜斌，2006）。

第二节　森林资源产权市场交易制度

一　森林资源产权交易市场的结构

森林资源产权交易市场按照交易要素的不同可分为一级产权交易市场和二级产权交易市场。这两个产权交易市场共同构建了完整的国有森林资源产权交易市场结构（沈世香，2006）。

1. 森林资源产权的一级交易市场

国有森林资源产权一级交易市场的交易主体限于国家、企业与个人之间，在国有森林资源产权制度改革中，个人主要限制在国有林业职工。一级交易市场的交易对象是比较完整的林权，包括林地使用权和林木所有权。由于一级交

易市场的交易属于林权的初始分配，所以国家在分配政策上要有严格的限制，特别要限制林地的用途，保证国有森林资源安全。

2. 森林资源产权的二级交易市场

国有森林资源产权二级交易市场的交易主体主要体现在个人与个人、企业与企业、个人与企业之间，这里的个人既可以是国有林业的职工，还可以是其他的投资者，这样可以更好地吸引林业经营的资金，交易的形式也可以多样化，可以采取转让、租赁等多种形式。在这一级市场上，国家应当赋予交易主体更多的自主权，国家则只进行宏观的指导和监督。交易对象也比较多样，可以将一级交易市场的林权进行适当的分解进行交易。

3. 市场内部结构与功能

森林资源产权交易市场内应该设立林权登记管理中心、林木收储中心、森林资源评估中心、林木交易中心、林业科技与法律服务中心等。各机构的设置及职责如下。

A. 林权登记管理机构

林权登记管理机构职责：负责林木林地权属的初始与变更登记和动态管理，依法保护林权所有者的合法权益；负责林木产权流转管理，为林权流转交易提供咨询、信息及办理相关手续等服务，建立流转平台；负责林权证抵押贷款管理，为林权证抵押贷款提供登记、出具抵押登记证服务；负责为林农提供发布林业法律、法规和政策信息，收集和公布林权流转供求信息、木材及林产品市场价格信息、林权证抵押等有关信息服务。

B. 林木收储机构

林木收储机构职责：负责处置林权证抵押贷款过程中出险项目的林木资产，确保林业贷款项目本息的回收，进一步完善林业投融资机制和信用建设；负责对委托的林木资产进行管护，确保林木资产价值；负责与出险项目业主进行协商，确定收储价格；负责确定底标价对外挂牌拍卖；负责对拍卖所得进行分配。

C. 森林资源评估机构

森林资源评估机构职责：接受林权单位或个人的委托，开展森林资源资产转让、拍卖、抵押、企业联营、合资、兼并、租赁、清算等涉及森林资源资产及相关资产的价值评估服务。

D. 林木交易机构

林木交易机构职责：负责提供国内各类企业、个人的林木产品及其制品、加工设备的交易洽谈场所，撮合交易成交；负责收集、发布林木产品及其制品、加工设备的交易与价格信息，为交易双方提供信息平台；负责林木林权拍卖标的物的事前审核、发布拍卖公告、组织竞买人现场勘验、报名、领取招标文件，并委托拍卖行对林木林权标的物进行拍卖交易。

E. 林业科技与法律服务机构

林业科技与法律服务机构职责：负责林业实用技术的推广应用指导，及时处理和解决森林经营者在林业生产中出现的技术疑难问题；负责对林业法律、法规、政策的咨询服务，做好经营者的来访接待工作；提供林业现场技术鉴定服务，为司法部门提供依据。

二 国有森林资源产权交易市场的规则

我国森林资源产权市场不健全的表现之一是森林资源产权市场交易规则缺失。由于缺乏相应的市场规范，交易缺乏透明度和公平性，社会交易成本极高。

市场规则是国家凭借其政权力量，按照市场运行机制的客观要求制定的以法律契约、公约形式确定下来的市场参与者共同遵守的行为准则和规范，是市场正常运行和健康发展的保证。森林资源产权市场的正常运行和健康发展也离不开完善的市场规则。维系森林资源产权市场正常秩序的市场规则主要包括市场进出规则、市场交易规则、市场竞争规则（谢在全，1999）。

（一）森林资源产权市场的进出规则

森林资源产权市场的进出规则就是指森林资源产权市场主体和客体（森林、林木、林地产权）进入或退出市场的法律规范和行为准则，包括两类规则：一是市场主体进出规则，二是市场客体进出规则。森林资源产权市场进出规则实际上是对市场主体或客体能否进入或退出市场进行评判。也就是说，具备什么条件的市场主体可以进入或退出市场，哪些客体可以进入或退出市场，都要在市场规则上反映出来，由市场进出规则确定。森林资源产权市场进出规则既可以通过把那些不符合进入市场的市场主体及客体拒之于市场之外来维护市场的有序运行，又可以通过不允许那些应该在市场之中的市场主体及客体退出市场来维护市场的有序运行，总之是要把影响市场秩序的所有因素都阻止于市场之外。

一是森林资源产权市场主体进出规则。市场主体的进出行为是推动竞争而制约垄断的力量。一个社会应当尽可能地减少市场进出的障碍而扩大其自由度，以形成竞争性较强的市场结构。

（1）规范森林资源产权市场主体进入市场的资格。也就是说，要对森林资源产权市场主体进行统一、全面的资格审查及明确市场主体应有条件，确认森林资源产权市场各个主体的合法身份，并且应由政府有关部门颁发一定的证明（如营业执照、经营许可证、经纪人证书等），方能进入市场进行经营活动。一切非正规的市场主体不得进入市场。

（2）规范森林资源产权市场主体的经营功能。也就是说，森林资源产权市场主体在进入市场之前，都必须明确其经营范围、经营项目、经营渠道，并且要实现规范化，不能随意变更。

（3）规范森林资源产权市场主体的责任和义务。也就是说，森林资源产权市场主体必须按照市场规则的有关规定进行合法经营、照章纳税，必须自觉接受工商管理部门、财政和银行部门的监督管理。

（4）规范森林资源产权市场主体退出市场的行为。也就是说，森林资源产权市场主体退出市场要符合市场进出规则的有关要求，不能随意进行，以保证市场供求格局的合理性，防止因某些市场主体退出而造成市场垄断和市场缺位。

二是森林资源产权市场客体进出规则。在进入市场的准入条件方面，森林资源具有自身的特殊性，应当根据商品林与公益林的不同经营目的、林木所有权与林地使用权的不同性质规定不同的市场进入规则。

（1）商品林允许进入市场。商品林是以提供林产品为经营目的，采取市场运作，这是市场经济的客观要求，但进入市场的必须是产权明晰、界址清楚的山林。凡产权有争议的山林不得进入市场交易。林地属国家所有，林地使用权的流通不是所有权的让渡而是使用权的转移。由于使用权是有期限限制的，不可能一次购置、永久使用，同时林地的用途也不能改变，所以林地使用权的转移是有限的权利让予，与所有权的转移存在着明显差异。

（2）公益林不进入市场。公益林以生态效益为主，采取政府运作。如果允许市场流通，购买者必然追求最大经济效益，难免急功近利，产生短期行为，造成森林资源的破坏，因此，公益林不应进入市场交易。

（二）森林资源产权市场交易规则

森林资源产权市场交易规则是森林资源产权交易各方在交易中所应遵守的原则和行为规范，是确保市场秩序的重要市场规则，它具有四个方面的规定性：一是自愿，二是互利，三是约定，四是市场交易的非人格性。正如马克思所说“它使人与人之间除了赤裸裸的利害关系，除了冷酷无情的‘现金交易’，就再也没有任何别的联系了。”

一是规范森林资源产权市场交易方式。协议转让、拍卖、招标等都是森林资源产权交易的方式，也可以采取法律法规规定允许的其他方式，前提是要求市场交易方式规范化、公开化，一切交易活动都要在有组织的市场上公开进行，明码标价，公平交易，不容许幕后活动与黑市交易。

二是规范交易行为。对森林资源产权交易的程序、必备手续等做出明确的规定。具体包括森林、林木、林地交易合同的签署，森林资源产权交易凭证的出具，办理林权变更的程序，林权项目信息的公开，交易的收费标准，纠纷的解决，对扰乱交易行为的处罚措施等。总之一方面是要求交易双方规范地进行交易活动，禁止各种非正当交易；另一方面是为双方的规范交易创造良好的环境条件。

三是规范交易价格。价格规范化是森林资源产权市场交易有序化的重要内容和基础，市场混乱往往突出表现为价格的混乱，因而森林资源产权市场交易规则必须把规范价格作为重要的内容。市场交易规则要明确价格形成制度，对于包括作价原则、作价方法、申报和监督制度在内的一整套价格形成过程，都要做出明确规定，不允许任何交易者违背价格形成制度。市场交易规则规范交易价格的核心，是防止无根据定价，牟取暴利及不必要的转手加价。通过规范价格，可以达到市场运行有序化的目标。

（三）森林资源产权市场竞争规则

为使森林资源产权市场有序有效地运行，竞争本身也必须是有序的，市场竞争要求市场主体之间进行平等的交换，平等地进行各种市场竞争，即机会均等、公平竞争。所以，需要制定相应的竞争法规或制度，以对市场竞争进行规范。森林资源产权市场竞争规则是以法制形式维护公平竞争的规则。

实践证明，公平竞争是市场有序化的基本要求，没有公平竞争，就不可能实现优胜劣汰，也就不可能发挥市场的积极作用。

森林资源产权市场竞争规则要反映公平竞争的内在要求，其中主要是：①使森林资源产权市场主体都能够机会均等地按照统一市场价格取得生产要素；②使森林资源产权市场主体都能够机会均等地进入市场并按照市场状况自主地出售自己的商品，包括机会均等地制定价格和确定销售地区等；③使森林资源产权市场主体都能够平等地承担税负及其他方面的负担，没有任何优惠或不公正的负担；④维护所有方面的平等竞争，如劳动者之间的就业机会均等和经营机会均等。也就是说，森林资源产权市场竞争规则必须充分反映公平竞争的全部内在要求，以保证森林资源产权市场的公平竞争。

根据公平竞争的内在要求，森林资源产权市场竞争规则必须从三个方面规范竞争，使公平原则得以贯彻其中。

首先，要保证森林资源产权市场主体有公平的竞争环境，禁止垄断及各种非公平因素。其中主要包括：一是要创造公平竞争环境，不允许任何人强买强卖，欺行霸市，或者拉关系“走后门”，暗箱操作。二是每宗森林产权出让，都要在“森林产权交易市场”挂牌（至少 20 个工作日），发布产权交易信息，寻找更多的求购者。凡有经营能力的农民、城镇居民、社会团体和企业法人都可以参加竞标取得森林资源的林木所有权和林地使用权。三是应当采取竞标的方式成交。资产的价格在专业评估的基础上进行标价，通过购买者的竞价，使出价最高者获得标的物。

其次，规范森林资源产权市场主体的竞争行为，禁止市场主体的非法竞争行为。应禁止的非法竞争行为主要有：用虚假广告和欺骗资料来招揽顾客；散布有关竞争对手的不符合事实的流言飞语；阻止第三者同竞争对手的不正常业务往来；采用不正当的手段压价供应；单方面地把风险强加给弱者；把回扣和行贿等不正当行为作为竞争手段等。

最后，规范交易的森林资源商品，严格按照国家的有关规定来确认上市的森林、林木、林地，防止不符合要求的森林、林木、林地进入市场。其中主要是：①要求森林、林木、林地规格等实行标准化；②要求森林、林木、林地质量、计量标准、构成成分、性能及等级公开化。

第三节　建立市场化的资产评估制度

一　建立森林资源资产评估组织体系

森林资源资产评估是防止国有资产流失的重要环节，是森林资源产权改革的前提，是我国经济发展的需要。当前我国没有专门的森林资源评估机构，森林资源资产评估只能由一般资产评估所进行，不能满足森林资源资产评估特殊性的要求，因此应单独设立专门的森林资源资产评估组织，以适应森林资源资产评估的客观需要（陈志红，2005）。

要建立市场化的国有森林资源资产评估组织，就要改革现有的一元单一的国有森林资源资产评估体系。现有国有森林资源产权改革过程中，资产评估公司的性质具有行政因素，在评估的过程中难免出现程序上的不公正。为此，建立两级多元的国有森林资源资产评估组织体系势在必行。

所谓两级多元的资产评估组织体系，就是在资产评估机构的设置上，第一是采取省、市两级资产评估机构并存的模式，在资产评估机构的成立条件上进行严格的控制，两级资产评估机构的准入条件要有分别，但是在市场交易中，这两级资产评估机构的法律地位是平等的。第二是在每一级资产评估体系中都要有多家资产评估机构并存，这样可以保证申请资产评估的个人或组织可以有选择的权利，确保评估的公正、公平和公开。两级多元资产评估组织体系的建立要进行严格的资格审查，防止评估瑕疵，确保产权改革的顺利进行。

二 森林资源资产评估标准

森林资源资产评估目前还只停留在理论层面，实际操作层面只是对林地资产（也称林木资产）进行评估。林木资产评估标准就是对林木资产进行评估所适用的不同价格准则，是林木资产评估价值形式上的具体化。林木资产在价值形态上的计量有多种类型价格。目前国际通用的价格标准有：历史成本、重置成本、收益现值、现行市价等，这些不同类型的价格分别从不同角度反映林木资产的价值特征，这些价格不仅在质上不同，在量上也存在较大的差异，而作为林木资产评估所要求的具体估价标准却是唯一的，否则就失去了正确反映和提供价值尺度的功能（顾汉生，2006）。因此，我们要根据林木资产的评估目的，确定林木资产评估所适用的价格类别。

1. 林木资产评估的历史成本标准

历史成本，即林木资产在构建时所支付的货币资金或其他等价物。历史成本标准在“不变币值”的假定下，对林木资产的计价，特别是新造林资产具有普遍的适用性，同时也是会计核算的重要标准，它反映了林木资产在取得过程中实际支付的费用价值，具有较强的客观性和可靠性。

2. 林木资产评估的重置成本标准

重置成本是指在现实条件下，按照被评估的林木资产的功能重置林木资产，并使资产处于在使用的状态下所耗费的成本，即按照被评估的林木资产的重置成本，减去有形损耗、功能损耗和经济损耗来确定林木资产重估价值的一种计价标准。重置成本的构成和历史成本一样，也是反映林木资产建造过程中的全部费用的价格，只不过它是按现有的技术条件和价格水平来计算的。

3. 林木资产评估的现行市价标准

现行市价是林木资产在交易时市场上通行的价格。现行市价标准准则是以林木资产在目前情况下的市场变现价格为基础来估算的一种计价标准。采用现行市价标准必须有该项林木资产的公平交易市场。现行市价标准与重置成本标准都是要求林木资产的公平市价，但它们计价的角度不同，重置成本标准是从投入的角度来评估资产的价格，而现行市价标准是从收入的角度来评估资产的价格，即假定被评估的林木资产按现行市价变卖能获得多少收入。因此，本方法适用于林木资产流转、抵押、入股的项目的资产评估。

4. 林木资产评估的收益现值标准

根据被评估林木资产合理的预期获利能力的大小，以适当的折现率计算出林木资产未来收益折成的现值，并考虑其他相关因素，确定林木资产重估价值的一种计价标准。收益现值标准适用的前提条件是林木资产必须投入使用，同时投资者的目的是为了获得预期收益。这种方法符合经济果林和景观林的资产特点，适用于景观林、经济果林。

三 国有森林资源资产评估方法

1. 现行市价法

现行市价法是以已经成交的实例为基础，按照被估林地特点运用各种系数对其进行调整计算出被估林地价值的方法。其计算公式为

$$B_{\mathrm{U}}=K_1\times K_2\times K_3\times G\times S \tag{7-1}$$

式中，B_{U} 为林地价；K_1 为林地质量调整系数；K_2 为物价指数调整系数；K_3 为其他各因子调整系数；G 为参考案例的单位面积林地交易价格；S 为被评估林地面积。

由于我国林地资产的所有权归国家、集体所有，因而林地的经营者一般只有其经营权。故买卖实例很少，并且我国各地经济发展极不均衡，各地相差较大，系数也很难测算。因此，此法不太适合我国国情。

2. 林地期望价法

林地期望价法是以实行永续皆伐为前提，并假定每个轮伐期（M）林地上的收益相同，支出也相同，从无林地造林开始计算，将无穷多个轮伐期的纯收入全部折为现值累加求和值作为评估森林资产的评估值。其公式为

$$B_{\mathrm{U}}=\frac{A_{\mathrm{U}}+D_a(1+P)^{u-a}+D_b(1+P)^{u-b}+\cdots-\sum_{i=1}^{u}C_i(1+P)^{u-i+1}}{(1+P)^u-1}-\frac{V}{P} \tag{7-2}$$

式中，A 为现实林分 U 年主伐收入时的纯收入（指木材销售收入扣除采运成本、销售费用、管理费用、财务费用、有关税费以及木材经营的合理利润后的部分）；D_aD_b 分别为第 a 年、第 b 年间伐的纯收入；C_i 为各年度营林直接投资；V 为平均营林生产间接费用（包括森林保护费、营林设施费、良种实验费、调查设计费以及其生产单位管理费、场部管理费和财务费用）；P 为利率；u 为轮伐期的年数。

式（7-2）是按复利计算将无穷多个轮伐期的收入和支出全部折现值累加求和得到。由于此法是以资产的潜在收益为基础的，利用林地未来期间的收益来估计林地的价值，并且在估计林地的收益时主要考虑的是林木的收益而未计算其他林产品的价值，因此主要用于同龄林林地资产的评估。

式（7-2）中有很多地方是评估得出的，存在很多人为因素。例如，林地的主伐纯收入和间伐纯收入均需要进行预测。它与木材质量、供求关系、国家政

策等很多因素有关。另外，利率的确定也需要专业的测定。

目前林地资产评估中的主要方法还是林地期望价法，它虽然也存在很多假设和估计，但由于以往交易比较多，数据容易获得，故计算的结果说服力较强。应该注意的是，在确定林地资产价值时，要以市场中需求与供给所确定的价格为基础，综合考虑能引起其价格变动的经济、社会、行政等因素后，再确定合理的评估价格。

3. 年金资本化法

林地资产评估中的年金资本化法是以林地每年稳定的收益（地租）作为投资资本的收益，再按适当的投资收益率求出林地资产的价值的方法。其公式为

$$B_U = A/P \tag{7-3}$$

式中，A 为年平均地租；P 为投资收益率。

年金资本化法应以平均地租为基础，在确定平均地租时要用近几年的平均值，剔除过高或过低的地租的影响，尽量减少通货膨胀的因素。

4. 林地费用价法

林地费用价法是用取得林地所需要的费用和把林地维持到现在状态所需的费用来确定林地价格的方法，其公式为

$$B_U = A \times (1+P)^n + \sum_{i=1}^{n} M_i (1+P)^{n-i+1} \tag{7-4}$$

式中，A 为林地购置费；M_i 为林地购置后，第 i 年林地改良费；P 为利率；n 为林地购置年限。

这种方法仅适用于林地的购入费用较明确，并且购入后进行一定程度的改良，但又尚未经营的林地。但林地购入后一般要进行经营，此法就很难反映林地的实际价值，故在工作中很少使用（刘晓华和刑大为，2004）。

5. 林地期望价修正法

在借鉴林地期望价法和地租资本法的基础上，充分考虑影响林地资源资产价值的林学质量和林地经济质量因素，提出了林地期望价修正法。采用林地期望价法确定平均地价和平均地租，同时根据评估实际情况确定标准地租，再用数量化得分值与地利等级修正值对标准地租进行修正，从而实现对各小班林地资源资产地租的评估，并依据有限期林地地租资本化法计算有限期林地使用费。具体步骤说明如下。

(1) 平均地租的确定。按被评估地区林木生长的平均水平，原木和综合材的出材率，按当地规定的现行林价及山林地租标准，用林地期望价法测算平均林地期望价，从而确定林地平均地租，计算公式如下：

$$B_U = (A_U \times q) / [(1+p)^n - 1] \tag{7-5}$$

$$R_U = B_p \times P \tag{7-6}$$

式中，B_U 为林地期望价；A_U 为主伐时规定林价收入；P 为投资收益率；R_U 为林地的平均地租；q 为林价中的山价比例（福建省规定为10%～30%）。

（2）标准地租的确定。标准地租，即立地质量最好（得分值100）时林地的地租，一般按平均地租上浮一定的比率来确定，在实际运作时常上浮20%～40%。

（3）数量化地租得分表的确定。数量化地租得分表是评定各小班地租的主要依据。该表根据各地编制的数量化立地指数表各因子对立地质量的贡献值，综合确定各主要因子的得分值。本书使用的数量化地租得分表有7个项目（地类、坡位、坡向、腐殖质层厚度、土层厚度、地被物种类、海拔高度）、24个类目。

（4）地利等级地租修正值的确定。地利等级是影响地租的主要因子，地利等级主要由小班的集材距离和运输距离对生产成本的影响，再根据期望价公式［式（7-5）］和林木生长的平均水平计算出不同集材距离和运输距离对地租的影响，编制成地利等级修正值表。

（5）小班地租的确定。先按小班调查卡在数量化地租得分表中查得小班的数量化地租得分值，此得分值与标准地租相乘，得到小班的基础地租，再根据小班的集材距离和运输距离在地利等级修正值表中查得小班的地利等级地租修正值，基础地租与地利等级地租修正值之和乘以小班面积，即为小班地租。计算公式如下。

小班地租（RW）＝小班面积×（标准地租×数量化地租得分值＋地利等级地租修正值）

（6）林地使用费评估值的确定。林地使用费的评估值实质上就是林地地租的资本化。因此，将修正后确定的小班地租作为年金，应用有限期年金资本化法计算林地使用费。具体计算公式如下：

$$B_n = R_W\left[(1+P)^n - 1\right] / \left[P(1+P)^n\right] \qquad (7\text{-}7)$$

式中，R_W 为小班年实际地租；B_n 为第 n 年林地使用费现值，P 为投资收益率（刘健和陈平留，2003）。

四 国有森林资源资产评估的法制保障

（一）资产评估组织法制化的作用

第一，资产评估组织的法制化有助于增强执业人员的风险意识和责任意识。在现代政府管理和市场配置双重机制的混合经济中，政府的制度性管理和约束是必不可少的。但是，这并不是说政府过度干预是资产评估业发展所必需的，而是说法律对于资产评估的合法地位、执业责任和自身改革不但能够起到强制约束作用，而且能够维护资产评估机构和人员的合法权益，有效的保障行业健康发展。建立资产评估的法律规范体系有助于增强资产评估机构和从业人员的执业风险意识和职业责任意识，同时维护其合法权益。

第二，资产评估组织的法制化有助于社会公众服务职能的实现。这里的社会公众是指市场中使用资产评估报告并据以作出经济决策的相关利益各方。因此，资产评估的地位要得到市场的承认，就是要得到社会公众的承认。这就要求资产评估从业人员提供高质量的中介服务，能够充分评价评估风险，独立承担评估责任。而这些要求都需要从法律法规层次上进行约束和协调。另外，由于资产评估本身具有很强的专业性，有时接受评估服务的社会公众不能够正确理解资产评估机构和从业人员的服务性质和风险责任，从而带来诸多的法律纠纷，这就需要相关的法律法规来维护其合法的权益。

第三，资产评估组织的法制化有助于促进评估业的完善和发展。迄今为止，指导中国资产评估业发展的最直接的法规是 1991 年国务院颁布的《国有资产评估管理办法》，这一法规无论从内容上还是从法律层次上都有待进一步改进和提高。借鉴注册会计师行业的发展经验，必须尽快制定和颁布实施资产评估方面的法律（如资产评估法、中国资产评估师法等），为资产评估行业的发展提供最基本的法律保障。

（二）资产评估组织的法律责任

国有森林资源资产评估机构作为社会中介组织，对外承担三种责任，即行政责任、民事责任和刑事责任，其承担责任的方法、强制的程度、处理的原则、处罚的轻重等方面都各不相同，不能互为替代，但都对资产评估中的违法、违规行为有惩罚、救济和预防的功能，对资产评估行业的健康、有序发展具有促进作用（亦文，2006）。

1. 行政处罚责任

国务院 91 号令第五章规定："资产评估机构作弊或者玩忽职守，致使资产评估结果失实的，国有资产管理行政主管部门可以宣布评估结果无效，并可以根据情节轻重，对该资产评估机构给予下列处罚：①警告；②停业整顿；③吊销国有资产评估资格证书。"如果评估机构认为行政主管部门的处罚行为不当，国务院 91 号令还赋予其救济手段。"被处罚的单位和个人对依照本办法第三十一条、第三十二条规定做出的处罚决定不服的，可以在收到处罚通知之日起十五日内，向上一级国有资产管理行政主管部门申请复议。""申请人对复议决定不服的，可以自收到复议通知之日起十五日内，向人民法院提起诉讼。"而现在的国有资产管理部门不再履行公共管理职能，因此行政处罚及行政复议在现行体制下能否成立，在实践中值得探讨。

2. 刑事责任

我国刑法第二百二十九条规定，“承担资产评估、验资、验证、会计、审计、法律服务等职责的中介组织的人员故意提供虚假证明文件，情节严重的，处5年以下有期徒刑或者拘役，并处罚金。前款规定的人员，索取他人财物或者非法收受他人财物，犯前款罪的，处5年以上10年以下有期徒刑，并处罚金。第一款规定的人员，严重不负责任，出具的证明文件有重大失实，造成严重后果的，处3年以下有期徒刑或者拘役，并处或单处罚金。”

3. 民事责任

评估机构作为受托方，与委托方——国有资产占有单位之间形成委托合同，适用《中华人民共和国合同法》调整。对由于资产评估机构的过错，给国有资产占有方造成损失的，可依据《中华人民共和国合同法》第四百零六条的规定，“有偿的委托合同，因受托人的过错给委托人造成损失的，委托人可以要求赔偿损失。”评估机构在处理委托事项过程中，由于重大过失或故意，给国有资产占有方造成损失的，应由资产占有方追究其违约责任。

除此之外，评估机构对委托单位或个人的民事侵权行为是否成立，应从侵权行为构成要件切入分析。按照民法通则，一般侵犯责任构成有四个要件。①损害事实的客观存在。国有资产买受人因评估报告不当，作出错误判断，给自身造成了经济上的损失这一事实客观存在。②行为违法性。评估机构未按《国有资产评估管理办法》、《国有资产评估管理办法施行细则》等行政法规、文件的要求，进行必要的评估手续，其行为具有违法性。③违法行为和损害事实之间的因果关系。④行为人的过错。评估机构搞“纸上评估”，存在严重过错，构成民事侵权行为的，应承担相应的赔偿责任。

第四节　产权交易市场的监督管理

森林产权流转，促进了森林产权初级市场的形成。随着市场的扩大，迫切要求有专门的机构实施市场监督管理。因此，可以借鉴土地、房产市场监督管理的经验和模式，成立隶属林业主管部门的管理机构，并明确其职能是具体负责森林产权市场监督管理。其范围包括对资产评估、交易登记、审核、立契和有关法律法规、政策、信息咨询以及交易双方代理等各种中介服务进行监督。

产权交易市场最基础的建设应该是法制建设。国家法律，行政法规是任何商品或资本市场得以正常运行的基石。2003年国务院颁布的《企业国有资产监督管理条例》（以下简称《条例》）实际上是对国有资产所有权主体进行人格化的尝试。《条例》第四条指出：“企业国有资产属于国家所有。国家实行由国务院和地方人民政府分别代表国家履行出资人职责。”《条例》第六条指出：“国务院，省、自治区、直辖市人民政府，设区的市、自治州人民政府，分别设立国有资产监督管理机构。国有资产监督管理机构根据授权，依法履行出资人职责，依法对企业国有资产进行监督管理。”《条例》第十三条进一步提出，国有资产监督管理机构除了“依照法定程序对所出资企业的企业负责人进行任免、考核”以外，还必须“依照规定向所出资企业派出监事会”。

由《条例》的上述规定可知，我国政府正在对国有资产所有者缺位问题从体制和监督管理机制上进行改革，国资委的成立标志着国家股东利益有了一个实实在在的出资人机构。为了使国资委的管理职责到位，由国资委派出的监事会将根据有关法律、法规和有关规定，对出资企业负责人的经营管理行为实施监督，以确保国有资产及其权益不受侵犯。但是成立了出资人机构，派出了监事会，并非等于解决了国有资产所有者非人格化的缺陷。建立国有资本出资人制度，涉及投融资、财税、人事体制及政府机构设置的改革，是一项触及各方面利益调整的系统工程，仅仅依靠政府发文件是不够的，政府行政法规解决不了现行法律的障碍，需要立法先行。

迄今为止由全国人大常委会审查并通过的国家相关法律有《中华人民共和国会计法》、《中华人民共和国公司法》、《中华人民共和国担保法》、《中华人民共和国拍卖法》、《中华人民共和国证券法》、《中华人民共和国合同法》和《中华人民共和国招标投标法》等。其他重要的行政法规除了国务院的《国有资产评估管理办法》、《国有企业监事会暂行条例》、《企业国有资产监督管理暂行条例》以外，还有国资委颁布的《企业国有产权转让管理暂行办法》和《企业国有产权统计报告办法》。国家经贸委颁布的《关于出售国有小型企业中若干问题意见的通知》，国家体改委等部门颁布的《关于企业兼并的暂行办法》和《关于出售国有小型企业产权的暂行办法》等。除此之外，各省（自治区、直辖市）还有一些地方性的关于国有资产管理或产权交易的法规。我国虽然制定了大量相关法律法规，但是依然存在着许多问题，主要表现在：第一，国有资产监督和管理的法律体系不完善，缺乏专门的由全国人大常委会审议和通过的《中华人民共和国国有资产法》和《中华人民共和国产权交易法》等。尽管目前有关的行政法规较多，但这些规定大多属于部门、行业或地方法规，效力层次较低，即使如《条例》等以国务院名义颁布的法规，也不能上升到国家法律的层级。第二，由于经济环境发生变化，机构撤并或调整，上述法规有的已经过时，需要更新；有的前后矛盾，需要统一；有的则过于简单，缺乏可操作性。

制定一部规范国有资产管理和监督的母法——《中华人民共和国国有资产法》有相当的难度，但对于我国的经济体制改革却具有特殊的意义。我国的经济体制决定了国有资产在我国的重要地位是不可改变的。国有资产所有者代表缺位的问题不妥善解决，出资人制度就难以真正建立；国有资产监督与管理者的责任和权利不从立法的角度给以明确，国有资产的监督和管理就无从依法执行。

因此在建立国有资产管理新体制，设计出资人制度时必须首先研究解决国有资产所有者法律缺位的问题。通过《中华人民共和国国有资产法》授权由政府行使国有资产所有者代表职责，明确规定国有资产所有者代表机构的性质、职权、义务以及监管内容和程序，国有资产所有者代表机构直接对同级人民代表大会负责。《中华人民共和国宪法》在修订时对此也必须加以确认。党的十六大决定中央与地方两级政府“分别代表国家履行出资者职责，享有所有者权益”的真正含义，也就是说根据中国实际情况，将国有资产所有者代表之职能通过法律授权由政府承担，由人民代表大会负责立法和监督。

从立法的角度建立起一个真正对人民、对国家高度负责的权威机构，有利于规范国有资产所有者代表和监管人的行为，从法律的层面约束可能出现的与国家利益不一致的个人利益冲动，最大限度地克服由国有资产所有权主体缺位所造成的市场失灵。

除了《中华人民共和国国有资产法》以外，《中华人民共和国产权交易法》的制定也应该提上议事日程。如上所述，产权交易是实现国有经济进行战略性调整的重要途径，也是国有资本和其他社会资本实现优化配置的有效手段。但是如今我国还缺少一部规范的《中华人民共和国产权交易法》，《中华人民共和国产权交易法》的制定有利于采取法律手段保障产权转让的顺利进行，打击在产权转让中可能出现的不正当的甚至是违法的行为。《中华人民共和国产权交易法》应就产权交易的条件，交易双方的权利和义务，交易的程序，国有产权交易收入的管理和使用，以及向外商出售国有产权等问题作出规定。由于国有产权具有所有者缺位的弊端，因此在《中华人民共和国产权交易法》中对国有资产的价值评估、转让程序、转让价格、转让企业的职工安置等作出特别的规定。另外产权交易作为社会资源配置的重要形式，可以发生在不同所有制的企业之间，少不了投资银行、会计事务所、资产评估事务所和律师事务所等各种中介机构的帮助，因此《中华人民共和国产权交易法》对各种中介机构的中介行为也必须予以规范。包括以下四个方面的内容。

（1）加强对市场源头的监管制度建设。为了有效防止国有资产在产权交易中流失，要重点监督场外交易事件，督促公有制经济产权交易全面进入市场。各级政府的行政权力也要受到约束，慎开国有资产转让个案处理口子，如成立“领导小组”、“工作小组”之类，打着“阳光操作”的旗号由地方政府、主管部门或企业自行处理国有资产转让的行为。各级领导的个人行为也要受到制度约束，杜绝领导干部干预国有资产产权交易的行为。

（2）加强对市场运作的监管制度建设。一要明确市场监管主体。机构改革之后，我国产权交易市场的监管部门一直不明确，从业务性质上考虑，由新设立的国资委来监管比较顺畅。二要建立监管工作机制，重点监督产权交易制度的执行、落实情况，督促市场规范运作。三要建立监管体系。四要建立产权交易抽查复查制度，保障监督的经常性和有效性。

(3) 加强对社会中介组织机构的监管制度建设。建立健全社会中介组织市场准入制度，实行资质等级管理。建立淘汰制度，对不讲诚信、不守职业道德和有严重违法违纪行为的机构与从业人员，清除出该行业；并建立“黑名单”，限制其再进入。

(4) 令行禁止，加大处罚力度。一要严格国有资产变更登记制度。凡不在合法产权交易机构交易的、没有合法产权交易机构提供签证的，财政部门不予审批，工商部门不予登记过户。二要加大对国有产权场外交易和违规交易的处罚。对群众举报或检查中发现的违规违纪案件，要尽快查处。一经查实，由纪检监察部门对负有责任的人员从重从快作出违纪违规处理；造成国有资产流失的，由纪检监察部门将负有责任的人员移送司法机关追究法律责任。

第八章 国有森林资源产权制度改革的保障措施

国有森林资源产权制度改革是一项系统工程，改革模式选择、物权操作以及市场运作都需要一系列相应配套制度的协调、配合才能实现改革的目标。因此，完善国有森林资源产权制度改革的配套措施十分必要。

第一节 政府管理和服务职能的定位

为配合森林资源产权制度改革顺利进行，政府应加快推进政府治理模式由管制型向服务型转变，进一步转变政府职能。重点理顺政府与企业、市场和社会的关系，加快政企分开、政事分开、政社分开步伐。为推动、配合森林资源产权制度改革，政府要在职能调整上，做到依法行政、统筹规划、把握政策、信息引导、加强管理、搞好督查、组织协调、提供服务，将部分权力下放到承包者手中，做到与承包者“分权而治”。

林权制度的改革，既是对产权的调整，也是对政府工作职能的调整。改革后，政府逐渐退出市场，不直接参与经济活动，而是转到幕后，以制定规则来规范市场、协调经济关系，将主要精力放在为各类市场主体服务和创造良好发展环境上，减少行政成本与企业投资成本。

一 推动国有林区政企分开的体制改革

体制问题是国有林区进行产权制度改革面临的最大障碍，也是国有林区产权制度改革能否取得成功、走出困境的最大瓶颈。理顺林区的管理体制，是国有林区面临的最大难题。体制僵化、机制不活，体制改革势在必行。

体制改革，主要表现为必须推行最严格的政企分开。国有林区长期存在着政企合一的问题，政府既当裁判员，又当运动员，干扰了经济规律，违背了市场规律。企业既是资源管理者，又是资源利用者，企业承担着林区文教卫生、公检法司、城镇建设等社会职能，包袱沉重。

在推行国有林权制度改革的过程中，必须推动政企分开，国有林区的行政职能与国有林区的林业经营和发展职能实行适当的分离。唯有如此，才能保证国有林权制度改革的深入和彻底。国有林区政企分离，不是简单的经济问题，它是牵扯到许多社会政治因素的复杂工程，应在目前的制度基础上采取相应的有效策略逐步变迁实现，要遵循循序渐进、先易后难的原则，在规范的政府制度和企业行为机制确定并运行过程中逐步实现。政府要求切实转变职能，要转向公共服务和社会管理，为改革保驾护航，为改革服务，坚决退出对林业具体经营管理和林业利益分配的角色。国有林业企业要从资源管理者的职能中解脱出来，要改变过去严重依赖政府政策保护的状态，尽早根据现代企业的要求，不断发展自己，使自己成为真正意义上的独立的生产经营者。

要以国有森林资源产权改革为契机，把深化国有森林资源管理体制改革的着力点放在彻底解决国有森林资源所有者主体缺位、产权虚置问题上，进一步确立国有森林资源的所有者主体，明确其权利和责任，代表国家行使森林资源管理职能，使森林资源的管理职能真正从森工企业中剥离出来，实现森林资源所有权与经营权有效分离，从而真正建立与社会主义市场经济体制相适应的责权利统一、管资产和管人管事相结合的森林资源管理新体制，保障国有森林资源可持续经营，促进国有森工企业建立现代企业制度，推动林区各项事业全面发展。要进一步完善有效的监督机制、责任追究制，确保国有资产的保值增值。要切实加强公益林的管理，确保林区生态安全，坚决杜绝借改革之机乱侵滥占林地、乱砍滥伐林木现象的发生。

二 科学编制森林经营方案

编制森林经营方案，是实现森林可持续经营的重要手段。广大林业职工承包到了林地后，关键是要引导其科学经营，实现林业产出的最大化和森林资源的持续利用。要根据已经确定的统一的森林经营方案编制文本，切实指导和帮助承包职工自主编制或者委托有资质的林业机构编制森林经营方案，编制方案应科学确定培育目标，根据不同的立地条件、经营水平等确定不同的经营类型，明确经营方式、经营技术措施、采伐方式、采伐年龄和采伐面积，使广大经营者有章可循，提高森林经营水平，减少森林资源经营的盲目性、随意性和不确定性。要逐步实现“以森林资源为基础、以森林经营方案为依据”的森林经营管理方式。

各森林经营单位要严格实施经审核审批的森林经营方案，按照森林经营方案认真落实各项森林经营措施。林业主管部门要研究制定执行、落实编案成果的监管办法和措施，建立严格实施森林经营方案的检查、监管、责任追究制度。对不按森林经营方案施业的，不予安排采伐指标，不予审批采伐许可证。因林木所有权流转，造成森林经营主体变更的，林业主管部门应及时掌握动态变化，合理分解采伐限额和木材生产计划指标。

三 建立森林资源生态效益补偿制度

所谓外在效应或外部性（externality），按照经济学家贝格、费舍尔等的看法，是指“单个生产决策或消费决策直接地影响了他人的生产或消费，其过程不是通过市场”。也就是说，外在的效应不能通过市场机制自动削弱或消除，这意味着有些市场主体可以无偿地取得外部经济性（external economic），而有些当事人蒙受外部不经济性（external diseconomic）造成的损失却得不到补偿。前者常见于经济生活中的“搭便车”现象，后者如工厂排放污染物会对附近居民或其他企业造成损失，对自然资源的掠夺性开采和对生态环境的严重破坏等。这类外在效应难以通过市场价格表现出来，当然也无法通过市场交换的途径加以纠正。通过社会道德教化固然能够使之弱化，但作用毕竟有限。只有通过税收或补贴政策或行政管制，才能使外部效应内在化，最大限度地减轻经济发展和市场化过程的外在效应，保护自然资源和生态环境。

森林资源具有效益外部性和受益对象广泛性的特点。过去，由于没有形成合理的投入机制，造成了“少数人负担，全社会受益”、“林业部门负担，全社会受益”的不合理局面，使广大生态公益性林场和部分以公益林为主的林区陷于贫困之中，极大地阻碍了生态环境建设进程。因此，除了国家要增加生态公益林的建设投资外，必须按《中华人民共和国森林法》的规定：“国家建立森林生态补偿基金，用于提供生态效益的防护林、特种用途林造林、抚育、保护和管理”的要求，在已有的基础上，进一步完善森林生态效益补偿制度。要按照分类经营的要求，根据森林多种功能和主导利用的不同，将森林划分为公益林和商品林两大类，对公益林实行生态补偿，并在此基础上分别对公益林和商品林建设和管理，建立不同的体制和政策。公益林补偿要足额到位，把公益林落实到地块和每个经营主体。

四 实施分类管理的林木采伐限额制度

目前部分承包经营林地上的林木急需进行抚育和改造，但是国家对私有林的采伐限额指标没有单列，而且审批权限过高，审批程序繁琐，一旦涉及采伐，势必会在运输、销售和限额管理等方面带来一系列的难题。国有森林资源产权制度改革后，政府应充分考虑生产者的经营目的和市场因素，放宽林权改革后的采伐限额。政府可以实施分类管理政策。在认真做好公益林、商品林、公有林和非公有林（以下简称四类林）认定落实工作基础上，按照四类林分别编制年森林采伐限额。对于公益林，无论是公有林或非公有林，不允许编制主伐或抚育采伐的采伐量，只允许编制适量更新采伐的采伐量；对于公有商品林，则按照国家有关编制办法计算确定其合理采伐量；对于非公有商品林，各级林业主管部门要积极指导和帮助经营单位和个人，科学编制非公有商品林经营方案，经营方案经县级以上林业主管部门认可备案后，县级以上林业主管部门按照森林经营方案确定的合理年采伐量制定其采伐限额，从而确保非公有商品林的采伐需要。

按照四类林分别下达采伐限额和核发采伐证。国家根据年森林采伐限额编制情况下达各编限单位年森林采伐限额，包括公益林、公有商品林和非公有商品林分项采伐限额，取消下达其他分项限额，包括主伐、抚育采伐、更新采伐、低产效林改造，人工林、天然林，商品林、非商品林等分项采伐限额。另外需要规定，公益林采伐限额不得跨年度结转使用；公有商品林采伐限额有结余的，经县级以上林业主管部门认定后可以结转下年度使用；非公有商品林按照经营方案进行采伐，如果限额有结余的，经县级以上林业主管部门认定后可以结转以后各年度使用。国家按照分类经营原则分别印制公益林、公有商品林、非公有商品林三类采伐证，严管公益林采伐，如果公益林确需进行合理更新采伐的，必须逐级上报省级林业主管部门批准，由省级林业主管部门核发公益林采伐证；管好公有商品林采伐，由县级以上林业主管部门按照现行规定把好审批关，核发公有商品林采伐证；管活非公有商品林采伐，非公有商品林经营单位或个人，只需凭森林经营方案便可以向原认可的林业主管部门提出采伐申请，林业主管部门根据经营方案当即给予核发非公有商品林采伐证，确保其采伐需要（侯长谋，2007）。

五 林地承包经营权属证书的发放

国有林区林权证只发放到森工企业局，参与林权改革的经营者只能用合同文本顶替林权证，承包经营者无法参与抵押贷款、森林保险等一切经营活动。由于林权证发放工作相对滞后，造成承包职工群众还有一定的顾虑和担忧。国家应及时对林权制度改革承包经营的林地权属及其变更认证下放，变一企一证为一户一证，按产权主体发放，实现规范化产权监督和管理，真正做到“山定主、林定权、树定根、人定心”。同时通过林木资源产权属证书抵押贷款，以解决承包经营户资金不足的问题。

依据林业企业与职工签订的承包合同的约定，承包职工依法享有对林地的使用权，对林木和林下其他植物享有全部所有权，职工可以在林业规划的总约束下进行采伐和更新，其采伐指标纳入试点林业局的限额管理。也就是说，这次改革使职工获得了以 50 年为期限的林地使用权和地上林木所有权。承包后，林地的所有权没有变化，但林木的所有权由国家有偿转移到了承包职工，实现了民有或民营化。据此，国家就应该给承包职工核发两种权属证明或证书，一是对承包林地使用权的证书，二是对林木所有权的证书，或者合二为一，至于证书的名称，则是次要的，但必须标明职工在承包时所签订的承包经营合同上所约定的这两种权利。目前关于是否应该给国有林区承包职工核发林权证明的相反意见，主要是依据《中华人民共和国森林法》的有关规定，国有林区的林木归国家所有，因而不同意核发林权证，但根据《中华人民共和国物权法》的有关条款，作为当事人的林业职工已经和林业局签订了林木产权的协议，其对林木的所有权应该受到法律的保护，并依法享有占有、使用、收益和处分的权利，国家就应该为其核发标明其合法产权的证明文件（伊春国有林区改革试点指导协调小组，2008）。

第二节　相关法律法规的完善

一 国有森林资源产权改革需立法先行

科学的林权制度是建立在法理化基础上的，并且，有法律基础的制度和政策才可能是持续的。因此，国有森林资源产权改革应当强调法律先行。林业先进国家的国有林管理制度的变革，大都强调立法先行。近一百多年来，美国林业发展的一个重要特点就是有明确、具体、可操作的法律体系保障。在百年的林业发展历史中，林业的每一项重大活动几乎都有相应的法律和法规配合。从一定意义上讲，美国林业经营管理发展的历史，也就是林业有关法律法规建设的历史。日本在国有林管理制度的改革中，更是强调首先对将要开展的一切活动进行立法，然后再按照法律的要求展开各项改革工作。日本在《国有林事业改革特别措施法》中对改革的目的、方针、期限、会计制度、债务处理、机构要求、人员要求等都做了明确的规定，同时对其他先行法律中与这项法律不相适应的部分也进行了修改。

中国现行的林业政策强制性突出，在法律规定和权利定位不彻底的时候，森林的经营者没有更多的话语权。因此，在林地所有权与经营权以及林木所有权产生利益冲突时，经营者用法律的手段维护自己的利益是比较困难和繁琐的。但是，随着林区职工对森林经营权和林木所有权的获得，特别是随着国家物权法的实施，经营者会逐渐学会利用法律来维护自己的权利。如果在国有林林权改革中，在承包经营后和林木所有者变更后，没有在法律上明确各类权利的范围和相互关系，那么，懂得法律的经营者对自己权利的追求，就可能与林地的发包组织或者国家利益的代表所要求的公共权力发生剧烈的冲突（伊春国有林区改革试点指导协调小组，2008）。因此，需要在林权改革的过程中充分考虑改革后可能产生的矛盾，尽可能事先从法律和法规上进行约定，避免矛盾产生。

二 森林资源产权的物权法保护问题

将林权纳入物权法体系，对林权实行物权保护，就可以很好地兼顾社会利益和林权人的利益，林权人在其权利受到侵犯时能够通过有效途径进行权利救济，并对其未来权益有一个相对确定的预期。我国《中华人民共和国物权法》是按照总则、所有权篇、用益物权篇和担保物权篇的体例进行编制。任何一项权利要想纳入《中华人民共和国物权法》中，要么归入所有权，要么归入用益物权，要么归入担保物权。而林权是一种复合性权利，既包括所有权型的权利，也包括用益物权型的权利，还包括准物权型的权利，所以林权很难直接归入所有权、用益物权或者担保物权任何一类权利中，这也就决定了林权这一概念不能直接进入《中华人民共和国物权法》。那么，采取何种方式在《中华人民共和国物权法》中规定林权，既能保证林权获得物权保护，又能符合物权法体例结构的要求呢？根据现有的实际情况，可以采取以下三种方式：第一，将林权中森林、林木和林地所有权归入物权法中所有权篇，并根据所有权主体的不同，分别划入国家所有权、集体所有权或者私人所有权。第二，将林权中森林、林木和林地使用权与林地承包经营权等权利归入物权法中用益物权篇，并根据权利内容的不同，划入土地承包经营权等不同权利中。第三，林权中的林木采伐权是一项比较特殊的权利，一般将其定性为准物权。如何将林木采伐权规定在物权法中，实际上涉及应否在物权法中规定准物权以及如何规定的问题。在制定物权法时，一方面在分则部分将诸如林木采伐权、取水权、采矿权、猎捕权等规定为用益物权的一种，并将其定位为准物权，这样既可以满足物权法法定原则的要求，又可以为每种准物权制度的发展奠定基础；另一方面在总则部分规定准物权的基本原则，为以后可能出现的其他类型准物权保留成长空间。

三 赋予经营者林地经营权以产权的完整形态

当前林权政策存在以下问题：首先是森林资源产权界定不完全。主要表现在四个方面：①森林资源属于国家或集体，但这种所有权未延伸至草本植物和动物，使得药材、野生花卉及狩猎资源成为没有权属界定的共享资源，不利于森林资源保护与利用的完整性；②林木与林地割裂，林木可以为个人所有，但林地只能为国家或集体所有，没有林地的所有权，林木的所有权难以得到有效的保障；③国有林区林权证只发放到森工企业局，参与林权改革的经营者只能用合同文本顶替林权证，不利于经营者参与抵押贷款、森林保险等一切经营活动；④对于林木的所有权不包括处置权。

其次是森林资源产权缺乏相应的法律规范。以森林资源产权流转为例，森林资源使用权有偿流转的范围缺乏法律的统一规范，哪些可以转让，哪些禁止转让都不明确，如自然保护区的林木、防护林、特种用途林以及近几年兴起的森林公园等是否可以转让，也没有法律明确规范。

另外，关于森林资源使用权有偿流转的方式、程序以及转让双方的权利、义务和违约责任等皆缺乏明确具体的法律规定，使得操作起来较混乱。

针对林地林权政策上存在的问题，具体地讲应该采取以下对策。

（1）革新森林资源产权制度。从现行的产权制度改革入手，通过建立和完善森林资源管理制度，进一步明晰森林资源产权关系，明确产权主体。在经营者获得林地使用权和林木所有权的基础上，使经营主体到位，充分尊重经营者的生产经营自主权，赋予其产品销售权和处置权，落实收益权。政府在行使林业管理权时要切实转变职能，不应过多地进行行政干预，而更多地应该扮演好服务者的角色，严肃处理侵犯森林所有者合法利益的行为，使森林资源产权得到保护。

（2）制定森林、林木、林地使用权流转和抵押、担保办法，落实流转、抵押、担保权。对森林、林木、林地使用权的流转，《中华人民共和国森林法》已有原则规定，《中华人民共和国担保法》对用林木和林地使用权作抵押、担保也有规定。但由于缺少具体的可操作的办法，对一系列具体问题的处理还没有具体规范，因此在实施中确有一定难度。这对搞活森林资产、化解林业周期长很不利，对于用森林资产去融资也十分不利。为了保障林权制度改革的顺利进行，必须尽快制定和实施《森林、林木、林地使用权流转办法》、《森林、林木、林地使用权抵押、担保办法》、《森林资产评估办法》（许兆君，2008）。

第三节　建立完备的社会服务体系

林业社会服务是由社会上的服务机构或个人为林业生产提供所必需的生产资料（产前），林产品收购、储存、加工和销售（产后）以及生产过程中各种生产性（产中）的服务，而由这些服务的机构或个人彼此连接的网络就称为林业社会服务体系。加强林业社会服务体系建设，是深化国有林权改革，推动国有林区商品经济发展的一项伟大事业，对于稳定和发展国有森林资源产权制度改革，健全双层经营体制，壮大林业经济，实现小康目标，促进林业现代化，实现林区社会和谐稳定，具有极其重要而深远的意义。为此要明确林业社会服务体系的发展方向和原则，采取切实有效的政策措施，使林业社会服务体系更快更健康地发展起来，在林业经济中发挥更大的作用。在对伊春国有林产权制度改革的调查中，绝大多数被访者选择了“希望国家在社会化服务体系方面给予更多的帮助”，见图8-1。

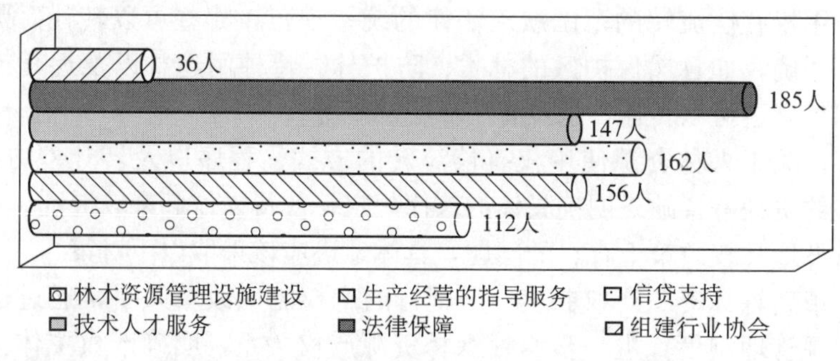

图8-1　希望国家在哪一方面给予帮助示意图

我国现有的农业社会服务体系有四类组织形式。第一类是由政府兴办的经营性服务组织，主要是流通领域的供销合作社等；第二类是由国家技术部门和集体经济组织兴办的事业型服务组织，主要有农业技术推广站、畜牧兽医站、林业站、农机站等；第三类是与农业生产者处于平等地位的服务组织；第四类是与农业生产者联系在一起的各类专业合作社、专业协会和产销一体化服务组织。本书通过对这四类服务组织的现状和存在弊端的分析，借鉴国外的经验，提出了适应市场经济发展要求的新的社会化服务体系模式，即公司→县级配送中心→乡镇零售连锁店→农户。通过这种组织形式建立三级配送体系、三级培训体系、三级试验示范体系和网络信息沟通体系，这种新的社会服务体系模式。

林权制度改革以后，农民有了充分、稳定、可靠的林地使用权和林木所有权。如何维护财产的安全，促进财产的增值是他们眼下最关心的现实问题。当前，农村信息化程度明显落后于城市信息化，林业信息化落后于农业信息化进程，林农的整体素质仍然较低，管理思想、管理手段落后，技术缺乏，信息不灵，经营规模小，粗放式经营，林产品技术含量低，附加值低，一哄而上的现象还比较严重，经济效益不高。这就要求建立更加有效的护林防火、病虫害防治体系，建立森林资源资产评估机构、构建林权交易市场，规范林权交易程序，保护林业职工的合法权益，林业社会化服务体系建设已经成为林业职工的迫切需求。在林权制度改革过程中，完全可以借鉴已有的农业社会服务体系，同时针对我国国有林业经济发展的现状以及国有林权制度改革的实际要求，建立以下一系列林业社会服务机构。

（一）森林防火、病虫害防治服务组织

在林业经营过程中，森林火灾以及病虫害等自然灾害的发生是影响林木正常生长取材的重要因素，以往每年国家在这一方面都要进行大量的人力物力投入。在部分国有林权承包经营以后，林业职工作为林木的所有者，在森林防火和病虫害防治方面，仅凭借个人的信息无法实行有效预防和治理。因此，需要建立森林防火病虫害防治相关的服务机构，为林业职工有偿提供森林火灾与病虫鼠害的监测、预报服务以及林火的扑救。确保森林资源安全和林业职工经济利益得到有效的保障。

（二）科技信息推广服务组织

林业的发展建设需要科技的支撑，林业信息部门应充分利用现代信息技术、信息资源，宣传科技成果，推动科技成果转化，为林业的科技进步作贡献。科技创新是推动林业生产力发展的强大动力和根本途径。一是推广林业新技术。在林木良种培育过程中，应注意推广应用组织培养、脱毒育苗、菌根化育苗、工厂化容器育苗、稀土育苗等技术，快速繁育林木良种；在发展经济林过程中，要注意大力推广无公害栽培技术，提高果品质量；在林产品加工过程中，要注意应用市场前景好的新材料等产品的深加工技术，提高产品的档次和竞争力。二是应用和发展林木良种。根据速生、丰产、优质、高效的目标，企业在建设工业原料林基地过程中，应选用优良无性系。在经济林发展过程中，应重点选用优良无性系。三是加快林业新技术的研究。根据林业产业发展的实际需要，应把重点放在研究良种快速繁殖技术、木材功能性改良技术、木基复合重组新材料工艺技术与设备、野生花卉引种、驯化、选育与开发利用等技术的研究上，并逐步建立起科技链与产业链相结合的创新机制，促进多种形式的产、学、研结合，不断提高林业企业技术创新能力。四是加强林业标准体系建设。根据林业建设的实际需要，建议加紧建立健全林木种苗、营造林、森林和野生动物保护及利用等。

此外，创建区域站是市场经济条件下林业科技推广运行的有效机制，它有利于林业科技推广力量的合理配置，有利于加强对林业科技队伍的领导，有利于增强基层林业科技推广机构的经济实力，有利于提高技术推广的效果。各地要根据发展区域特色林业的要求，建成跨行政区域的专业林业科技推广服务组织。区域站的主要职责：一是负责区域内林业科技的规划、调研、技术指导与推广服务，并负责林业职工的技术培训工作，重点负责林下经济特产的技术辅导工作；二是围绕信息、育种、科技、流通四个方面，开展产前、产中、产后的社会化服务；三是建设好一批优质、高效的示范基地，积极引导林业职工调

整农业结构，并不断增强自身实力；四是接受上级主管部门指导和配合林区政府开展工作。区域站的建设可采取开展试点、进一步推广、全面铺开的方式，循序渐进地展开，最终完成区域站的建设目标。

（三）产供销一体化服务机构

目前，我国林产品加工业发展迅猛，有些林区的主导产业已经带动了关联产业的发展，延长了产业链，需要扩大市场，增强销售能力。针对我国林业管理体制条块分割的现实，应按林区主导产业建立具有外贸出口权的主导产业集团（公司），特别是引入股份制形式，使集团从产生之日起就应步入先进企业组织管理的行列。通过一体化产业集团的综合服务功能，扩大和延伸林区产业的开发，把原来仅停留在初级林产品生产上的生产系统改造为集种植（养殖）、加工、销售为一体的综合生产系统，从而使林业产业开发达到区域化布局、一体化生产、社会化服务和企业化管理的较理想状态。

在自然资源与环境、经济与社会等方面因素的基础上，研究不同区域林业发展的主导功能，进行总体区划布局。根据区域土地资源状况，普遍实行分类经营制度。加强对林地资源的调查研究，明确林地使用者承担的义务和责任以及可持续经营的原则。通过专业化分工协作和要素优化配置，为形成林业生产的高投入、高回报的集约化经营模式提供组织保证。

确立林业产业化经营的区域比较优势，要鼓励林产工业和林副产品加工企业投资建设商品林基地和林产品生产基地，扶持发展森林旅游、森林食品、药材、野生动物驯养繁殖、野生植物种植等多种新兴林业产业。培育一批规模适度、科技含量高、辐射面广、影响力强、经济效益高的林业产业骨干项目和龙头企业，以形成市场牵龙头，龙头带基地，基地联农户，产、供、销一条龙，贸易、加工、营林一体化经营的格局，使龙头企业与林业职工结成风险共担、利益共沾的经济利益共同体。

第四节　进一步扩大投融资渠道

森林资源产权制度改革后，森林资源经营权分配给承包林业职工所有。林业的发展将部分地以家庭的分散、小规模经营组织形式展开。传统的以面向法人和公有单位为主要对象的林业投融资机制必须要进行适应性调整。2008 年 6 月 8 日，中共中央、国务院《关于全面推进集体林权制度改革的意见》中明确提出：要推进林业投融资改革。金融机构要开发适合林业特点的信贷产品，拓宽林业融资渠道。加大林业信贷投放，完善林业贷款财政贴息政策，大力发展对林业的小额贷款。完善林业信贷担保方式，健全林权抵押贷款制度。这为林业投融资指明了方向。

一 建立中长期低息商品林贴息贷款体系

财政贴息政策一方面可以减轻贷款单位的利息负担，降低贷款项目的资金成本，吸引广泛的社会资金投资于商品林建设。在国有森林资源产权改革后需要大量资金投入的情况下，应继续稳定林业贷款的财政贴息政策，充分发挥财政贴息资金的经济杠杆作用，积极引导信贷资金和社会各界自有资金投入林业建设。建议中央财政针对林业、林农和林区（“三林”）的特点，从解决“三林”问题和建设社会主义新林区的高度，确定以林农为本的林业信贷原则，将林业信贷优惠政策作为一项重要的惠农项目，使广大林农真正能从林业信贷支持政策中获得实际的利益。

为此要调整相关规定。一是在保持林业信贷规模稳中有升的前提下，突出林业职工家庭或林业专业合作组织享受林业信贷优惠政策的优先性，鼓励商业银行加大对林业职工发展林业的信贷投放力度。二是实行更加优惠的贴息政策。对于承包户及其林业专业合作组织承贷的用于营林生产和资源培育项目的贷款，中央财政应当承担70%以上的贷款利息或者全部利息，鼓励商业银行向林业职工投放信贷的积极性。三是要建立中央林业信贷资金坏账准备金制度。对于林业职工及其专业合作组织因不可抗拒原因而导致无法偿还的银行贷款，有中央财政承担挂账利息或者财政冲销。四是调整林业职工贷款抵押门槛，允许林业职工用林木资源或林地经营权抵押贷款，中央和省级财政建立统一的林业信贷担保基金，为林农资源性信贷提供坚实的担保。五是结合区域和树种特征，制定有差异的信贷周期和贴息周期。要按照自然气候和具体树种的生物学特性的差异，制定不同地理区域和树种组合的信贷周期，并相应延长中央财政贴息期限（孔凡斌，2004）。

二 林权反担保贷款

林权反担保贷款，即农信社发放给借款人（林主）贷款，由担保公司提供担保，同时，借款人将“林权证”提供给担保公司作为反担保，担保公司根据所担保贷款的金额收取一定的担保费（谢在全，1999）。一日贷款到期借款人未归还贷款，农信社有权要求担保公司偿还贷款本息，同时，担保公司有权根据反担保协议处置借款人“林权证”项下的林木。

目前，根据提供担保的单位不同，农信社该类贷款又可分为四种。

（1）由政府出资组建的担保中心提供担保的林权反担保贷款，担保中心不收费。

（2）由按商业原则组建的担保公司提供担保的林权反担保贷款。担保公司一般要收取两项费用：一是评估费，二是担保费。有的担保公司还可为借款人代办借款、还息等手续。

（3）由林业企业为与林农开展合作造林，以其资产作抵押向金融机构申请贷款。

（4）由信用建设促进会提供担保的林权反担保贷款。信用建设促进会凭借其特殊地位可以对抵押林木实行有效的管理。采取“政府引导、市场动作、银行贷款、部门服务”的模式，引导各地成立民营担保公司，由担保公司担保，向银行申请贷款。林业部门提供林木资产评估和林权证登记、管理的一个确认、两个承诺，即进行林权证抵押登记和确认林权证真实与合法性，承诺林权证在抵押贷款期间不予发放林木采伐证、不予办理林木所有权转让变更手续。

三 林权证直接抵押贷款

林权证抵押贷款就是以林权证为抵押凭证的森林资源资产抵押贷款。首先，应当解决林权证的问题。国家应当根据国有林权制度改革的实际情况，对国有林区林业局的林权证进行改革，按照承包地块重新发放林权证，确保承包林户可以向银行申请信贷业务。我国南方集体林区已经开展了林权证抵押贷款的试点，其效果是明显的。林权所有者以林木所有权和林地使用权作为抵押物，持“林权证”直接向农信社申请办理的贷款。林木抵押贷款方式直接以林木作为抵押，减少了中间环节，可减少林主的费用支出，是林业贷款的发展方向，但是该贷款方式也增加了农信社的贷款管理难度和风险成本。其次，需要建立相关的资产评估、林产流转市场、林业贷款保险等服务体系。

第五节　建立森林保险制度体系

一 我国森林保险面临的主要问题

1. 保险赔付率过高，亏损严重

我国是世界上自然灾害最为严重的国家之一，平均每年发生森林火灾约1.35万起，受害面积73.71万hm^2，相当同期人工造林保存面积的20%～25%；森林病虫害所造成的损失更大，人们形象地称之为“不冒烟的森林火灾”。自1976年以来，全国每年的森林病虫害发生面积都在670万hm^2以上，约占全国现有森林总面积的1/18，超过每年造林面积的40%左右。同时，森林保险不仅风险大且保源不够集中，需求不明显，保险公司投入开发的成本高。而且森林保险的宣传、承保、签约、定损、理赔等工作难度大，使得开展森林保险的费用远高于其他险种。

2. 投保人承受能力很弱

一是林区经济不发达，制约了保险的需求。近几年来，林业经营者收入水平虽有较大幅度的增长，但相对于其他部门职工收入来说，仍处于较低水平。林区不少职工还处于解决温饱问题的阶段，保险的需求还没有上升到十分必要的层次。另外，国有林区森林出现资源危机、经济危困，不少企业有欠发职工工资的现象。企业对投保缺少积极性，这是森林保险展开难、收费难的重要原因。二是林业职工市场意识缺乏。林业生产正处于从传统林业向市场化转变的过程中，职工市场意识不强，对森林保险的必要性、迫切性认识不足，依然保留着旧的、传统的思想观念和侥幸心理。许多林业经营者对保险这一概念不理解，更没有长远的风险预防观念。对于林业经营者来说，把森林作为标的参加保险，无疑又增加了经营林木的成本。更有人认为搞保险加大了群众的负担，因而拒绝参加。认识上的障碍势必制约森林保险事业的进一步发展。三是险种单一，不能满足林业经营者的需求。森林保险和农业保险同属于政策性保险，所不同的是森林保险险种单一，只有单一火灾基本险一种，远不能满足林区防范多种自然灾害的要求。同农业险种已达100多种相比差距很大，目前还有很多险种没有开办，如森林病虫害险，林区多种经营生产中的各类保险。

3. 森林保险法律法规缺位

虽然国家以法律的形式规定了对农业保险的支持，同时将农业保险从商业保险中分离出来。但是，至今有关林业保险的相关法律法规仍未出台。我国目前还没有规范的林业保险法规，森林保险的性质得不到界定。森林保险的组织体系、经营范围、基金管理、费率制度、赔付标准等也缺乏法律规范。由于缺乏森林保险的相应法规，在实际操作中，缺乏操作依据。在实际工作中，林业保险经营机构的行为往往表现出随意性和盲目性。

4. 现行保险体制不适应森林保险发展的需要

由于林业在国民经济中的重要地位，森林产品具有外部效应，因此森林保险具有明显的公益性，属于政策性保险的范畴。而在金融体制改革后，中国人民保险公司要向商业金融机构转变，无论是原中国人民保险公司还是现在的中保财产保险公司，其主体机制都是商业性的，这种商业性的保险公司除了向社会提供保险服务之外，主要经营目标是追求企业利润最大化，而林险服务林业、保护林业和保本经营的政策性目标是与商业性保险公司的本质要求相悖的。因此森林保险在商业保险公司中不可能找到自己的发展位置和业务空间，也就不可能发展。政策性林险被长期禁锢在商业性保险公司的体制中，这是阻碍森林保险发展的根本原因。

5. 国家政策对森林保险支持力度远远不够

森林保险离不开政府的扶持。从总体上看，森林保险的经营是亏损的，但并不排除个别年份有盈余。国家在政策上对森林保险也缺乏应有的扶持，至今政府也没有制定出完整的鼓励林业保险的措施，虽然国家免除营业税，然而有节余的年份仍要上缴所得税，在税收政策上体现不出商业性保险与政策性保险的区别，对林险的扶持力度不够。地方政府常把商业保险公司开办的林险业务看成是保险公司自己的事，盈亏与其无关，因此对林险的政策支持力度不强。亏多挣少的森林保险业务，大大挫伤了商业保险公司的热情（许兆君，2008）。

二 完善森林保险制度措施

1. 设立专业化的保险（有限）公司

改革现行的森林保险在商业保险公司中经办的体制，依法设立专业化的中国农业保险（有限）公司。建立和完善适合中国国情的森林保险组织体系。首先，根据我国林业生产幅员辽阔，各地发展不平衡及森林保险自身的特点，在我国建立以合作保险为主体的森林保险组织体系。其次，应适时组建政策性林业保险公司，专门经办森林保险，按照政府制定的林业发展目标，有步骤地制定和实施国家的森林保险计划。由此使森林保险彻底与商业保险分开经营，摆脱商业保险公司制度对森林保险的限制，同时也使商业保险公司得以全面商业化经营。

2. 大力发展政策性林业保险

由于林业自然风险大，林木保险赔付率高，林木保险不应是纯粹的商业保险，而应是政府扶持的政策性保险。政策性林业保险业务要坚持“收支平衡，略有节余”的方针，既要保证林业生产在发生自然灾害时林业职工不受大的经济损失，又能使林业保险经营正常运行。保险费应来源于政府和林业职工。政府方面，通过设立林业保险基金，或将开展保险后节省的赈灾经费和相应的补助款转为保险费的补贴来减轻保险公司的负担；对某些非常重要的林业改革项目，政府可以通过改变财政支林资金的使用办法，以提供保费的方式代替林业补贴。同时，对保险公司开展林险业务实行免税优惠，增强其偿付能力。林业职工方面，可以根据当地实际适当提高保险费率，以降低保险公司经营成本。

3. 搞活林业保险经营机制

由于我国财力有限，政策性保险很难全面推行，一般还只能由林业职工和林业局自行解决。因此，要积极探索保险经营机制，解决林业保险需求。例如，实施林业职工互助保险，通过以股份制的形式筹集风险基金，来源主要是林业职工和林业局，出资比例依林地面积、林分等来定，宜由林业局实行小区域的林业统一保险。林业职工是保险人，又是被保险人，可以有效防止道德危险。同时，各互保组织之间可以广泛开展联保关系，或要求政府或中国人民财产保险股份有限公司提供再保险服务，以最大限度降低林业风险。此外，还可以根据各地的具体情况，探索富有地方特色的保险经营体制。

4. 进一步完善森林保险机制

第一，单一火灾险种已经不能适应对森林培育生产过程多种性质不同风险防范的需要，除火灾险外，还应考虑设置其他意外自然灾害险种和人为意外损失险种等，为森林资源培育过程的连续性提供资金保证。第二，在保期确定上，充分考虑北方林业的季节变化，应积极探索由年保变为季保的做法，这样既客观实际，降低了保险费用，又防范了风险。第三，在保险费率和赔偿标准确定中，应充分考虑不同地区、不同林种、树种、林龄的差异性。既保证在林业生产者合理负担范围之内，又能保证保险机构的偿付能力。第四，通过不同保险组织形式的安排，调动保险人与被保险人双方的积极性，发展森林保险业。可以采取保险公司主办，林业部门投保；林业、保险两部门共保，责任和利益共同分担等多种形式，以促进森林保险业在我国的迅速发展。

第九章 案例研究——伊春国有森林资源产权制度改革

第一节 伊春市概况

伊春市是由林木资源的大规模开发而兴建的城市，是我国的重点国有林区，位于黑龙江省东北部，与俄罗斯隔江相望。全市南北长325km，东西宽145km。地貌特征为“八山一水半草半分田”。以大片森林资源的集中连片分布为主要特征。小兴安岭纵贯全境，行政区划面积3.3km^2。1948年进行森林资源的开发和森工企业的建设，1958年在森工企业的基础上建市，现实行政企合一管理体制，即伊春市人民政府和伊春林业管理局合一，辖1市（县级）、1县、15个区（其中13个为区、局合一）、17个林业局。自1948年大规模开发建设以来，共生产木材2.4亿m^3，上缴利税、育林基金59.2亿元。

伊春林业施业区面积为400万hm^2，占黑龙江省森林资源总面积的44.6%，占全国森林资源面积的3%；伊春林区现有17个林业局，占黑龙江省森工林业局总数的40%，占全国国有森工企业总数的11.9%。

伊春林区有林地面积309万hm^2，森林覆被率为82.2%［其中伊春林业管理局（伊春林管局）管辖范围内的森林覆盖率为83.4%］，活立木总蓄积量2.2亿m^3。伊春拥有亚洲面积最大、保存最完整的红松原始林，森林类型是以红松为主的针叶、阔叶混交林，蓄积量较多的树种有红松、云杉、冷杉、兴安落叶松、樟子松、水曲柳、黄菠萝等，藤条灌木遍布整个施业区，各种珍惜名贵的针阔叶树种达110余种。

全市总人口132万人（其中非农业人口110万），全部从业人员42.2万人，国有在册职工30.6万人，其中在岗职工20.4万人。一次性安置5.8万人，下岗职工5.7万人。森工混岗职工11.1万人（20世纪90年代中期基本全部下岗）。

全市规模以上工业企业130户，其中大中型企业31户。2007年全市工业生产总值153.8亿元，同比增长11.5%。全口径财政总收入完成8亿元，同比增长30.5%，其中地方财政收入完成4.5亿元，同比增长35.1%。固定资产投资完成50.1亿元，同比增长30.5%。三次产业的比例由2000年的15.4∶56.6∶28.0调整为2006年的24.9∶38.3∶36.8。

伊春是我国东北、内蒙古地区开发最早的国有林区，也是沿袭前苏联管理模式，实行政企合一、集权统管体制最突出的国有林区。自1948年大规模开发建设以来，长期超负荷地承担国家下达的木材生产任务和各项上缴指标，至20世纪80年代中后期，已陷入资源危机、经济危困的“两危”之中。

第二节 伊春国有森林资源产权管理制度

伊春国有森林资源是伊春林业的主体，国有森林资源面积达286万hm^2，蓄积2.04万m^3，占有林地总面积93.8%，占总蓄积的89.9%。目前，伊春国有森林资源产权中的所有权归国家所有，即国家对森林、林木和林地享有所有权和使用权。国有森林资源的产权管理由市政府资源林政部门代理国家依法进行管理。资源林政部门依照《中华人民共和国森林法》、《中华人民共和国野生动物保护法》、《中华人民共和国野生植物保护条例》等法律、法规，对伊春境内的林权、林地、林木进行管理，主要负责组织制定使用林业用地规划，审批各种征占用林地，核发林地使用许可证；组织认定山林界限、处理林权纠纷、维护山林权属，保障国家、集体、个人的山林权属不受侵犯；及时、全面掌握森林资源的数量、质量和消长变化情况；按照国家计划编制、提报、下达全市森林采伐限额计划、木材产量计划和“三总量管理”；对辖区内偷拉私运、乱砍滥伐等林政案件进行查处；负责野生动植物的保护与管理等。

森林资源作为国有资产，一直是国有国营，不仅森林抚育完全依赖国家投入或企业代行国家投资，其资源的开发利用也主要由国有森工企业独自进行。由于国家和企业对森林资源的抚育难以投入足够的资金，尤其是所投入的资金并未收到预期的效果，使国有林区正处于由于长期积淀而形成的资源性、结构性、体制性、社会性诸多矛盾的旋涡之中。这其中，体制性矛盾尤为突出，表现为：产权不明、责任不清，产权主体和责任主体由于处于虚置状态而严重缺失，致使责任、权力、利益难以统一。特别应该指出的是，产权不明的最大弊端在于：它割裂了国有林区与市场的对接，导致林业经济结构严重失衡；企业历史包袱沉重、增收乏力；职工收入低下、心理失衡。可见，国有林区的改革与发展、稳定与和谐，到了必须解决产权制度的关键时刻了。否则，就难以实现对森林资源的有效保护进而维护生态平衡，就难以保证林业的可持续发展。

第三节 伊春国有森林资源产权制度改革的主要内容及操作程序

我国的《中华人民共和国森林法》明确规定，除了林木有个人所有权外，其余均归国家或集体所有。森林、林木和林地承担着为国家提供生态产品和经济产品的重要职能。应该看到，我国经过 30 年的改革开放，人民生活水平有了很大提高，物质产品、精神产品相当丰富，而生态产品却比较匮乏，生态环境受到破坏。正如国家林业局局长贾治邦所指出："全国 18 亿亩耕地，解决了 13 亿人口的吃饭问题，而全国 43 亿亩林地，却没有解决 13 亿人口的用材问题和生态问题，根本原因是林地产权模糊，经营主体不明，进而严重制约了林业生产力的发展。"这一点，伊春林区具有典型性和代表性。经过伊春市政府的多次上报、请示，以及国家各级领导人多次深入伊春的实际调查、了解，2006 年 4 月 29 日，全国国有林权制度改革试点——国有林地承包经营，终于在伊春市乌马河林业局乌马河经营所敲响了第一槌，拉开了国有林权制度改革试点的序幕。伊春国有森林资源产权制度改革是一项复杂的系统工程，其改革按照分类别、分步骤、先易后难、先试点后实施的原则，积极而又稳妥地加以推进。

一 改革的指导思想

以邓小平理论、"三个代表"重要思想和党的十六大精神为指导，以加强生态建设，维护生态安全，促进经济与资源、环境的协调发展为目标，按照《中共中央国务院关于加快林业发展的决定》、国家林业局和省市关于林业产权制度改革的战略部署，积极开展森林、林木所有权和林地使用权（以下简称林地使用权）合理流转，大力发展私有林，充分调动社会各方面参与林业建设的积极性，优化森林资源、资金、技术和劳动力等生产要素的配置，提高林业可持续发展能力，实现林业跨越式发展，加快林区全面小康社会的建设步伐（伊春国有林区改革试点指导协调小组，2008）。

二 改革的主要原则

进行林业产权制度改革是一项政策性、技术性很强，事关国家、企业、职工切身利益，涉及面广、难度大、要求高的全新工作，在改革的过程中应遵循以下原则。

（1）坚持生态效益优先，三大效益兼顾的原则。正确处理优化生态环境、发展林区经济和促进各项社会事业发展的关系，加快以木材生产为主向以生态建设为主的历史性转变，以增强全社会的生态意识，稳步推进改革试点工作。通过政府宏观指导和扶持，引导经营者依法科学经营森林，通过改善林分结构，努力提高林分质量，最大限度地发挥森林生态系统的生态效益、经济效益和社会效益。

（2）坚持林地所有权和用途不变的原则。稳住林地所有权，放开林地使用权，确保林地的国有性质不变、用途不变，坚决防止借投资发展林业为名，擅自改变林地用途。

（3）坚持分类经营、集中连片、利于经营管理和适度规模的原则。试点单位要重新调整生态公益林和商品林比重及地理分布，分别建立公益型林场和商品经营型林场。试点期间，发展私有林，实施林地使用权流转，仅在调整后的商品经营型林场内集中连片进行。

（4）坚持依法有偿流转，确保森林资源资产保值、增值的原则。林业产权制度改革必须遵守《中华人民共和国森林法》及相关政策和法规，按照国家规定的森林资源资产评估指标体系和操作规程进行资产评估，实现有偿流转，防止国有森林资源资产流失。

（5）坚持流转收益取之于林、用之于林的原则。试点期间，流转收益主要用于林业企业森林资源培育保护、林业基础设施的建设和养护、生态公益型林场（所）建设、林业企业建立完善社会保障体系和流转后的森林资源管理等，以解决国有森工企业历史欠账和投入不足等问题。

（6）坚持自愿、公开、公平、公正的原则。林地使用权流转和发展私有林必须体现转让方和受让方的意志，按照市场经济规律，公开森林资源信息、程序、方案及结果，赋予来自社会各方面受让方平等的权利，按照法定条件和程序平等对待每一个参与的经营者。

三 改革试点的范围及主要内容

1. 范围

伊春国有林权制度改革试点，是在不改变林地国有性质和用途的前提下，对浅山区林农交错、相对分散、零星分布的易于分户承包经营的部分国有商品林，由林业职工家庭承包经营，把林地的经营权、林木的所有权和处置权交给职工。试点范围为伊春林管局管辖的双丰、铁力、桃山、翠峦、乌马河5个具有代表性的林业局（每个林业局选定3个林场或经营所）展开。试点规模仅限于商品林地，试点面积为8万hm^2，平均每户经营面积原则上不超过10hm^2，公益林地不纳入试点范围。承包经营林地的对象是试点林业局的林业在册职工，伊春林业管理局及试点林业局机关干部和离退休职工，暂不参加林地的承包经营。

试点林场（所）总经营面积25.2万hm^2，拟流转面积16.4万hm^2左右，约占伊春林区施业区总面积的4.2%，占伊春林区商品林总面积的18.6%，其中，无林地、疏灌林地以及其他林地面积3.0万hm^2，幼龄林面积5.7万hm^2，中龄林面积6.0万hm^2，近成过熟林1.7万hm^2。在试点区域内，对森林景观可总体流转，也可部分流转，但不能影响景观的生态完整性和观赏价值，森林景观的开发不得破坏森林植被。林地使用权流转期限不超过70年。

2. 主要内容

林权制度改革主要内容如下。

（1）林地使用权流转。在试点区域商品林区中，按程序对林地使用权依法有偿流转，放活林地使用权，实现林业产权主体和投资主体多元化。

（2）大力发展私有林。在流转的基础上，一是在无林地、疏林地等直接营造私有林；二是通过改造、改良现有林发展私有林；三是通过科学经营现有林发展私有林。

3. 方式方法

林地使用权流转可采用转让、出租、抵押、出资等方法，并根据不同的方法采取拍卖、招标、协议等方式进行。

四 操作程序

科学规范的操作程序是推进伊春国有森林资源产权制度改革的必要保证。林权改革的程序由伊春林管局作为发包方，与林场职工签订承包合同，明确双方的权利义务，并对林地使用权、林木所有权、承包收益分配以及合同期满后尚未采伐的林木处置等事宜都予以明确约定。尤其是在承包期内，人工商品林中的速生丰产林和周期短的工业原料林的采伐年龄可以由经营者自己确定，这种经营模式是对国有国营单一经营体制的重大的历史性突破。

流转的具体程序为：合理规划流转经营区；公开资源信息；受让方向当地林业产权制度改革试点工作领导小组办公室提出书面申请；试点工作领导小组办公室组织实施现地区划与资源清查；按照规定进行森林资源资产评估；伊春市林业产权制度改革试点工作领导小组办公室审核、审批，与受让方签订合同并进行法律公证。流转后林地仍由当地林业主管部门依法实施管理和监督，健全流转档案。

（1）合理规划流转经营区。当地林业产权制度改革试点工作领导小组组织对进行林地承包经营的地块进行现地区划，区划工作必须由具备丁级以上林业调查设计规划资质部门完成。区划以自然区划为主，但应充分考虑小班交通条件的相对独立。区划界线要挂号、实测，转、交点处设置永久标桩，标明区划名称、地理坐标。

（2）公开信息和提出申请。当地林业产权制度改革试点工作领导小组办公室应将区划完毕的森林资源信息和承包经营模式等张榜公告。参加承包经营的人员向当地林业产权制度改革试点工作领导小组办公室提出书面申请，领取申请表，经当地林业产权制度改革领导工作小组对申请人的身份确认后，报送伊春市森林资源产权制度改革领导工作小组办公室核准。

（3）签署意向性协议。通过身份认定后的申请人与当地林业产权制度改革试点工作领导小组办公室签署林地承包意向协议，确认经营地块和经营模式，报送市资源管理部门申请评估立项。

（4）进行森林资源资产评估。森林资源资产评估必须由具有资质的资产评估机构，按照国家规定的森林资源资产评估指标体系和操作规范并结合伊春林区森林资源现状进行现地调查和评估，出具评估报告。调查和评估工作必须由当地林业产权制度改革试点工作领导小组监督。

（5）竞价招标和协议商定。经伊春林管局资源部门同意后，当地林业产权制度改革试点工作领导小组根据国家有关规定对已经过资产评估的地块通过拍卖、招标、协议等方式确定最终承包经营人。竞价招标和协议商定全过程必须由当地林业产权制度改革工作领导小组监督。

（6）核查审批。当地林业产权制度改革试点工作领导小组将最终受让人书面申请、个人基本情况、承包经营林地位置图、承包经营林地现状调查表、资产评估报告及其他有关材料核准后报伊春市林业产权制度改革工作领导小组办公室，经审查认证后，由伊春市林管局资源管理部门审批。

（7）签订合同。当地林业产权制度改革试点工作领导小组根据伊春市资源管理部门的批复与承包经营人签订林地承包经营合同，并进行法律公证。

（8）建档备案。各改革单位要建立健全林地承包经营档案，报送伊春林管局资源管理部门建档备案，后逐级上报省和国家林业局。

第四节 试点改革的进度安排

按照国家对伊春国有森林资源产权制度改革试点的要求和伊春面临的现实条件，伊春森林资源产权制度改革分三个阶段，在10年内来进行。

第一阶段，试点阶段。2006～2007年，利用2年的时间，选择伊春林业管理局管辖的双丰、铁力、桃山、翠峦、乌马河5个具有代表性的林业局（每个林业局选定3个林场或经营所）开展林权制度改革的试点。试点单位既有政企合一型单位（乌马河林业局），又有单一企业型单位（双丰、铁力、桃山林业局）。改革试点在商品林区内进行，总规模4.1万hm^2，约占伊春林区施业区总面积的1%，占伊春林区商品林总面积的4.5%。

该阶段完成试点单位分类经营、流转地块和发展私有林的调查区划工作，按程序完成试点总规模20%以内的试验任务。完善以上各项方案、实施细则及操作管理办法。边总结、边完善、边推广。建立完善林地使用权流转交易市场，研制林地使用权流转和发展私有林的地理信息系统及专家决策系统。

第二阶段，推广阶段。2008～2010年，在总结前期试点经验的基础上，利用3年时间，选择伊春林区资源状况较差的乌伊岭、红星、五营、上甘岭、翠峦、南岔、金山屯、美溪8个国有森工林业局进行改革。改革在商品性森林资源区内进行，总规模23万 hm^2，约占伊春林区施业区总面积的5.6%，占伊春林区商品林总面积的26%。

第三阶段，全面推开阶段。2011～2015年，利用5年时间，在伊春林区适宜的林区内全部进行改革。改革总林地面积约70万 hm^2，占伊春林区施业区总面积的17%，占伊春林区商品林总面积的80%。

第五节　伊春国有森林资源产权制度改革的保障措施

伊春国有森林资源产权制度改革必须建立健全有效的工作保障措施，以便推进改革顺利进行。

(1) 广泛宣传，提高认识。通过广播、电视、报纸等各种新闻媒体，大力宣传森林资源产权制度改革的重要意义及其相关的政策法律、法规，使林区职工群众充分认识到这项工作是关系到林区生态建设和生态安全的一件大事，是提高森林可持续经营能力和森林资源培育进程、创造性实施天然林资源保护工程的重要举措，是林区实施可持续发展战略、全面建设小康社会的有效途径，从而激发社会各方面参与森林资源产权制度改革的积极性，推动林业的跨越式发展。

(2) 健全制度，规范运作。在国家和地方的法律、法规、政策的框架内，解放思想，大胆创新。建立健全具有可操作性的规章制度和办法，高水准起步、高标准要求、高质量运行，科学、规范运作。及时总结林权制度改革的工作经验，找出存在的问题及产生问题的原因，提出解决问题的方法和措施，推动林业产权制度改革工作全面铺开。

(3) 配套改革、整体推进。把林权制度改革工作与林区经济管理体制、资源管理体制和林木采伐管理制度等项改革有机结合起来，配套推进，确保森林资源产权制度改革的顺利进行。

(4) 政策支持，跟踪服务。加大政策扶持力度，完善监督服务，从市场准入、政策导向、项目提供、科技支持等方面入手，为森林资源产权制度改革创造宽松环境。在改革期间，森工企业职工可利用拖欠工资抵顶部分购买资金，也可自愿用一定价值的森林资源置换劳动身份；改革单位将逐步调减主伐木材产量，所减少收入由国家林业局在天然林资源保护工程专项资金调整的同时，按改革单位木材生产调减量予以补助。对在治理难度较大的宜林荒山、荒地、荒沙和坡地发展私有林，并保证在规定期限内恢复植被的，可无偿获得一定期限的林地使用权。同时改革区域内的各级政府、各试点单位有义务为民有林经营者提供技术咨询服务和森林防火、病虫害防治服务，对民有林经营者的合法权益予以重点保护，鼓励和引导民有林经营者参加保险，解除民有林经营者的后顾之忧，以推进林权制度改革工作的顺利实施。

(5) 加强领导，强力推进。伊春市委、政府应把林权制度改革工作作为全市改革的重点来抓。成立由市委、市政府主要领导为组长，资源、营林、劳动、财政、宣传、金融和保险等部门为成员的林权制度改革工作领导小组，具体还应抽调相关部门得力人员成立林权制度改革工作领导小组办公室，负责改革的日常工作。市直各有关部门要进一步落实责任、完善措施，做好指导、协调和服务工作。各森工林业局也要成立相应的组织领导机构，加强对改革工作的领导。

第六节 伊春国有林权制度改革模式设计

一 伊春国有林权制度改革总体模式

经过大量调查研究，结合多年来伊春国有森林资源产权制度改革的探索和实践，伊春国有森林资源产权制度改革模式总体上确定为“国有林地承包经营”，即在不改变林地国有性质和用途的前提下，对浅山区林农交错、相对分散、零星分布的易于分户承包的部分国有商品林，按一沟一系一坡的自然界限，并结合森林经营区划，由林业职工家庭承包经营，即把林地的经营权、林木的所有权和处置权交给职工，一定50年不变。而对大面积、集中连片的公益林和商品林，由伊春林业管理局依法加强经营管理。具体为：远封近分、三林流转、大力发展民有林。

(1) 远封近分。远封近分就是对远山区除原料林基地之外的林地，特别是重点生态公益林，全部封山育林，国有国营。同时整合这些地区的社会系统，对远山区林场所和居民点逐步进行撤并，建立无人区，让这些森林资源免遭人为破坏，自然恢复发展；根据伊春森林资源分布现状，进行林权制度改革后“封山育林”区面积将达到200万hm^2；撤并林场（所）54个，安置撤并林场和村（屯）居民5936户；

(2)“三林流转”。“三林流转”就是对近山区，特别是林业局址、林场所附近和农林交错地区、林缘地带的商品林及一般公益林中的森林、林木和林地使用权进行有偿流转。“三林流转”的形式可采取转让、出租、出资方式进行。“转让”就是受让人通过拍卖、招标等形式，在一定期限内有偿承包林地使用权和享有其森林林木的所有权；“出租”就是林地使用权人通过协议等形式将其享有的林地使用权和森林林木资产所有权，在一定期限内承租给他人，承租人取得的只是林地使用权和森林林木资产所有权的承租经营权。“出资”就是林地使用权人以其林地使用权及森林林木资产作为入股、合资或合作的条件。实行有偿流转后，受让方相应享有森林、林木所有权和林地使用权，并可依法继承、转让，进行再流转；享有获取森林、林木生长所创价值权；依法经营利用林木、林下植物资源权；依法对流转经营区进行管护权；对正常经营活动及获得的收益要求行政和司法保护；对人为造成的经济损失依法索取赔偿的权利。

(3) 大力发展民有林。大力发展民有林就是对可流转林地中的荒山荒地、火烧迹地、林中空地、退耕还林地，立地条件较好的过伐林地、疏林地、灌木林地、废弃料场、沙场、金矿过采区，低质低效、低产低价次生林等林地的使用权和经营权，在较长时期内转让给林业企业职工，进行植树造林、管护经营。伊春国有森林资源产权制度改革后，可发展民有林 70 万 hm^2。

二 伊春国有森林资源产权制度改革具体模式

1. 民有民营

民有民营模式是指林业职工以承包方式获得林地经营权和以转让方法获得森林林木资源资产的所有权，自主经营，经营收益归个人所有，风险由个人承担。

2. 股份合作经营

股份合作经营模式是指企业和职工以出资方式把国有森林资源、林业职工参与的劳动及其他各种途径投入的资金和技术，按一定的标准分别量化为一定的股份，实行同股同权，共同决定森林资源经营的有关事宜，分享相应的收益。企业是指林场（所）、林业局，代表国有股。将职工的股权分股到户，将国有股和职工股按股权比例匹配落实到现地。具体经营方式可采取企业统一经营，按股投入，按股分红；也可采取企业统一规划，分户经营，按股投入，按股分红。鼓励联户经营，按股投入，按股分红，这样既可实现一定规模经营，使权利、义务更加具体。这种模式的组织结构和治理结构是建立股东会—董事会—监事会—经理人组织制度。最高权力机构是股东大会，常设机构是董事会。董事会成员由股东大会选举产生。董事会任命合作经营主要管理人员（总经理或场长）。职工持股代表进入董事会的比例应高于其所占股份的比例。

股份合作经营的股权结构由国有资产法人股、职工认购股、劳动力股和科技股组成。国有法人股以国有林地和林木资产入股，国有股比例不能太大，否则“一股独大”，可将参股比例控制在 50%～60% 比较适宜。职工认购股分为：①职工个人出资购买林地和林木入股，可实行分期付款；②考虑林区职工比较困难，可将过去劳动积累的公积金或公益金按工龄无偿分配给职工作为职工股；③可利用一次性置换国有企业职工身份款项购买股份；④企业可为职工统一贷款，由职工从贷款中借款购买股份，以后分期还本付息。职工股比例应控制在30％～40％。劳动股是以全体在职职工为对象，根据职工技能、贡献、职务的不同，给予不同的股份，并享受剩余收益权。劳动力股不拥有对现有企业存量资产的所有权，只享有对增量资产的收益权。同时，劳动力股不能转让，不能继承。科技股为按照职工的技术发明专利等无形资产所折股份，此股可以继承转让。

3. 国有民营

国有民营模式是指企业通过管护承包、租赁等形式把森林资源资产的经营权授予林业职工，自主经营，并按法律契约履行相应的责任、权利和义务。这种模式适用于大面积连片承包经营的林地，有利于发挥森林资源经营产生的规模经济效应，也有利于投资效益的提高。具体主要采取两种形式。

(1) 承包经营制。对竞争性国有森林资源实行的承包经营制是目前国有林区森林资源家庭承包责任制的发展，采取的是一种与农村家庭联产承包责任制类似的制度变革与产权安排形式。其基本内容是，在坚持森林资源资产国家所有的前提下，按照森林资源的所有权和经营权适当分离的原则，以承包合同的形式，明确所有者和经营者的责任、权力、利益关系，使经营者自主经营、自负盈亏的管理和组织活动的一种制度安排。承包经营者按一定的基数上缴林木主伐净收入分成和林地使用费以及风险抵押金。每年上缴的林地使用费可按林地立地质量、远山近山、交通条件等确定。

(2) 租赁经营制。国有森林资源资产租赁经营制比承包经营模式更灵活，是承包经营制的延伸。其主要做法是：企业组织通过收取一定的租金将国有森林资源一定期限的经营权转让给承租人，实现所有者收益；承租人定期缴纳约定租金，按照出租人所确定的原则（不改变林地的用途等）及方向独立地决定森林资源开发利用的经营决策，并获取相应的收益。承租权可依法按合同规定转让和继承，但要经过发租企业的同意或备案。

国有林区内的“民有林”，属于商品林的，全部划归个人，并核发林权证；属于公益林的，核算后由国家逐步回购。每种模式所约定的经营期限不超过50年。

第七节 林权制度改革成效与问题分析

伊春市国有森林资源资产产权改革试点已经进行了三年多了，尽管整个的改革成果还不能完全显现出来，但从发展势头上看还是令人欣喜的。本部分以伊春市第一阶段试点单位桃山林业局国有森林资源产权制度改革为例，对国有林权改革的成效和问题进行分析。

一 林权制度改革成效

(一) 经济效益

黑龙江省伊春市桃山林业局国有林产权制度改革流转后的 3.5 万 hm^2 民有林按平均产值 9 万元/hm^2 计算，20 年后仅林木总产值可达 31.5 亿元，国家可得税收 15 750 万元，企业可得收入 17 500 万元，职工总收入可达 281 750 万元。按每户职工经营 10hm^2 计算，可使 3500 户职工家庭直接参与经营管理，仅林木一项，户均收入可达 80.5 万元；户净收入最低 63.28 万元，最高 76.84 万元。

桃山林业局神树林场民有林地中有块墓地，过去上坟烧纸没人管、管不住，现在大家自发组织，死看硬守不落空。下岗职工乔学兰买了 6.5hm^2 地，20 年来多次造林失败，这回兄弟 3 家一齐上山打带、刨穴、植苗，3 次镐抚，造林成活率达到 95%。

桃山林业局科技科张喜英用 12 万元（拖欠工资 5.8 万元＋现金 6.2 万元）买了 33hm^2 商品林，在做好苗木补植的前提下，根据立地条件，规划了药材种植、嫁接红松结籽、用材林，绿化用大苗苗圃 3 个经营区，测算 3 年后投入产出比为 1∶6.72。

上呼兰林场老知青吴宝财有民有林 12.7hm^2。买林地、补苗木、抚育、采伐雇工 750 个，投入 11.31 万元，春季间伐木材 150m^3，收回了 5 万元；家庭苗圃除苗木自给外，为发展林下种植，培育串地龙、五味子、平贝种苗；计划种植山药材 4hm^2，预计 3 年可收入 9 万元；还要在林地圈养 1000 只绿鸟鸡（入秋每只能卖 50 元），并逐步扩建成种鸡草地；利用庭院和空地养猪、牛和鱼等，自种青饲料，估算 3 年即可收回全部投资。

在我们对桃山林业局林权改革的调查中，对此次国有林权改革的评价感到满意和非常满意的占 96%（图 9-1），参加国有林权改革前 5 年的年平均收入在 3000 元以下的占 66%，林权改革后将近 3 年的时间此比例就减少到 43%，下降了 23%，而年收入 3000 元以上的从 44%上升到 57%（图 9-2、图 9-3），该收入上升的主要来源是林下资源的利用和外出打工（图 9-4）。在对职工远期收入期待的来源调查中，多数人选择了“林下资源的利用”和“外出打工工资”（图 9-5）。

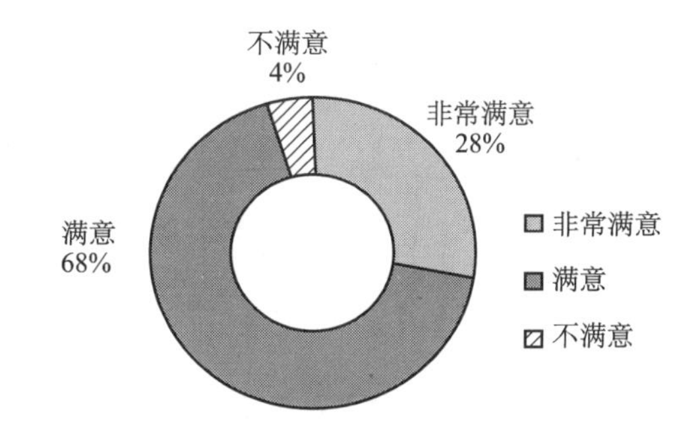

图 9-1　对此次国有林权改革的评价示意图

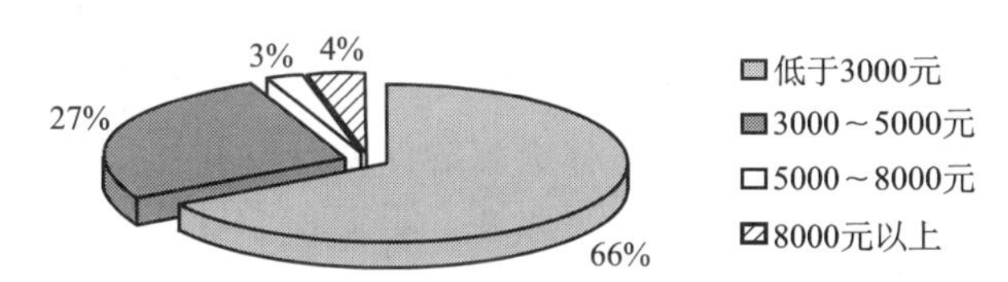

图 9-2　没有参加国有林权改革前五年的平均收入示意图

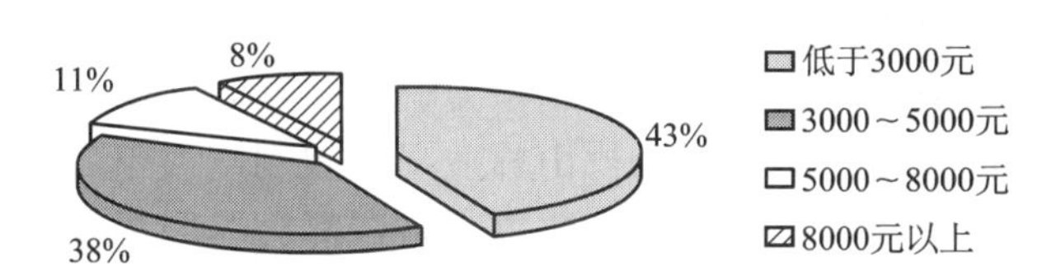

图 9-3　参加国有林权改革后的年收入示意图

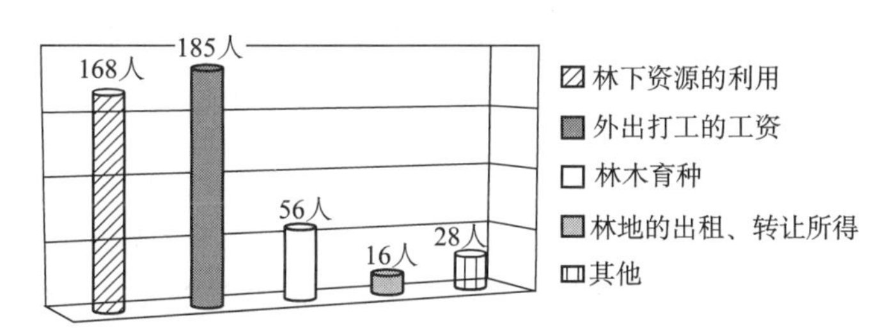

图 9-4　近期内主要收入的获得途径示意图

（二）社会效益

伊春市桃山林业局林权制度改革不仅取得了明显的经济效益，而且取得了较好的社会效益。

第一，伊春市桃山林业局林权制度改革安置职工就业。自 20 世纪 90 年代初，伊春市桃山林业局企业陷入森林资源危困和经济危机，职工平均月收入仅

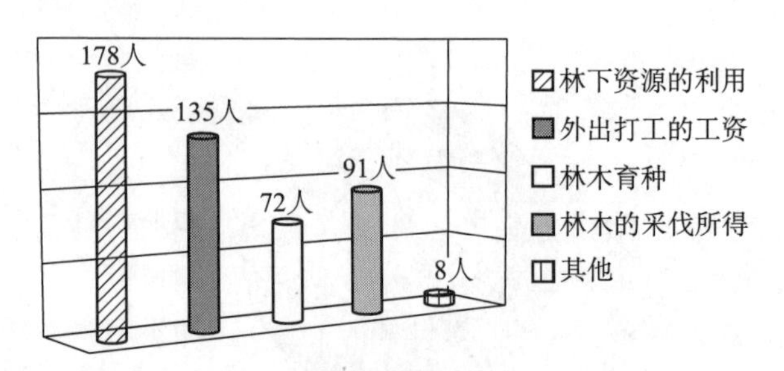

图 9-5　长远收益的主要获得途径示意图

为 310 元。近年来，随着木材产量进一步调减，伊春市桃山林业局企业富余职工和需就业的人员增多。安排 3.5 万 hm^2 林地给职工承包经营，可直接安置上千名职工。同时，实施林权制度改革，实现了一人承包全家就业的新局面。承包户通过立体复合式经营，促进森林资源的深度开发和利用，从根本上改变了林业职工“守金山日子穷”的状况。此外，职工有了自己的一片青山，看到了长期生存受益的希望，增加了安居乐业的信心。

第二，伊春市桃山林业局林权制度改革后社会纠纷和矛盾明显减弱。伊春市桃山林业局林权制度改革前，林区居民盗伐国有林木的案件时有发生，一方面，国家要在侦破案件方面投入人力、财力；另一方面，盗伐案件的增多也严重地影响了社会的稳定性。伊春市桃山林业局林权制度改革后，林区的承包户享有林木的所有权，对林木的防火、防虫、防盗都会尽职尽责，有效地控制了林区盗伐的犯罪率，减少了社会矛盾。

第三，伊春市桃山林业局林权制度改革后社会保障问题得到缓解。伊春市桃山林业局林权改革后，承包户不仅通过享有林木的所有权获得收益，而且可以通过享有林地的长期使用权发展林下经济获得收益。这样林区职工就改变了林权制度改革前等、靠、要的消极生活方式，而是在专家、技术人员的指导和帮助下，发展短期、中期、长期林下经济项目向现有资源要效益的积极生活方式。伊春市桃山林业局林权改革后，林业职工的生活水平提高，生活质量得到改善，一定程度上缓解了国家对医疗、就学、住房、林区工资等一系列社会保障问题的压力。

（三）生态效益

伊春市桃山林业局的林权制度改革也带来了明显的生态效益。

第一，伊春市桃山林业局林权制度改革使国有森林资源得到有效保护。伊春市桃山林业局林权制度改革之后，3.5 万 hm^2 林地的林木蓄积从现在的 123 万 m^3 增长到 550 万 m^3。森林覆被率增长 6%，同时，林业职工拥有了林地的经营权、林木的所有权和处置权，真正成为林木的主人，就像管护自己家的园田一样管护承包的林木。特别是秋防时期，各个承包户轮流值班，每天巡护两次，有效地控制了盗伐现象，也积极预防了火灾的发生。

第二，伊春市桃山林业局林权制度改革使国有森林的生态效益发挥显著。一方面，伊春市桃山林业局林权制度改革林地承包到户以后，极大地激发了职工造林、营林的积极性，造林速度加快，森林数量增加，林木质量明显改善。另一方面，伊春市桃山林业局林权制度改革实行“远封近分”的政策，使得远处的国有森林资源得到休养生息。总之，伊春市桃山林业局林权制度改革使国有森林的生态系统得到健康发展，生态效益得到更好发挥。同时，伊春市桃山林业局林权制度改革使伊春市近百万公顷的大森林资源得到有效保护，每年可吸收二氧化碳 2430t，生成氧气 3340t，空气中含有丰富的负氧离子和植物芳香气味，提高了人民的生活质量，也使伊春市森林资源的生态效益实现最大化。

第三，伊春市桃山林业局国有森林的生态环境得到改善。伊春市桃山林业局林权制度改革后，伊春市桃山林业局的生态旅游全面发展，并且带动了相关服务产业的发展，拓宽了当地林业职工的就业途径，降低了当地林业职工对森林资源的直接经济收入的依赖性，使林业职工意识到只有保护森林资源才能在森林资源上挖掘出更多的效益，国有森林采伐量逐年下降，国有森林资源得到休养生息。

尽管这次伊春市桃山林业局国有林试点中，林地承包经营面积只占伊春林区林地总面积的很小部分，但是对这小部分林地实行承包经营，可以在一定程度上减轻大面积森林资源消耗的压力，使其得到进一步的休养生息。

加快伊春林业局国有林权制度改革已势在必行。以山有其主、主有其权、权有其责、责有其利，还山于民、还权于民、还利于民的林权制度为改革的目标，这是广大林业职工的强烈愿望，关乎林区人民的利益；这也是全国国有林区改革的突破口，关乎全国国有林产权制度改革的成败。

二 林权制度改革存在的问题

由于国家正式确定伊春市桃山林业局进行国有森林资源产权制度改革时间较短，在实践过程中缺少相关的实际经验和配套政策，所以存在一些问题，具体如下。

（1）改革采用的模式单一。伊春市桃山林业局在进行国有森林资源产权制度改革过程中，主要采用的都是承包经营模式，管护经营模式适用的范围较小，拍卖模式由于条件不成熟无法进行二次交易而无法推广。并且对有利于吸引社会上闲散资金的租赁、联营模式，有利于国有森林资源保值增值的抵押承包模式以及有利于资金和劳动要素相结合的股份合作制模式没有因地制宜的有效采用，这样“一刀切”式的改革不利于国有森林资源的可持续发展。

（2）采伐限额不适应改革要求。森林资源林木采伐限额制度是《中华人民共和国森林法》规定的一项法律制度，是森林采伐管理的重要内容，其目的是通过对森林采伐数量的控制来增加森林面积和森林蓄积量。但随着林业经济的高速发展，我国目前森林采伐限额制度与林业发展之间的矛盾日益明显，面临着一系列的问题。而解决这些问题则成为伊春国有林产权制度改革的一个重要课题。

（3）产权权属不清。桃山林业局林权制度改革对流转后的森林、林木权属问题没有解决。林权凭证是林定权、树定根、人定心的法定标志。眼下民有林经营户心中不踏实的一个根本原因是林权凭证没拿到手。要加速推进林权制度改革，就应全力对上争取，千方百计地突破现行林权凭证发放规程，建立、健全既顺应国家林权制度改革的大政方针，又符合市场经济规则要求，还利于林权制度改革需要的新的林权凭证管理、发放办法。对已流转的“三林”地块、自费造林地块中符合规定的，验收确权后应及时发放林权证，并通过法律程序认证。妥善处理好一些自费造林地块历史遗留问题，尽早明晰产权归属问题。

（4）资产评估和市场体系不健全。伊春市桃山林业局国有林产权制度改革过程中，国有林在承包、租赁、拍卖以前的评估过程中存在国有森林资源评估不合理的问题。第一，伊春市桃山林业局在国有林产权制度改革评估过程中，评估机构是政府委托的而且是一级评估，承包户如果对国有森林资源的评估结果有异议则没有其他救济途径。第二，伊春市桃山林业局国有林改革的评估机构本身并不是国有林专业的评估机构，评估内容也仅仅限于国有森林资源的林木价值，对国有林地资源的价值没有做出评估。第三，伊春市桃山林业局国有林产权制度改革过程中，由于现行“三林”的定价行为人不具备市场经济要求的法定资质，造成了已流转的“三林”只有合同的契约力，没有市场交易的法定效力，导致已流转给经营户的“三林”不能转为资本进行运营，致使转让、保险、贷款等无法正常进行。“三林”流转，就是要盘活森林资产，把闲置的森林、林木、林地通过市场经济手段转化为流动的资本，使“死树”变成“活钱”。试点中一个突出的难题是“三林”的定价；合法认证目前流转的“三林”价格应当综合参照国家有关方面前几年出台的相关规定及上级有关文件精神，并根据本地前5年木材销售现价为基数加以确定。

（5）融资渠道不畅通。通过扩大国有森林资源产权制度改革的对象范围可以解决林权制度改革资金匮乏、技术及管理水平低下的问题。截至2007年，桃山林业局已流转商品林2547.84hm^2，参与者共计138户，其中企业内参与者135户，占97.83%。而135户中工人、青年占47%，干部占53%，山上职工占

56%，山下职工占44%。桃山林业局实际收取和预收的国有林地流转资金全部自行支配，主要用于顶抵拖欠工资等，目前已实现流转收入1261.96万元，95%用于抵顶拖欠林业局职工工资和费用，没有真正投入林业生产。

(6) 保险体系缺失。伊春市桃山林业局国有森林资源产权制度改革中面临保险体系缺失的问题。一方面，目前我国的保险公司没有国有森林资源保险这个险种，要增加此险种需要保险公司进行充分的调查和论证，而且保险公司想不想增加此险种还有待于协商；另一方面，伊春市桃山林业局职工的承受能力有限，保险费用过高职工无力承担，过低保险公司会无利可图。因此，伊春市桃山林业局国有森林资源产权制度改革迟迟没有涉及保险问题，长此以往不利于国有森林资源的健康发展，也不利于承包者与保险公司间实现国有森林资源风险共担。

第八节　进一步深入林权改革的对策

一 国家尽快出台森林资源流转实施办法

因目前国务院始终没有出台有关森林资源流转的具体办法，进行森林资源流转还缺乏有效的政策法律具体实施依据。建议国家有关部门尽快出台国有森林资源流转实施办法，明确流转的条件、形式、操作程序等，使伊春国有森林资源产权制度改革中森林资源流转有明确的政策法律依据，规范流转行为，促进林权制度改革顺利实施。

二 放宽造林地标准

因黑龙江省森工总局2001年颁发的有关文件对自费造林提出限制的影响，伊春林区现在营造民有林林地受到很大限制。因此，建议国家和黑龙江省有关部门，将伊春林区发展民有林林地放宽到一般生态公益林，同时将郁闭度的要求放宽到0.2～0.5，以满足营造民有林需求。建议国家尽快实行生态效益补偿制度，对生态公益林区内营造民有林按造林保存面积支付生态效益补偿金，维护自费造林职工利益。

三 采伐限额制度的完善

对于生态区位重要、生态脆弱地区的公益林，要严格限制采伐的总量、方式和强度，确保森林资源的生态效益充分发挥；对于商品林中的天然林，政府要按照国家有关技术规程的规定，合理进行采伐利用；对于商品林中的人工林，要按照社会主义市场经济的规律，适当放宽政策。因此，为了从根本上解决林业职工造林容易、采伐难的问题，促进和强化流转后的资源经营管理，国家应尽早明确流转森林、林木资源采伐限额管理办法。并建议在国有林改革试点采取商品林区非公有林可以不受国有林采伐规程的限制，非公有林采伐限额计划实行单编单列，单独使用；允许采伐限额跨年度滚动使用，抚育伐不计入采伐限额；建立森林采伐、更新管理责任制度等改革措施，解决林业职工的后顾之忧，完善森林资源流转体系。

四 在金融、税收、保险等方面给予政策扶持

由于发展民有林投入大，生产周期长，而林区职工经济又很困难，因此，应借鉴瑞典、德国等国家发展私有林经验。金融部门要尽可能地提供周期长、利息低的贷款，以解决林区职工的实际问题；对民有林经营者实行轻税薄费，除缴纳林地有偿使用费、森林经营管理费、国家征收的农林特产税外，免收育林基金，对公益林区营造的民有林减免税费，切实让经营者受益得利；保险部门适当降低保险费率，扩大险种范围，采取缓收、减收保险费等办法，支持林权制度改革。同时适当调整林业投入机制，使林业投资政策与林权制度改革相衔接，对林权制度改革给予必要的资金支持。

五 要切实落实林业承包者的自主经营权

自林业职工与政府签订林业承包合同后，林业职工便相应拥有了林木的所有权、林地的经营权。但现实中奇怪的现象是，林业职工拥有了林木的所有权和林地的经营权，但是林木的处置权却是受限制的，是不完整的。林木的处置权是林木所有权和林地经营权所附带的相应权利，也是林业职工最关心的权利。但是林业职工对林木的处置，尚需报国家林业局批准，这使得林业职工的处置权得到了相当程度的约束，可以说是有限权利。这必将影响到林业职工对林业的长期投入。在以后的改革中，政府要充分信任林区的职工群众，只要把握住林地属性不能改变的大原则，应允许林业职工根据实际情况和市场情况决定其处置林木甚至砍伐林木的时间和数量，不受采伐指标限制，随报随批，让老百姓真正成为林地的主人，不再捧着金饭碗讨饭吃。

六 林地承包经营的收益管理

伊春林区的森林资源所有权归属中央政府，对其进行流转所得收益应全部

上缴中央财政。但是也要考虑：目前此项改革只是伊春林区一定范围内的试点，其目的是加快森林资源培育和致富职工群众，涉及的对象又主要是国有林区职工群众，而目前国有林业企业与职工之间又有很多债权、债务亟待处理。因此，研究认为这些改革收益可由伊春市政府代中央收取，在伊春设立专户管理，并本着取之于林、用之于林和收支两条线的原则对其实行有效分配，实行专款专用，接受国家林业局监督，专项用于林权改革单位的森林资源培育保护和林业基础设施建设；用于解决改革单位林业企业拖欠职工工资和建立完善社会保障体系；用于改革单位生态公益型林场所建设；用于解决有关部门在林地承包经营过程中，以及林地承包经营后资源管理等方面所发生的费用支出等。

七 森林资源资产产权变更的审批

根据国家国有资产管理局和国家林业局有关规定，东北三省、内蒙古国有森林资源资产评估立项和产权发生变动时，必须由国家国有资产管理局和国家林业局进行审查、审批，而伊春林区国有森工企业进行林业产权制度改革，实施森林、林木所有权和林地使用权流转必然会发生森林资源资产的评估立项和产权变更。在林业产权制度改革期间，如果森林资源资产评估立项和产权发生变动都按上述规定履行审批程序，不仅将耗费大量时间，而且还将耗费大量资金，势必影响改革进程。因此，建议国家简化审批程序，下放审批权限，由黑龙江省林业主管部门或伊春市人民政府（林管局）代行森林资源资产评估和产权变更的审批权，便于林权制度改革的实施，所有审批结果均上报国家林业局备案，并接受国家林业局检查与监督。

八 构建国有森林资源资产监督管理机制

在森林资源资产价值量化的基础上，健全森林资源资产价值核算体系、市场运行机制和管理监督机制，确保对森林资源资产的科学管理和优化配置。

（1）建立森林资源资产价值核算体系。根据森林资源资产特性和价值构成，构建以林木、林地、森林环境、林内野生动植物资源资产价值核算为主要内容的会计核算体系，制定相关的会计制度和财务管理制度，对具体核算对象与范围的界定、价值计量与确认、会计科目的设置与账户处理、会计核算和财务报告及各项业务操作规程等内容做出明确规定，以确保对处在某一时点上森林资源资产运行状态做出正确反映。

（2）健全市场评估、交易机制。在遵循森林资源的自然属性、明晰产权的前提下，针对森林资源资产价值构成的特殊性，建立、健全相应的森林资源资产专业评估机构和培养专业评估人员，制定严格的、各地可用以实际操作的评估技术规范，提高评估结果的权威性。同时，着手建立以评估价为基础，以拍卖行为中介，遵循“三公”原则的市场交易机制。

（3）建立和完善以产权管理为核心的监督管理机制。应通过明晰产权主体、管理主体和监督主体，构建资产运行、管理和监督体系。一是完善经营者对森林资源资产的经营权，使经营者在完全享受资产经营权的同时，切实承担起资产的保值、增值责任；二是健全和完善森林资源资产的管理体制，从省到市、县，从城镇到乡村，形成以各级林业主管部门为管理主体的专司机构，按照事权划分原则，确立各级林业主管部门的管理权限和责任，做到职责明确，各司其职依据相关法律、法规和管理制度，完善各种管理手段和措施，确保管理科学；三是建立相应的监管机制，制定监督管理法规，对国有森林资源资产经营使用者、管理者实施有效的监督，做到措施得力、行之有效，执法必严、违法必究。

九 扩大投融资范围

第一，解决林权证的问题。林业主管部门应当按照承包地块重新发放林权证，应当允许森林、林木的所有权和林地使用权依法作为贷款的担保、抵押物，确保承包职工可以向银行申请信贷业务。第二，开展林业信贷项目，林业贷款按专项低息、贴息贷款纳入林业局政策性资金管理，依据林业生产需要保证相应的贷款规模，相对延长贷款期限。对林业合作社、林场和林业股份合作经济组织等提出的具有市场前景的发展项目实行贴息贷款；对林下套种、养殖项目，建立小额贷款。第三，适当的引进外来资金，因为仅凭借林区目前的财政经济状况，很难扩大林业经营的规模和项目，所以，在确保国有森林资源安全的前提下，适当引进外来资金，可以有效解决林区经济实力弱，无法扩大经营规模和实现规模效益的问题。

十 设立双轨制的保险体系

第一，鼓励林业职工间互助保险机制的确立。林业职工通过股份制的形式，并按出资比例或林地面积、林分等因素来筹集风险基金。第二，确立小区域的林业统一保险机制。小区域的林业统一保险中林业职工是保险人，又是被保险人，可以有效防止道德危险。同时，各互保组织之间可以广泛开展联保关系，或要求政府或人保公司提供再保险服务，以最大限度降低林业风险。第三，国家和政府应提供有效的法律或政策。其一，国有森林资源产权制度改革前期应当给予林区保险一定程度的资金支持，在国有森林资源保险体系相对完善、林业职工的承受能力较强时退出。其二，国有森林资源保险可以采取多交多保、少交少保的方式。林业职工可以依其自身的承受能力进行投保。其三，国有森林资源保险可以采取独立险种的方法投保。林业职工根据其需要可以采取多险种投保，也可以采取单险种投保。

参考文献

安迪·怀特，孙秀芳，克斯汀．2007．中国和国际林产品贸易对森林保护和人民生计的影响．林业经济，(1)：31～38

奥利佛·威廉姆森，斯科特·马斯滕．2008．交易成本经济学——经典名篇选读．李自杰，蔡铭，等译．北京：人民出版社：50

庇古．2006．福利经济学．朱泱，张继胜译．北京：商务印书馆：142，143

蔡守秋．2004．《森林法》修改的几个问题．现代法学，(5)：55，56

陈志红．2005．资产评估的法律责任．中山大学学报论丛，(6)：337～340

迟福林．2000-12-27．企业制度创新的新探索．中国改革报，B

崔建远．2003．准物权研究．北京：法律出版社：20～28

戴维·菲尼．1996．制度分析与发展的反思．北京：商务印书馆：155

邓大才．2004．强制性制度变迁方式转换的时机选择．社会科学，(10)：72

邓禾．2007．我国森林资源物权法律制度的完善．林业经济问题，27 (1)：1～5

董黎明，李向明，冯长春．1993．中国城市土地有偿使用的地域差异及分等研究．地理学报，(1)：1～3

樊胜根．1998．中国农业生产与生产率的增长：新的测算方法及结论．农业技术经济，(4)：27～35

樊喜斌．2006．关于林地流转问题的探讨．林业资源管理，(4)：29～32

高富平．2005．中国物权法：制度设计和创新．北京：中国人民大学出版社：148～150，323～327

高利红．2004．林业权之物权法体系构造．法学，(12)：94～96

顾汉生．2006．林木资产评估亟待完善程序．中国林业产业，(2)：47～50

国家林业局．2005．中国林业发展报告2005．北京：中国林业出版社：20，21

何国平．2005．制度变迁与国家的关系——新制度经济学相关理论考察．生产力研究，(5)：17

侯长谋．2007．完善森林采伐管理制度，促进森林可持续发展．林业资源管理，(1)：11～13

胡蓓，陈硕，何丽鹃．2006．委托-代理框架下国有企业激励约束机制述评．学术交流，(3)：30

胡康生．2007．中华人民共和国物权法释义．北京：法律出版社：95.

胡玉浪．2007．林木抵押疑难问题探讨．林业经济问题，27 (3)：219～223

黄明健，刘晓庄．2005．我国森林资源物权法律保护探析．林业经济问题，25 (2)：72～76

黄莹，张世钧．2003．从新中国会计史看会计制度的变迁方式——强制性变迁与诱致性变迁．环渤海经济瞭望，(3)：37，38

黄松有．2005．农村土地承包纠纷案件司法解释理解与适用．北京：人民法院出版社：157～161

江军辉．2006．论土地承包优先权．科技信息（学术版），(11)：115，116

金祥荣．2000. 多种制度变迁方式并存和渐进转换的改革道路——“温州模式”及浙江改革经验．浙江大学学报，30（4）：138～145
剧锦文．2000. 员工持股计划与国有企业的产权改革．管理世界，（6）：86，87
科斯，阿尔钦，诺斯，等．2004. 财产权利与制度变迁．刘守英译．上海：上海人民出版社：93
孔凡斌．2004. 商品林市场化经营与政府管理职能改革．世界林业研究，17（2）：54～58
孔凡斌．2008. 集体林业产权制度：变迁、绩效与改革探索．北京：中国环境科学出版社：7～11
莱斯特・R. 布朗．2003. 生态经济：有利于地球的经济构想．林自新，戢守志，等译．北京：东方出版社
雷加富．2002. 论中国的森林资源经营．林业经济，6：4～9
理查德・A. 波斯纳．2003. 法律经济分析．蒋兆康译．北京：中国大百科全书出版社：57
黎常．2002. 公共物品的产权分析及供给安排．经济体制改革，（4）：54
李宏．2007. 论森林资源采伐权．山西高等学校社会科学学报，19（5）：77～80
李丽华．2005. 中国自然资源权属新探．环境法系列专题研究（第一辑）．北京：科学出版社：170
李顺龙．2004. 我国森林碳汇问题初探．林业财务与会计，（7）：5
李显冬，唐荣娜．2007. 论我国物权法上的准用益物权．河南省政法管理干部学院学报，（5）：99～104
李永岩，朱磊．2007. 集体林权制度改革后林木采伐管理面临的问题及对策．华东森林经理，21（3）：16，17
梁慧星．1998. 中国物权法研究．北京：法律出版社：17～24，630
梁慧星，陈华彬．1997. 物权法．北京：法律出版社：16～25
梁木生，彭伟．2005. 论强制性制度变迁的弊端及其应对．湖北经济学院学报，（6）：92，93
林刚．1994. 物权理论：从所有向利用的转变．现代法学，（1）：45～53
林毅夫．1992a. 制度、技术与中国农业发展．上海：上海三联书店出版社：87～92
林毅夫．1992b. 发育市场 90 年代农村改革的主线．农业经济问题，（9）：8～14
林毅夫，沈明高．1990. 我国农业技术变迁的一般经验和政策含义．经济社会体制比较，（2）：21～25
刘宏明．2004. 关于我国林权物权立法的思考．国土绿化，（12）：8
刘健，陈平留．2003. 林地期望价修正法——一种实用的用材林林地资产评估方法．林业经济，（3）：46
刘晓华，邢大为．2004. 浅析林地资产评估方法．林业财务会计，（8）：43
吕来明．1991. 从归属到利用．法学研究，（6）：37～42
吕忠梅．2005. 沟通与协调之途——论公民环境权的民法保护．北京：中国人民大学出版社：159～171，254
马爱国．2003. 我国森林资源产权分析．国家行政学院学报，（2）：44～45
缪光平，高岚．2005. 天然林资源保护政策问题分析建议．绿色中国，理论版，（5），32～36
聂颖，吕月良，沈文星．2008. 福建省集体林权制度改革的理论探索与创新．北京：中国林业

出版社：123，124，129～131，239～241
诺斯．1994．制度、制度变迁与经济绩效．杭行译．上海：上海三联书店出版社：96，97，132
彭万林．1999．民法学．北京：中国政法大学出版社：233
邱虹．2006．对马克思产权理论的再认识．科教文汇，（6）：21
全国人大常委会法制工作委员会民法室．2007．物权法立法背景与观点全集．北京：法律出版社：591
沈满洪．2001．环境手段研究．北京：中国环境出版社：29～33
沈世香．2006．集体林区森林产权交易市场管理亟待解决的几个问题．绿色中国，（5）：28，29
斯蒂格勒．1992．价格理论．李青原，等译．北京：商务印书馆
東克东．2006．制度变迁的原因方式及趋势．平顶山学院学报，（8）：17
孙宪忠．2003．中国物权法总论．北京：法律出版社：23，39，40
索洛．1957．技术变化与总生产函数．经济学与统计学评论：98
汤学兵，廖骄阳．2005．国有企业委托代理关系的博弈分析．华中师范大学研究生学报，（9）：20
田明华，陈建成．2003．中国森林资源管理变革趋向：市场化研究．北京：中国林业出版社：7～11
田峥峥，李辉．2006．浅谈制度变迁理论分析．农村经济与科技，（6）：47，48
王海，叶元煦，蒋敏元．2004．国有林区经济重构问题的对策研究．税务与经济，（3）：32～35
王利明．2006．准物权及其立法规制问题初探．中国民法年刊（2004）．北京：法律出版社：146～149
王兆君．2006．国有森林资源资产运营主体重塑．中国林业经济，（1）：26
吴远阔，王晓萍．2005．关于农村土地纠纷案件中的法律适用．北京：法律出版社：167～172
肖国兴，肖乾刚．1999．自然资源法．北京：法律出版社：18～24
谢次昌，王修经．1994．关于产权的若干理论问题．法学研究，（1）：43～51
谢在全．1999．民法物权论（上）．北京：中国政法大学出版社：14，17
徐秀英，许春祥．2006．南方集体林区林权市场化运作探讨．林业资源管理，（4）：23～28
许兆君．2008．中国国有林权制度改革研究．北京：中国林业出版社：104～109
杨清，耿玉德．2002．国有森林资源资产委托代理制度初探．林业经济问题，（1）：35
杨瑞龙．1995．交易费用理论与现代产权经济学．世界经济研究，（1）：59～63
杨瑞龙．1998．对内部人控制命题的质疑．中国改革，（7）：12，13
伊春国有林区改革试点指导协调小组．2008．国有林区林权制度改革实践与探索．北京：中国林业出版社：113，129，175～182
亦文．2006．产权交易市场的功能．中国监察，（14）：35
岳庆华，王洪杰，田军．2003．加格达奇林业局森林资源现状特点及可持续发展对策．内蒙古林业调查设计，6（2）：8～10
云南省林业厅碳汇管理办公室．2006．林业建设新课题：全球气候变化与森林碳汇．云南林

业，(2)：23
张春霞，蔡剑辉.1996. 集体林业产权制度改革的趋势. 林业经济，(4)：50～53
张道卫.2006. 对东北国有林区森林资源产权及其改革的调查与思考. 林业经济，(1)：18
张丰兰.2004. 国有企业产权改革的层次与重点. 经济学家，(5)：119
张海丽.2005. 中国森林资源物权法律制度研究. 重庆大学硕士学位论文：21～24
张蕾，周训芳.2007. 集体林权制度改革与《物权法》的实施. 求索，12：5～8
张力，柯建华，吴海龙.2002. 刍议林权问题. 林业勘查设计，(4)：12
植草益.1992. 微观规制经济学. 朱绍文，胡欣欣，等译. 北京：中国发展出版社：124
中国可持续发展林业战略研究项目组编.2003. 中国可持续发展林业战略研究（保障卷）. 北京：中国林业出版社：12
中国社会科学院语言研究所词典编辑室.1998. 现代汉语词典. 北京：商务印书馆：1511
周林彬.2002. 物权法新论——一种法律经济分析的观点. 北京：北京大学出版社：126～128，414～416
周训芳，等.2007. 物权法和森林法知识读本. 北京：中国林业出版社：27
诸江，周训芳.2008. 林业物权制度解析. 中南林业科技大学学报（社会科学版），(5)：27
Buchanan J. 1975. A contractarian paradigm for applying economics. American Economic Review，64：225～230
Burdick W M L. 1999. Handbook of the Law of Real Property. West Publishing Co：6
CCIC Taskforce on Forest and Grasslands. 2002. Workshop on Payments for Environmental Services Proceedings. 北京：中国林业出版社：56
Dasgupta P S. 2002. Public vs private and constant vs hyperbolic. Keynote Speech of 2nd World Congress of Environmental and Resource Economists
John M H，Nancy D. Olewier. 1998. The Economics of Natural Resource Use. Princeton：Addison-Wesley Longman：120
North D C，Davis L. 1970. Institutional change and American economic growth：A first step towards a theory of institutional change. Journal of Economic History，30：131～149
Philippe Malaurie et Laurent Aynés. 1992. Cours de Droit civil. Les biens 2e éd. Paris：CUJAS：30
Shelton D. 1991. Human right，environmental rights，and the rights to environment. Stanford Journal of International Law，(28)：103～138

“中国软科学研究丛书”已出版书目

区域技术标准创新——北京地区实证研究	46.00 元
中外合资企业合作冲突防范管理	40.00 元
可持续发展中的科技创新——滨海新区实证研究	42.00 元
中国汽车产业自主创新战略	50.00 元
区域金融可持续发展论——基于制度的视角	45.00 元
中国科技力量布局分析与优化	50.00 元
促进老龄产业发展的机制和政策	45.00 元
政府科技投入与企业 R&D——实证研究与政策选择	55.00 元
沿海开放城市信息化带动工业化战略	58.00 元
全球化中的技术垄断与技术扩散	40.00 元
基因资源知识产权理论	56.00 元
跨国公司在华研发——发展、影响及对策研究	68.00 元
中国粮食安全发展战略与对策	66.00 元
地理信息资源产权研究	75.00 元
第四方物流理论与实践	50.00 元
西部生态脆弱贫困区优势产业培育	68.00 元
中国经济区——经济区空间演化机理及持续发展路径研究	42.00 元
研发外包：模式、机理及动态演化	54.00 元
中国纺织产业集群的演化理论与实证分析	38.00 元
国有森林资源产权制度变迁与改革研究	45.00 元
文化创意产业集群发展理论与实践	46.00 元